U0116158

Visual Basic
程序设计教程

刘素敏　刘湘雯　刘颖　编著

清华大学出版社

北京

内 容 简 介

本书结合编者多年的教学实践，从最基本的程序设计基础知识讲起，深入浅出地介绍 Visual Basic 6.0 的集成开发环境和程序设计方法，包括程序设计中的经典算法。

本书特别适合初学程序设计的读者使用，可作为大专院校非计算机专业、"Visual Basic 程序设计"等课程的教材，也可供参加计算机等级考试的人员或一般读者参考。

图书在版编目（CIP）数据

Visual Basic 程序设计教程/刘素敏等编著. —北京：清华大学出版社，2011.8
（21 世纪高等学校规划教材·计算机应用）
ISBN 978-7-302-26036-3

Ⅰ. ①V…　Ⅱ. ①刘…　Ⅲ. ①BASIC 语言－程序设计－高等学校－教材　Ⅳ. ①TP312

中国版本图书馆 CIP 数据核字（2011）第 131320 号

责任编辑：付弘宇
责任校对：白　蕾
责任印制：王秀菊

出版发行：清华大学出版社		地　址：北京清华大学学研大厦 A 座		
http://www.tup.com.cn		邮　编：100084		
社　总　机：010-62770175		邮　购：010-62786544		
投稿与读者服务：010-62795954，jsjjc@tup.tsinghua.edu.cn				
质　量　反　馈：010-62772015，zhiliang@tup.tsinghua.edu.cn				

印　装　者：北京鑫海金澳胶印有限公司
经　　销：全国新华书店
开　　本：185×260　印　张：15.5　字　数：378 千字
版　　次：2011 年 8 月第 1 版　　印　次：2011 年 8 月第 1 次印刷
印　　数：1～3000
定　　价：27.00 元

产品编号：034781-01

编审委员会成员

浙江大学	吴朝晖	教授
	李善平	教授
扬州大学	李　云	教授
南京大学	骆　斌	教授
	黄　强	副教授
南京航空航天大学	黄志球	教授
	秦小麟	教授
南京理工大学	张功萱	教授
南京邮电学院	朱秀昌	教授
苏州大学	王宜怀	教授
	陈建明	副教授
江苏大学	鲍可进	教授
中国矿业大学	张　艳	副教授
武汉大学	何炎祥	教授
华中科技大学	刘乐善	教授
中南财经政法大学	刘腾红	教授
华中师范大学	叶俊民	教授
	郑世珏	教授
	陈　利	教授
江汉大学	颜　彬	教授
国防科技大学	赵克佳	教授
	邹北骥	教授
中南大学	刘卫国	教授
湖南大学	林亚平	教授
西安交通大学	沈钧毅	教授
	齐　勇	教授
长安大学	巨永锋	教授
哈尔滨工业大学	郭茂祖	教授
吉林大学	徐一平	教授
	毕　强	教授
山东大学	孟祥旭	教授
	郝兴伟	教授
中山大学	潘小轰	教授
厦门大学	冯少荣	教授
仰恩大学	张恩民	教授
云南大学	刘惟一	教授
电子科技大学	刘乃琦	教授
	罗　蕾	教授
成都理工大学	蔡　淮	教授
	于　春	讲师
西南交通大学	曾华燊	教授

出 版 说 明

随着我国改革开放的进一步深化,高等教育也得到了快速发展,各地高校紧密结合地方经济建设发展需要,科学运用市场调节机制,加大了使用信息科学等现代科学技术提升、改造传统学科专业的投入力度,通过教育改革合理调整和配置了教育资源,优化了传统学科专业,积极为地方经济建设输送人才,为我国经济社会的快速、健康和可持续发展以及高等教育自身的改革发展做出了巨大贡献。但是,高等教育质量还需要进一步提高以适应经济社会发展的需要,不少高校的专业设置和结构不尽合理,教师队伍整体素质亟待提高,人才培养模式、教学内容和方法需要进一步转变,学生的实践能力和创新精神亟待加强。

教育部一直十分重视高等教育质量工作。2007 年 1 月,教育部下发了《关于实施高等学校本科教学质量与教学改革工程的意见》,计划实施"高等学校本科教学质量与教学改革工程"(简称"质量工程"),通过专业结构调整、课程教材建设、实践教学改革、教学团队建设等多项内容,进一步深化高等学校教学改革,提高人才培养的能力和水平,更好地满足经济社会发展对高素质人才的需要。在贯彻和落实教育部"质量工程"的过程中,各地高校发挥师资力量强、办学经验丰富、教学资源充裕等优势,对其特色专业及特色课程(群)加以规划、整理和总结,更新教学内容、改革课程体系,建设了一大批内容新、体系新、方法新、手段新的特色课程。在此基础上,经教育部相关教学指导委员会专家的指导和建议,清华大学出版社在多个领域精选各高校的特色课程,分别规划出版系列教材,以配合"质量工程"的实施,满足各高校教学质量和教学改革的需要。

为了深入贯彻落实教育部《关于加强高等学校本科教学工作,提高教学质量的若干意见》精神,紧密配合教育部已经启动的"高等学校教学质量与教学改革工程精品课程建设工作",在有关专家、教授的倡议和有关部门的大力支持下,我们组织并成立了"清华大学出版社教材编审委员会"(以下简称"编委会"),旨在配合教育部制定精品课程教材的出版规划,讨论并实施精品课程教材的编写与出版工作。"编委会"成员皆来自全国各类高等学校教学与科研第一线的骨干教师,其中许多教师为各校相关院、系主管教学的院长或系主任。

按照教育部的要求,"编委会"一致认为,精品课程的建设工作从开始就要坚持高标准、严要求,处于一个比较高的起点上。精品课程教材应该能够反映各高校教学改革与课程建设的需要,要有特色风格、有创新性(新体系、新内容、新手段、新思路,教材的内容体系有较高的科学创新、技术创新和理念创新的含量)、先进性(对原有的学科体系有实质性的改革和发展,顺应并符合 21 世纪教学发展的规律,代表并引领课程发展的趋势和方向)、示范性(教材所体现的课程休系具有较广泛的辐射性和示范性)和一定的前瞻性。教材由个人申报或各校推荐(通过所在高校的"编委会"成员推荐),经"编委会"认真评审,最后由清华大学出版社审定出版。

目前,针对计算机类和电子信息类相关专业成立了两个"编委会",即"清华大学出版社计算机教材编审委员会"和"清华大学出版社电子信息教材编审委员会"。推出的特色精品教材包括:

(1) 21世纪高等学校规划教材·计算机应用——高等学校各类专业,特别是非计算机专业的计算机应用类教材。

(2) 21世纪高等学校规划教材·计算机科学与技术——高等学校计算机相关专业的教材。

(3) 21世纪高等学校规划教材·电子信息——高等学校电子信息相关专业的教材。

(4) 21世纪高等学校规划教材·软件工程——高等学校软件工程相关专业的教材。

(5) 21世纪高等学校规划教材·信息管理与信息系统。

(6) 21世纪高等学校规划教材·财经管理与应用。

(7) 21世纪高等学校规划教材·电子商务。

(8) 21世纪高等学校规划教材·物联网。

清华大学出版社经过二十多年的努力,在教材尤其是计算机和电子信息类专业教材出版方面树立了权威品牌,为我国的高等教育事业做出了重要贡献。清华版教材形成了技术准确、内容严谨的独特风格,这种风格将延续并反映在特色精品教材的建设中。

清华大学出版社教材编审委员会
联系人:魏江江
E-mail:weijj@tup.tsinghua.edu.cn

前 言

  Visual Basic 采用面向对象的程序设计技术,摆脱了面向过程语言的许多细节而将主要精力集中在解决实际问题和设计友好界面上,使得用户开发 Windows 应用程序更迅速、更简捷。Visual Basic 在国内外各个领域中应用非常广泛,许多计算机专业和非计算机专业的人员常利用它来编制开发多媒体软件、数据库应用程序和网络应用程序等。因此,Visual Basic 成为众多计算机爱好者学习计算机程序设计的首选语言。

  Visual Basic 作为高校程序设计的入门语言课,具有易学易懂的特点,是培养学生程序设计基本能力的首选课程之一。编者多年从事面向本科生的 Visual Basic 程序设计教学,结合学生学习特点,编写了这本以介绍程序设计算法思想为主旨、重视算法思想和学生程序设计基本功训练的教材。本书以"程序设计"为主线,在内容体系结构的安排上符合学习计算机程序设计知识的要求,在第 1～3 章、第 9 章和第 11 章介绍 Visual Basic 6.0 集成开发环境,使读者对 Visual Basic 的可视化特点及其程序界面设计有一个初步的认识;第 4～8 章主要围绕"程序设计"这个主题,学习 Visual Basic 的语言基础,三种基本结构的程序设计,数组、过程与函数等程序设计基础。书中程序例题大多选择典型的算法,算法描述详细、简单易学,帮助读者逐步建立起程序结构的概念,掌握程序设计的一般思路和方法,培养学生独立解决问题的能力。

  本书由刘素敏主编,其中第 3 章由刘湘雯编写,刘颖在后期审核、校对过程中做了大量的工作。

  本书在编写及出版、发行过程中,得到了江苏大学计算机科学与通信工程学院、江苏大学京江学院和清华大学出版社的大力支持和帮助,在此表示衷心的感谢。

  本书配有《Visual Basic 实验指导与能力训练》(ISBN9787302245995)和《Visual Basic 学习指导与习题汇编》(ISBN9787302245988)两本辅导用书,并提供完备的课件和例题、实验的源代码等资源,配套使用会有更好的学习效果。配套资源可以从清华大学出版社网站 www.tup.com.cn 下载,有关资源的获取使用问题,请联系 fuhy@tup.tsinghua.edu.cn。

  限于编者水平,书中难免有不妥之处,敬请读者批评指正。

编 者

2011 年 4 月

目 录

第1章

Visual Basic 程序设计语言导论

1.1 Visual Basic 程序设计语言的发展

Visual Basic 简称 VB，Visual 意为可视的、可见的；在 Windows 操作系统的图形用户界面（Graphic User Interface，GUI）中，各种各样的按钮、文本框、菜单等都是控件，Visual Basic 把这些控件模式化，并且每个控件都有若干属性用来控制控件的外观和工作方法，这样就可以像在画板上绘画一样，用户随意点几下鼠标，一个控件就完成了，这在以前的编程语言下是要经过相当复杂的工作才能完成的。在 Visual Basic 中，用户不需要编写大量代码去描述界面元素的外观和位置，只要把预先建立好的对象拖放到屏幕上相应的位置即可。

Visual Basic 以 Basic 语言为基础，依靠友好的可视化特性，为程序设计提供了更迅速便捷的编程途径，无论是开发功能强大、性能可靠的商务软件，还是编写能处理实际问题的实用小程序，Visual Basic 都是最快速、最简便的方法。

1991 年，微软公司推出了 Visual Basic 1.0 版，这在当时引起了很大的轰动。这个连接编程语言和用户界面的设计最初是由阿兰·库珀（Alan Cooper）完成的。许多专家把 Visual Basic 的出现当做是软件开发史上一个具有划时代意义的事件。它是第一个"可视"的编程软件。这使得程序员欣喜之极，都尝试在 Visual Basic 的平台上进行软件创作。微软公司也不失时机地在四年内接连推出 Visual Basic 2.0、Visual Basic 3.0、Visual Basic 4.0 三个版本。并且从 Visual Basic 3.0 开始，微软将 Access 的数据库驱动集成到了 Visual Basic 中，这使得 Visual Basic 的数据库编程能力大大提高。从 Visual Basic 4.0 开始，Visual Basic 又引入了面向对象的程序设计思想。Visual Basic 功能强大、学习简单，而且还引入了"控件"的概念，使得大量已经编写好的 Visual Basic 程序可以被程序设计者直接拿来使用。

1995 年 8 月起，在经历了 Visual Basic 4.0、Visual Basic 5.0 的版本演变后，于 1998 年夏天，发布了 Visual Basic 6.0。其后又发布了 Visual Basic.NET 和 .NET Framework。2007 年底，微软推出了 Visual Studio 2008 Beta 2（v9）。一般情况下，Visual Basic 2008 会自动开启、自动完成关键字，而且支持最新的 .NET Framework 3.5 Beta 2。

鉴于 Visual Basic 6.0 的成熟稳定，并且可以开发 Web 应用程序等优点，Visual Basic 6.0 仍为当前最为流行的一种 Visual Basic 版本。

1.2　Visual Basic 6.0 的特点

Microsoft 公司发布的 Visual Basic 6.0 有 3 个版本,分别为学习版、专业版和企业版。这些版本都是为适应不同的开发需求而设计的,学习版使编程者可以很容易地开发 Windows 及 Windows NT 的应用程序;专业版为专业的编程人员提供了功能完备的开发工具,并且完全包含了学习版的功能;企业版允许专业编程人员以分组的形式,创建强大的分布式应用程序,这个版本包括专业版的全部功能。这三个版本是在相同的基础上建立起来的,所以大多数的应用程序可以在三个版本中通用,用户可以根据自己的需求来购买不同的版本,以免造成浪费。本书使用的是 Visual Basic 6.0 简体中文企业版。下面简要介绍一下 Visual Basic 6.0 的主要特点。

1. 易学易用的集成开发环境

Visual Basic 6.0 为用户设计界面、编写代码、调试程序、编译程序、制作应用程序安装盘等提供了友好的集成开发环境。

2. 可视化的设计平台

在使用传统的程序设计语言编程时,一般需要通过编写程序来设计应用程序的界面(如界面的外观和位置等),在设计过程中看不见界面的实际效果。而在 Visual Basic 6.0 中,采用面向对象程序设计方法(Object-Oriented Programming,OOP),把程序和数据封装起来形成一个对象,每一个对象都是可视的。开发人员在进行界面设计时,可以直接用 Visual Basic 6.0 的工具箱在屏幕上"画"出窗口、菜单、命令按键等不同类型的对象,并为每个对象设置属性。开发人员要做的仅仅是为要完成事件过程的对象编写代码,从而使得程序设计的效率大大提高。

3. 事件驱动的编程机制

传统的面向过程的程序是由一个主程序和若干个子程序及函数组成的。程序运行时总是先从主程序开始,由主程序调用子程序和函数完成程序的运行,编程人员在编程时必须事先确定整个程序的执行顺序,建立明显的开始和结束程序。而 Visual Basic 6.0 采用的事件驱动的编程机制是针对用户触发某个对象的相关事件进行编码,每个事件都可以驱动一段程序的运行,并无严格的顺序要求。编程人员只要编写响应用户动作的程序代码就可以了。这种情况下编写的应用程序代码精简、高效,而且比较容易编写与维护。

4. 结构化的程序设计语言

Visual Basic 6.0 具有丰富的数据类型和众多的内部函数。它是具有模块化和结构化的程序设计语言,结构清晰,语法简单,容易学习。

5. 强大的数据库功能

Visual Basic 6.0 利用数据控件可以访问 Access、FoxPro 等多种数据库系统,也可以访问 Excel、Lotus 等多种电子表格系统。

6. ActiveX 技术

ActiveX 发展了原有的 OLE 技术,使编程人员摆脱了特定语言的束缚,能方便地使用其他应用程序提供的功能,使 Visual Basic 6.0 能够开发集声音、图像、动画、字处理、电子表格、Web 等对象于一体的应用程序。

7. 网络功能

Visual Basic 6.0 提供的 DHTML(动态 HTML)设计工具可以使开发者动态地创建和编辑 Web 页面,使用户能开发出多功能的网络应用软件。

Visual Basic 6.0 是用来创建高性能的企业应用程序及基于 Web 的应用程序的最有效工具之一。Visual Basic 6.0 使编程人员得以创建驻留在客户机或服务器上或运行在分布式环境里的应用程序。Visual Basic 6.0 这个快速应用开发工具既可以作为一个单独的产品,也可以作为 Visual Studio 6.0 套件的一个组成部分,它这些显著的特点已被众多程序设计者所接受。以下内容将 Visual Basic 6.0 简称为 VB。

1.3 VB 的安装与启动

1.3.1 VB 的安装

VB 系统安装盘可能是一张独立的光盘,也可能是在微软的"Visual Studio"的第一张盘上,若用户不习惯于自动安装,可以找到光盘上 VB6 子目录下的 setup.exe 文件进行安装,在安装过程中请用户注意 VB 的安装路径,这个路径决定了你将来在 VB 中编写的程序的默认保存位置。另外,VB 的帮助文件需要安装光盘中的 MSDN(MicroSoft Developer Network,是 Microsoft 当前提供的有关编程信息的最全面的资源,包含上千兆字节的开发人员所必需的信息、文档示例代码、技术文章等,可供全世界的开发者使用)文档,MSDN 是需要单独安装的,如果不安装,用户在使用 VB 时就没办法使用帮助文档。

1.3.2 VB 的启动

在 VB 安装成功后,安装程序会自动在"开始"菜单中建立 Visual Basic 6.0 的程序组和程序项。单击屏幕左下角的"开始"按钮,指向"程序"选项,再指向"Microsoft Visual Basic 6.0 中文版"程序组,选择"Microsoft Visual Basic 6.0 中文版"菜单命令即可启动 Visual Basic 6.0 中文版。当然,用户也可以通过"我的电脑"或"资源管理器"进入 VB 安装时指定的文件夹,找到"VB60.exe"文件来启动。

VB 启动后,屏幕上将显示如图 1-1 所示的"新建工程"对话框。图中显示的是"新建"选项卡,如果单击"现存"或"最新"标签,就可以分别显示已保存好了的或者最新的 VB 程序文件名。"新建"选项卡中显示了可以在 VB 中使用的工程类型,也就是允许用户建立的应用程序类型,其中"标准 EXE"用来建立一个标准的 EXE 工程,本书只讨论这种工程类型。在该对话框中选择希望创建的工程类型,单击"打开"按钮,即可开始使用 Visual Basic 6.0 开展工作了。

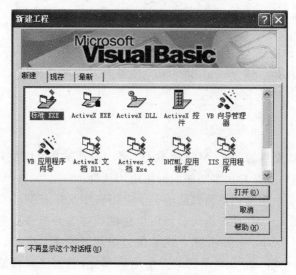

图 1-1 "新建工程"对话框

1.4 VB 的集成开发环境

VB 的集成开发环境是一个典型的 Windows 工作界面,如图 1-2 所示,它由标题栏、菜单栏、工具栏、工具箱、窗体设计器窗口及工程资源管理器窗口、属性窗口、窗体布局窗口等

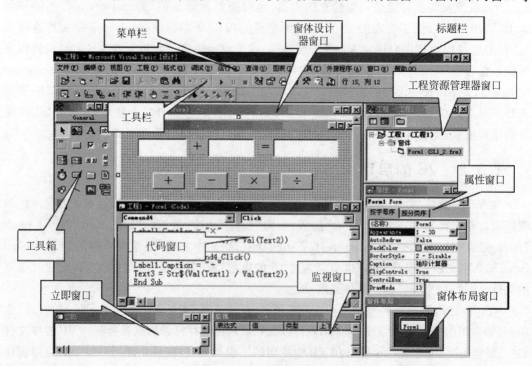

图 1-2 VB 集成开发环境

组成。VB中还有一些窗口会在必要时出现,比如代码编辑器窗口和用于程序调试的立即窗口、本地窗口、监视窗口等。

1.4.1　标题栏、菜单栏和工具栏

1. 标题栏

标题栏是位于屏幕顶部的水平条,它显示的是应用程序的名字。启动 VB 后,标题栏中显示的信息是"工程 1-Microsoft Visual Basic[设计]","设计"表明当前的工作状态是"设计阶段"。VB 在使用时一共有三种不同的工作模式,在标题栏上总会显示出当前的工作模式。

(1)设计模式:VB 中创建应用程序的大多数工作都是在设计阶段完成的。在设计阶段,用户可以设计窗体界面、绘制控件、使用"属性"窗口来设置、查看或修改属性设置值,然后编写代码。

(2)运行模式:程序代码正在运行的阶段,用户可与应用程序交互。这个阶段用户可以查看代码,但不能改动它。

(3)中断模式:程序在运行的中途被迫停止执行阶段。在中断模式下,用户可查看各变量及控件属性的当前值,从而了解程序执行是否正常。

2. 菜单栏

菜单是在 VB 集成开发环境下发布命令的最基本手段。VB 环境中的顶级菜单有 13 项,包括文件、编辑、视图、工程、格式、调试、运行、查询、图表、工具、外接程序、窗口、帮助。菜单栏中的菜单命令提供了开发、调试、保存应用程序所需要的工具。菜单中包含了所有的 VB 提供的功能选项,而其中一些常用的功能或操作选项则被提取出来放在了"便捷工具按钮"中。菜单命令是通过子菜单中的子菜单项发出的。下面介绍 VB 中各菜单的功能。

(1)"文件"菜单:主要用于建立、打开、添加、移去、保存工程和文件,包括新建工程、打开工程、添加工程、移除工程、保存工程、工程另存为、保存文件、文件另存为、打印、打印设置、生成工程等子菜单项。

(2)"编辑"菜单:在工程修改和编辑时,"编辑"菜单用于各种编辑操作。包括撤销、重复、剪切、复制、粘贴、粘贴链接、删除、全选、查找、缩进、凸出、插入文件、属性或方法列表、快速信息、参数信息书签等子菜单项。

(3)"视图"菜单:用于显示各种窗口及与窗口有关的操作。它包含有代码窗口、对象窗口、对象浏览器、立即窗口、本地窗口、监视窗口、调用堆栈、工程资源管理器、属性窗口、窗体布局窗口、属性页、表、缩放、显示窗格、工具箱、调色板、工具栏等子菜单项。

(4)"工程"菜单:用于为当前工程创建模块、添加对象引用或提供各种设计器。包括添加窗体、添加 MDI 窗体、添加模块、添加用户控件、添加属性页、添加用户文档、添加设计器、添加文件、移除、引用、部件、工程属性等子菜单项。

(5)"格式"菜单:用于界面设计,能使界面中的控件规范排列。包含有对齐、统一尺寸、按网格调整大小、水平间距、垂直间距、在窗体中居中对开、顺序、锁定控件等子菜单项。

(6)"调试"菜单:用于调试、监视程序。包括逐语句、逐过程、跳出、运行到光标处、添

加监视、编辑监视、快速监视、切换断点、清除所有断点、设置下一条语句、显示下一语句等子菜单项。

（7）"运行"菜单：提供给用户运行程序所需的操作。

（8）"查询"菜单：用于数据库表的查询及相关操作，所提供的各种查询设计工具，使用户能够通过可视化工具创建 SQL 语句，实现对数据库的查询、修改。

（9）"图表"菜单：用于数据库中表、视图的各种相关操作，所提供的各种图表设计器，使用户能够用可视化的手段操作表及其相互关系、创建和修改应用程序所包含的数据库对象。

（10）"工具"菜单：包括添加过程、过程属性、菜单编辑器、选项、发布等子菜单项。

（11）"外接程序"菜单：主要有可视化数据管理器、外接程序管理器等子菜单项。

（12）"窗口"菜单：用于调整已打开窗口的排列方式，包括拆分、水平平铺、垂直平铺、层叠、排列图标等子菜单项。

图 1-3 "文件"菜单

（13）"帮助"菜单：用于给用户提供各种方式的帮助。包括内容、索引、搜索、技术支持等子菜单项。这一功能的使用前提是 VB 安装了 MSDN。

VB 中每个菜单项都含有若干个菜单命令，用于执行不同的操作。用鼠标单击某个菜单项，即可打开该菜单，然后用鼠标单击菜单中的某一条就能执行相应的菜单命令。例如，单击"文件"，就可以打开"文件"菜单，如图 1-3 所示。打开菜单后，如果单击"打开工程"，就可以打开已有的工程文件；而如果单击"工程另存为"，就可以保存工程文件等。

3. 工具栏

工具栏位于菜单栏的下面，它以图标的形式提供了部分常用菜单命令的功能，通过鼠标单击这些快捷按钮可以加快程序开发的速度。VB 6.0 提供了 4 种工具栏，包括编辑、标准、窗体编辑器和调试，用户也可以根据需要定义自己的工具栏。一般情况下，VB 的环境中只有标准工具栏，其他工具栏用户可以通过"视图"菜单中的"工具栏"子菜单设置在工作界面上。本书只简单介绍一下"标准"工具栏，如图 1-4 所示。

图 1-4 "标准"工具栏

"标准"工具栏中各图标功能如表 1-1 所示。

表 1-1 "标准"工具栏的图标及其作用

图标	图标名称	作 用
	添加工程	添加一个新工程，相当于"文件"菜单中的"添加工程"命令
	添加窗体	在工程中添加一个新窗体，相当于"工程"菜单中的"添加窗体"命令

续表

图标	图标名称	作　用
	菜单编辑器	打开"菜单编辑"对话框,相当于"工具"菜单中的"菜单编辑器"命令
	打开工程	用来打开一个已经存在的 Visual Basic 工程文件,相当于"文件"菜单中的"打开工程"命令
	保存工程(组)	保存当前的 Visual Basic 工程(组)文件,相当于"文件"菜单中的"保存工程(组)"命令
	剪切	把选择的内容剪切到剪贴板,相当于"编辑"菜单中的"剪切"命令
	复制	把选择的内容复制到剪贴板,相当于"编辑"菜单中的"复制"命令
	粘贴	把剪贴板的内容复制到当前插入位置,相当于"编辑"菜单中的"粘贴"命令
	查找	打开"查找"对话框,相当于"编辑"菜单中的"查找"命令
	撤销	撤销当前的修改
	重复	对"撤销"的反操作
	启动	用来运行一个应用程序,相当于"运行"菜单中的"启动"命令
	中断	暂停正在运行的程序(可以单击"启动"按钮或按 Shift+F5 快捷键继续),相当于热键 Ctrl+Break 或"运行"菜单中的"中断"命令
	结束	结束一个应用程序的运行并回到设计窗口,相当于"运行"菜单中的"结束"命令
	工程资源管理器	打开"工程资源管理器"窗口,相当于"视图"菜单中的"工程资源管理器"命令
	属性窗口	打开属性窗口,相当于"视图"菜单中的"属性窗口"命令
	窗体布局窗口	打开窗体布局窗口,相当于"视图"菜单中的"窗体布局窗口"命令
	对象浏览器	打开"对象浏览器"对话框,相当于"视图"菜单中的"对象浏览器"命令
	工具箱	打开工具箱,相当于"视图"菜单中的"工具箱"命令
	数据视图	打开数据视图窗口
	组件管理器	管理系统中的组件(Component)

　　工具栏上还有一个区域,分别用来显示窗体的当前位置和大小。其中一个显示的是窗体左上角的坐标,另外一个显示的是窗体的长×宽,其单位为 twip(缇,也称为特维)。twip是一种与屏幕分辨率无关的计量单位,1 英寸＝1440twip。无论在什么屏幕上,如果画了一条 1440twip 的直线,打印出来都是 1 英寸。这种计量单位可以确保在不同的屏幕上都能保持正确的相对位置或比例关系。在 VB 中,twip 是默认的单位,用户可以通过控件的Scalemode 属性来进行修改设置。

1.4.2　工具箱

　　工具箱是 VB 为程序开发提供控件的面板,工具箱窗口由工具图标组成。工具箱主要用于应用程序的界面设计,通过它可以往设计中的窗体设置各种控件。

　　一般情况下,工具箱位于窗体的左侧。工具箱中的工具分为两类,一类称为内部控件或标准控件,另一类称为 ActiveX 控件。启动 VB 后,工具箱中只有内部控件。当然用户可以通过"工程"菜单打开"部件"对话框,添加控件、设计器或可插入对象到工具箱中,也可以引用已加载的控件工程。工具箱中的这些图标都是VB应用程序的构件,称为图形对象或控件(Control),每个控件由工具箱中的一个工具图标来表示。

在设计阶段,首先用工具箱中的工具(即控件)在窗体上建立用户界面,然后编写程序代码。界面的设计完全通过控件来实现,可任意改变其大小,并可移动到窗体的任何位置。有关工具箱中每个工具的使用将在后面章节中详细介绍。

1.4.3　其他窗口

标题栏、菜单栏和工具栏所在的窗口称为主窗口。除主窗口外,VB的集成开发环境中还有一些其他窗口,主要包括窗体设计器窗口、工程资源管理器窗口、属性窗口、窗体布局窗口、工具箱窗口和代码窗口等。下面简单地介绍一下这些窗口。

1. 窗体设计器窗口

窗体设计器窗口简称窗体(Form),位于屏幕中央,它可以作为自定义窗口来设计应用程序的界面。用户可以在窗体中添加控件、图形和图片来创建所希望的窗体外观,各种图形、图像、数据等都是通过窗体或窗体中的控件显示出来的,因此每一个VB应用程序至少有一个窗体。每个窗体都必须有自己的窗体名字,建立窗体时默认名为Form1,Form2,……

启动VB后,窗体的名字为Form1,其操作区中布满了小点,这些小点是用户设置控件对齐的依据。如果想清除这些小点,或者想改变点与点之间的距离,可通过选择"工具"菜单中的"选项"命令中的"通用"菜单命令来进行调整。

在设计应用程序时,窗体就像是一块画布,在这块画布上可以画出组成应用程序的各个构件。程序员根据程序界面的要求,从工具箱中选择所需要的工具图标,并在窗体中画出来,设置相关的属性,这样就完成了应用程序设计的第一步——设计程序界面。

2. 工程资源管理器窗口

在工程资源管理器窗口中,包含有建立一个应用程序所需要的全部文件清单。工程资源管理器窗口中的文件可以分为下面几类:窗体文件(.frm)、程序模块文件(.bas)、类模块文件(.cls)、工程文件(.vbp)、工程组文件(.vbg)和资源文件(.res)等。如图1-5所示是含有一个工程、两个窗体、一个程序模块和一个类模块的工程资源管理器窗口。

在"工程资源管理器"窗口中,括号里面是工程、窗体、程序模块、类模块等的主文件名,括号外是相应的对象的Name属性。每个工程名左侧都有一个方框,当方框内为"-"号时,该工程处于"展开"状态,此时如果单击"-"号方框,则变为"折叠"状态,方框内的"-"号变为"+"号。

出现在工程资源管理器窗口中的文件主要有以下几类。

(1) 工程文件和工程组文件

工程文件的扩展名为".vbp",每个工程对应一个工程文件。当一个程序包括两个以上的工程时,这些工程构成一个工程组,工程组文件的扩展名为".vbg"。执行"文件"菜单中

图1-5　工程资源管理器窗口

的"新建工程"命令可以建立一个新的工程,用"打开工程"命令可以打开一个已有的工程,而用"添加工程"命令可以在程序中添加一个工程。

（2）窗体文件

窗体文件的扩展名为".frm",每个窗体对应一个窗体文件,窗体及其控件的属性和其他信息(包括代码)都存放在该窗体文件中。一个应用程序可以有多个窗体(最多可达255个),因此就可以有多个以".frm"为扩展名的窗体文件。

执行"工程"菜单中的"添加窗体"命令或单击工具栏中的"添加窗体"按钮可以增加一个窗体,而执行"工程"菜单中的"删除"命令可以删除当前的窗体。每建立一个窗体,工程资源管理器窗口中就增加一个窗体文件,每个窗体都有一个不同的 Name 属性,可以通过属性窗口设置,其默认名字为 FormX(X 为 1,2,3,…),相应的默认文件名为 FormX.frm(X 为 1,2,3,…)。

（3）标准模块文件

标准模块文件也称程序模块文件,其扩展名为".bas",它是为合理组织程序而设计的。标准模块是一个纯代码性质的文件,它不属于任何一个窗体,主要在大型应用程序中使用。

标准模块文件由程序代码组成,主要用来声明全局变量和定义一些通用的过程,可以被不同窗体的程序调用。标准模块通过"工程"菜单中的"添加模块"命令来建立。

（4）类模块文件

VB 提供了大量预定义的类,同时也允许用户根据需要通过类模块来定义自己的类。每个类都用一个文件来保存,其扩展名为".cls"(本书不做详细介绍)。

（5）资源文件

资源文件中存放的是各种"资源",是一种可以同时存放文本、图片、声音等多种资源的文件。资源文件由一系列独立的字符串、位图及声音文件(.wav 文件或.mid 文件)组成,其扩展名为".res"。资源文件是一个纯文本文件,可以用简单的文字编辑器(如记事本、写字板等)编辑、查看。

除上面几类文件外,在工程资源管理器窗口的顶部还有 3 个按钮,分别为"查看代码"、"查看对象"和"切换文件夹"。如果单击工程资源管理器窗口中的"查看代码"按钮,则相应文件的代码将在代码窗口中显示出来。当单击"查看对象"按钮时,VB 将显示相应的窗体。在一般情况下,工程资源管理器窗口中的项目不显示文件夹。如果单击"切换文件夹"按钮,则可显示各类文件所在的文件夹。如果再单击一次该按钮,则取消文件夹显示。

3. 属性窗口

属性窗口主要是供用户设置窗体和控件属性的。在 VB 中,窗体和控件都被称为对象。每个对象都可以用一组属性来描述其特征,这些特征的修改大多数是可以在属性窗口中完成的,有些属性却必须在代码中设置。

如图 1-6 所示为一个属性窗口。窗口中的属性一般按字母顺序排列,用户可以通过窗口右部的垂直滚动条找到任一个属性。除窗口标题外,属性窗口分为 4 部分,分别是对象框、属性显示方式、属性列表和对当前属性的简单说明。

对象框位于属性窗口的顶端,用户可以通过单击其右端向下的箭头显示下拉列表,下拉列表中的内容为应用程序中每个对象的名字及对象的类型。启动 VB 后,对象框中只含有

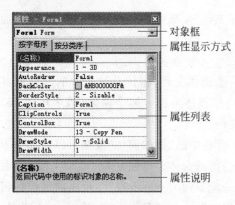

对象框
属性显示方式

属性列表

属性说明

图1-6　属性窗口

窗体的信息。随着窗体中控件的增加,下拉列表会将这些对象的有关信息加入进来。

属性显示方式分为两种,即"按字母序"和"按分类序",分别通过单击相应的按钮来实现。如图1-6所示为按字母序显示的属性列表。

在属性列表中,用户可以滚动显示出当前选中对象的所有属性,以便观察或设置每项属性的当前值。属性的变化将改变相应对象的特征。每选择一种属性(条形光标位于该属性上),在"属性说明"部分都会显示出该属性的名称和功能介绍。如果不想显示属性说明,可以在属性窗口的任意部位(标题栏除外)右击,将弹出一个菜单,选择该菜单中的"描述"命令。用同样的操作可以恢复"属性说明"部分的显示。

每个VB对象都有其特定的属性,可以通过属性窗口来设置,对象的外观和其能执行的操作由所设置的属性值来确定。有些属性的取值是有规定的,例如,对象的可见性的值只能设置为True或False(即可见或不可见);而有些属性(如标题)可以设置为任何文本。

在实际的应用程序设计中,不可能也没必要设置每个对象的所有属性,很多属性可以使用系统默认值。

4. "窗体布局"窗口

"窗体布局"窗口是提供给用户布置应用程序中各窗体在显示器上的位置的,"窗体布局"窗口如图1-7所示。

"窗体布局"窗口可看作是一个缩小的屏幕,它可以显示出窗体在屏幕上的位置。用户在设计阶段,用鼠标拖动窗体图标到屏幕的任何位置,就可达到调整程序运行时窗体显示位置的目的。窗体布局窗口主要用来定位程序运行时窗体的位置。

单击"窗体布局"窗口工具按钮或选择"视图"菜单中的"窗体布局"窗口命令,都可以打开"窗体布局"窗口。

图1-7　"窗体布局"窗口

5. 工具箱窗口

一般情况下,VB中的工具箱位于窗体的左侧,由21个被绘制成按钮形式的图标构成,这些图标是VB应用程序的组成部件,被称为控件(或图形对象),如图1-8所示,用户可以利用它们在窗体上绘制出所需控件。注意,工具箱中的指针不是控件,只是用来在窗体上调整所绘制的控件。用户可以通过"工程"菜单中的"部件"命令来装入Windows中注册过的其他控件到工具箱中。工具箱在运行模式是不可见的,在设计模式也可以将其隐藏(在工具箱上右击,选择"隐藏"命令),需要时单击"视图"菜单中的"工具箱"命令就可以显示出工具箱。

6. 代码窗口

代码窗口又称代码编辑器,是用来编写或修改过程或事件过程的程序代码的窗口,如图1-9所示。

图1-8　工具箱

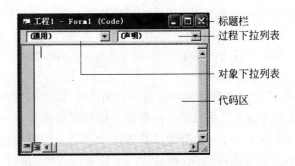

图1-9　代码窗口

VB中打开代码窗口的方法主要有以下几种:

- 双击窗体的任何地方。
- 右击,从弹出的快捷菜单中选择"查看代码"命令。
- 单击工程资源管理器窗口中的"查看代码"按钮。
- 选择"视图"菜单中的"代码窗口"命令。

1) 代码窗口的组成

代码窗口主要由以下几部分组成:

- 标题栏:用来显示工程名称、窗体名称及最小化、最大化和关闭按钮。
- 对象下拉列表框:位于标题栏下一行左半部分。单击右边的下拉列表按钮,会弹出下拉列表,列表中列出当前窗体及其所包含的所有对象的名称。其中,无论窗体的名称如何改变,作为窗体的对象名总是Form。
- 过程下拉列表框:位于标题栏下一行右半部分。单击右边的下拉列表按钮,会弹出下拉列表,列表中列出所选对象能够响应的所有事件名。
- 代码区:窗口中的空白区域即为代码区,用户在其中可以编辑程序代码,方法与通常的字处理软件相似。
- "过程查看"和"全模块查看"按钮:位于代码窗口的左下角,用于切换代码窗口的两种查看视图。单击"过程查看"按钮,一次只查看一个过程;单击"全模块查看"按钮,可查看程序中的所有过程。

2) 代码编辑器的几个特性

选择"工具"菜单中的"选项"命令,在"选项"对话框的"编辑器"选项卡中适当进行设置,可使代码编辑器具有如下常用功能,使代码编写更加方便。

（1）自动列出成员特性

若要在程序中设置控件的属性和方法,可在输入控件名后输入小数点,VB会弹出下拉列表框,列表中包含了该控件的所有成员（属性和方法）,如图1-9所示。依次输入属性名的前几个字母,系统会自动索引显示出相关的属性名,用户可从中选择所需的属性。如果系统没有设置"自动列出成员"特性,可按Ctrl＋J组合键获得这个特性。

（2）自动显示快速信息

该功能可显示语句和函数的格式。当用户输入合法的VB语句或函数后,在当前行的下面会自动显示该语句或函数的语法格式。第一个参数为黑体,输入第一个参数后,第二个参数又变为黑体,如此继续。另外,当输入某行代码后按回车键,VB会自动检查该语句的语法。如果出现错误,VB会显示警告提示框,同时该语句变为红色。

（3）要求变量声明

VB不要求变量在使用之前一定先声明（定义）,这虽然给程序设计者带来了方便,但如果不小心却会造成难以觉察的错误。比如想给变量ABC赋值,不小心写成给AB赋值,系统会认为新定义了一个变量AB,而不会报错。为避免这种情况出现,用户可以要求系统对所使用的变量进行检查,凡是使用了没有预先声明的变量,系统应弹出消息框提醒用户注意。此时,用户须在代码窗口中的起始部分加入Option Explicit语句,或者在"选项"对话框的"编辑器"选项卡中再选中"要求变量声明"复选框,如图1-10所示。这样就在任何新模块中自动插入Option Explicit语句,但不会在已经建立起来的模块中自动插入,所以在当前工程内部,只能用手工方法向现有模块添加Option Explicit。

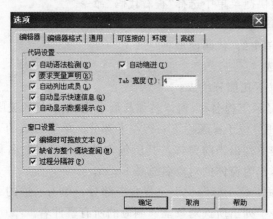

图1-10　"选项"对话框的"编辑器"选项卡

7. "立即"窗口

选择"视图"菜单中的"立即窗口"命令,可以打开"立即"窗口。在中断模式时会自动打开"立即"窗口,且其内容是空的,如图1-11所示。

程序运行时,出现以下情况可进入中断模式:

- 在执行程序时遇到断点。
- 在执行程序时按下Ctrl＋Break组合键。
- 在执行程序时遇到Stop语句或未捕获的运行时错误。

图1-11　"立即"窗口

- 添加一个 Break When True 监视表达式,当监视的值为 True 时将停止执行,进入中断模式。
- 添加一个 Break When Changed 监视表达式,当监视的值改变时将停止执行,进入中断模式。
- 输入或粘贴一行代码,然后按下回车键来执行该代码。

在以下几种情况下,可以使用“立即”窗口检查、调试、重置、单步执行或继续执行程序:

- 在程序运行时输出中间结果,程序中可用 Debug.Print 将结果输出到“立即”窗口。
- 在中断模式下,显示变量值或属性值;设置变量值或属性值;调用过程或函数,使用不同的参数测试函数或过程。
- 在窗口中输入 Error 命令(如输入 Error 50 后按回车键,会再打开信息窗口)可以获取错误信息。

在中断模式下,可以检查、调试、重置、单步执行或继续执行程序。从“立即”窗口中复制并粘贴一行代码到代码窗口中,但是“立即”窗口中的代码是不能存储的。“立即”窗口可以拖放到屏幕中的任何地方,除非已经在“选项”对话框中的“可连接的”选项卡内将它设定为停放窗口。

VB 中还有其他的窗口,如“对象浏览器”窗口、“数据视图”窗口和“调色板”窗口等,在这儿就不做介绍了。

1.5　VB 的工程构成

在 VB 中,应用程序总是以工程的形式存在的。工程的英文是 Project。VB 一启动,就会自动建立一个新的工程或打开一个已有的工程。VB 中的工程是 VB 应用程序的描述,通常是一个指令集,用来指挥计算机完成指定的工作。VB 应用程序通常由 3 类模块文件组成,即窗体模块、标准模块和类模块,这些模块文件也被称为工程的资源,VB 的工程文件(.vbp)其实是对这些模块文件的总结,它包含了一个应用程序中全部文件和对象库的清单,当用户查看已有程序的源代码时,可以直接打开工程文件,应用程序中所有的组成文件都会在“工程资源管理器”窗口中列出,若某些组成文件丢失,打开工程时就会报错,虽然加载工程会继续进行,但整个工程是不完整的,也就无法正常运行。下面逐一介绍比工程文件还要重要的几个模块文件。

1. 窗体模块

VB 应用程序是基于对象的,应用程序的代码结构就是该程序在屏幕上的物理表示的模型。在屏幕上看到的窗体是由它的属性决定的,这些属性定义了窗体的外观和内在的特点。在 VB 中,一个应用程序包含一个或多个窗体模块(其文件扩展名为“.frm”),每个窗体模块分为两部分,一部分是作为用户界面的窗体,另一部分是执行具体操作的程序代码。

2. 标准模块

标准模块(文件扩展名为“.bas”)全部由代码组成,它是工程的可选模块。一般在两种情况下,用户会使用标准模块,一是应用程序中有多个窗体,这些窗体可能会共用一些代码或数据,这些共用的部分放在标准模块中,提供给工程中所有的窗体使用;二是工程中存在一些代码不与具体的窗体或控件相关联,为了管理的方便也可以将它们分离出来形成子过程或函数过程,存放在标准模块中。一个工程可以有多个标准模块,一个标准模块可用于多个工程。在标准模块中,用户可以声明全局变量,也可以定义函数过程与子程序过程,标准模块中的全局变量可以被工程中的任何模块使用,而公用过程可以被窗体模块中的任何事件调用。

3. 类模块

类是对一类事物的描述,类模块(文件扩展名为“. cls”)就是用于定义某种对象特征属性和操作的模块。类模块中的对象类是没有物理表示的控件,只是逻辑上的定义。标准模块只包含代码,而类模块中既有代码又有数据。要编写好类模块,必须全面了解面向对象的基本概念和编程理念。

VB 中的每一个工程都包含有几个文件,因此建议用户在编写程序时,为每个不同的应用程序创建相应的文件夹;在保存文件时,注意将相关的工程文件与其他组成文件都放在一起。

第2章 对象及其操作

2.1 对象

在 VB 中进行应用程序设计,实际上就是与一组标准对象进行交互的过程。因此,准确地理解对象的概念,是进行 VB 程序设计的重要环节。

1. 对象的一般概念

在现实生活中,客观世界是由对象组成的,每一个实体就是一个对象。例如人们使用的交通工具,如汽车、火车、飞机等就是一个个对象。每一个对象又可能由很多个子对象组成,如汽车由车轮、车厢、发动机和油箱等部件组成。这些部件可以看成是一个个的子对象,而包含这些子对象的汽车对象就是一个容器对象。面向对象的程序设计思想就是模仿人们在客观世界中对事物分类的自然倾向,把问题的解决化分为对象而不是过程,从而更接近人们的思维过程。

前面我们介绍了窗体设计器窗口和工具箱窗口,用工具箱中的控件图标可以在窗体上设计界面。窗体和控件就是 VB 中的对象,这些对象是由系统设计好提供给用户使用的,其移动、缩放等操作也是由系统预先规定好的,用户在使用时非常方便。工具箱中的控件实际上是"空对象",但用这些空对象可以在窗体上建立真正的对象,并且可以根据程序设计的需要调整这些对象的位置、大小及其他特征。

对象是具有特殊属性和行为方式的实体,它是代码和数据的集合。VB 中的常用对象包括窗体、菜单、工具箱中的各种控件。当然,VB 也允许用户自定义对象。

VB 中的对象都有自己的属性和方法,属性是描述对象的一组数据,方法是使对象执行一定操作的命令。当加给对象某种操作时可能就会触发该对象的某种事件,从而会执行事件所对应的事件过程中的程序。对象的属性、方法和事件被称为对象的三要素。

2. 对象的属性

属性是对象的特性,不同的对象有不同的属性。对象常见的属性有标题(Caption)、名称(Name)、颜色(Color)、字体大小(Fontsize)、是否可见(Visible)等。前面介绍的属性窗口中含有各种属性,可以在属性列表中为具体的对象选择所需要的属性(方法见后)。

除了用属性窗口设置对象属性外,也可以在程序中用程序语句设置,一般格式如下:

对象名.属性名称 = 属性值

例如,假定窗体上有一个文本框控件,其名称(Name 属性)为 Text1,它有一个很重要的属性是 Text(文本框中显示的内容)。若有语句:

```
Text1.Text = "欢迎学习 VB 程序设计语言!!"
```

将会把字符串"欢迎学习 VB 程序设计语言!!"赋给 Text1 文本框控件的 Text 属性。在这里,Text1 是对象名,Text 是属性名,而字符串"欢迎学习 VB 程序设计语言!!"是属性 Text 的属性值。

3. 对象的事件

VB 是采用事件驱动编程机制的语言。传统编程使用的是面向过程、按顺序进行的机制,这种编程方式的缺点是写程序的人总是要关心什么时候会发生什么事情。而在事件驱动编程中,用户只要编写响应用户或系统动作的程序,如选择命令、移动鼠标、装载窗体等,而不必考虑按规定次序执行的每个步骤。在这种机制下,不必编写一个大型程序,而是建立一个由若干个小程序组成的应用程序,这些小程序都可以由用户或系统引发的事件来导致它的执行。

所谓事件,是由 VB 系统预先设置好的、能够被对象识别的动作,例如 Click(单击)、DblClick(双击)、Load(装入)、MouseMove(移动鼠标)、Change(改变)等。不同的对象能够识别的事件是不一样的。当事件由用户触发(如 Click)或由系统触发(如 Load)时,对象就会对该事件作出响应。例如,我们可以编写一个程序如下:

```
Private Sub Form_click()
    Print "welcome to VB!!"
End Sub
```

该程序响应用户加在某一个对象(窗体)上的 Click 事件,运行程序后,只要在窗体上单击鼠标左键,就可以执行这个事件所对应的程序代码,在窗体上显示的"welcome to VB!!",这就是程序的运行结果。

响应某个事件后所执行的操作通过一段程序代码来实现,这样的一段程序代码叫做事件过程(event procedure)。一个对象可以识别一个或多个事件,因此可以使用一个或多个事件过程对用户或系统的事件作出响应。虽然一个对象可以拥有许多个事件过程,但在程序中要使用哪些事件过程,则必须由用户根据程序的具体要求来确定。事件过程的一般格式如下:

```
Private Sub 对象名称_事件名称( )
    事件响应程序代码
End sub
```

其中,"对象名称"指的是该对象的 Name 属性,"事件名称"是由 VB 预先定义好的赋予该对象的事件,而这个事件必须是对象所能识别的。至于一个对象可以识别哪些事件,则无须用户操心。因为在建立了一个对象(窗体或控件)后,VB 能自动确定与该对象相配的事件,并可显示出来供用户选择。下面就简单介绍一些常见的事件。

1) 窗体或图像框能响应的事件

(1) Paint 事件:当某一对象在屏幕中被移动、改变尺寸或清除后,程序会自动调用

Paint 事件。注意：当对象的 AutoRedraw 属性为 True 时，程序不会调用 Paint 事件。

（2）Resize 事件：当对象的大小改变时触发。

（3）Load 事件：仅适用于窗体对象，当窗体被装载时触发。

（4）Unload 事件：仅适用于窗体对象，当窗体被卸载时触发。

2）当前焦点（Focus）事件

（1）GotFocus 事件：当光标聚焦于该对象时触发。

（2）LostFocus 事件：当光标离开该对象时触发。

注意，Focus 英文为"焦点"、"聚焦"之意。最直观的例子是，有两个窗体，互相有一部分遮盖，当单击下面的窗体时，它就会全部显示出来，这时它处在被激活的状态，并且标题条变成蓝色，这个窗体就会触发 GotFocus 事件；相反，另外一个窗体被遮盖，并且标题条变灰，它会触发 LostFocus 事件。

3）鼠标操作事件

（1）Click 事件：鼠标单击时触发。

（2）DbClick 事件：鼠标双击时触发。

（3）MouseDown、MouseUp 属性：按下/放开鼠标键时触发。

（4）MouseMove 事件：鼠标移动时触发。

（5）DragDrop 事件：拖放事件，相当于 MouseDown、MouseMove 和 MouseUp 的组合。

（6）DragOver 事件：鼠标在拖放过程中就会触发 DragOver 事件。

4）键盘操作事件

（1）KeyDown、KeyUp 事件：按键在按下/放开时触发。

（2）KeyPress 事件：按键事件。

5）改变控制项事件

（1）Change 事件：当对象的内容发生改变时，触发 Change 事件。最典型的例子是文本框（TextBox）。

（2）DropDown 事件：下弹事件，仅用于组合框（ComboBox）对象。

（3）PathChange 事件：路径改变事件，仅用于文件列表框（FileListBox）对象。

6）其他事件

Timer 事件：仅用于计时器，每隔一段时间被触发一次。

4．对象的方法

对象的方法是指对象的行为方式，也就是对象要执行的动作。如移动方法（Move）是对象要移动，清除方法（Cls）是清除对象上的文字和图形。对象的方法与事件有很多相似的地方，它们都要执行一段代码完成特定的功能，不同的是事件过程中的代码要用户编写，而系统提供的允许某个对象使用的方法对应的代码是 VB 系统预先设计好的，用户不能去查看和修改。VB 中提供了大量的方法，有些方法可能适用于多种甚至所有类型的对象，而有些方法可能只适用于少数几种对象。使用方法要通过程序代码来实现，调用格式为：

对象名称.方法名称 ［参数］

例如,调用以下方法可以清除窗体 Form1 上显示的文本和图形:

```
Form1.Cls
```

2.2 控件

2.2.1 控件基础

窗体和控件都是 VB 中的对象,它们是应用程序的"积木块",共同构成了用户的界面。因为有了控件,才能使得 VB 不但功能强大,而且易于使用。控件是构造应用程序用户界面的图形化工具。在程序开发环境中,控件放置在工具箱中,使用一系列简单的单击和拖曳操作就能够用它们在窗体上创建对象。

VB 控件分为三类:内部控件、ActiveX 控件、可插入对象。其中内部控件又称标准控件,例如文本框、命令按钮、图片框、标签等。启动 VB 后,内部控件就出现在工具箱中,用户既不能添加,也不能删除。图 2-1 就是标准工具箱中列出的各控件图标及其名称。

图 2-1　工具箱中的控件图标及名称

1. 控件的命名

每个控件都有一个名字,这个名字就是控件的 Name 属性值。在一般情况下,控件的 Name 属性都有默认值,如 Form1、Command1、Text1 等。用户也可以遵守 VB 中有关合法标识符的规定,在属性窗口中给控件设置新的 Name 属性值。VB 中的合法标识符要求如下:必须以字母或汉字开头,后为字母、汉字、数字或下划线的字符序列。如 frm1、cmdOK、图片 1、cmd_OK2 等都为合法的标识符。

当然,为了能见名知义,提高程序的可读性,最好用有一定意义的名字作为对象的 Name 属性值。表 2-1 列出了窗体和内部控件建议使用的前缀。

表 2-1　窗体和内部控件使用的前缀

对　　象	前　　缀	举　　例
窗体(Form)	Frm	Frmmy1
标签(Label)	Lab	Labshow2
复选框(CheckBox)	Chk	ChkReadOnly
命令按钮(Command Button)	Cmd	CmdExit
图片框(PictureBox)	Pic	PicVGA
文本框（TextBox）	Txt	TxtLastName
计时器(Timer)	Tmr	TmrAlarm

2．控件的画法

在 VB 中，除窗体外，建立界面的主要工作就是画控件，这里介绍控件的两种主要画法。

方法一步骤如下(以画标签为例)：

(1) 单击工具箱中的标签图标，该图标反相显示。

(2) 把鼠标移到窗体上，光标变为"＋"，按下鼠标左键不松开，向右下方拖动鼠标，窗体上出现一个方框。

(3) 随着鼠标的移动，把方框调整到合适大小，松开鼠标，就在窗体上画出一个标签控件。

方法二比较简单，步骤如下：

用鼠标双击工具箱中的标签图标，则可在窗体中央画出该控件。与第一种方法不同的是，这种方法所画出的控件其大小、位置是固定的。

用第一种方法每单击一次工具箱中的某个图标，只能在窗体上画一个相应的控件。如果要画出多个某种类型的控件，必须多次单击相应的控件图标。为了能单击一次控件图标即可在窗体上画出多个相同类型的控件，可按如下步骤操作：

(1) 按下 Ctrl 键，不要松开。

(2) 单击工具箱中要画的控件的图标，然后松开 Ctrl 键。

(3) 用前面介绍的方法在窗体上画出控件(可以画一个或多个)。

(4) 画完控件后，单击工具箱中的指针图标(或其他图标)。

2.2.2　控件的基本操作

1．控件的缩放和移动

1) 通过鼠标操作

画出控件后，其大小和位置不一定符合设计要求，此时可对控件进行放大、缩小或改变位置等操作。当控件处于活动状态时，也就是某控件四周出现控制柄时(用户可以通过鼠标单击该控件使其处于活动状态)，用鼠标拖拉上、下、左、右四个小方块中的某个小方块可以使控件在相应的方向上放大或缩小；而如果拖拉位于四个角上的某个小方块，则可使该控件同时在两个方向上放大或缩小。

画出控件后，如果该控件是活动的，则只要把鼠标光标移到控件内(边框内的任何位置)，按住鼠标左键不放，然后移动鼠标，就可以把控件拖到窗体内的任何位置。

2) 通过属性窗口操作

除了直接用拖动方法改变控件的大小和位置外，通过改变属性窗口中某些属性的属性值，也能改变控件或窗体的大小和位置，在属性列表中，有 4 种属性与控件的大小和位置有关：Width(对象的宽度)、Height(对象的高度)、Top(对象的顶端到其容器①顶端的距离)和Left(对象的左边缘到其容器左边缘的距离)。在属性窗口中单击属性名称，右侧一列显示该属性的当前值，此时键入新的属性值，就可改变窗体或控件的大小和位置。

2. 控件的复制和删除

VB允许用户对画好的控件进行"复制"，操作步骤如下。

(1) 选中需要复制的控件(假定为"Label1")。

(2) 选择"编辑"菜单中的"复制"命令，或者在右击鼠标弹出的快捷菜单中选择"复制"命令，如图2-2所示。执行"复制"命令后，VB将把活动控件拷贝到操作系统的剪贴板中。

(3) 选择"编辑"菜单或快捷菜单中的"粘贴"命令，屏幕上将显示一个对话框，询问是否要建立控件数组，单击"否"按钮后，就把活动控件复制到窗体的左上角。

为了删除一个控件，也必须先把该控件选为活动控件，然后按 Del 键，即可把该控件删除。当然，也可以用快捷菜单来完成这个操作。

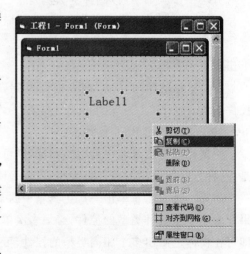

图 2-2　选择"复制"命令

2.3　VB 应用程序开发的步骤

2.3.1　应用程序开发的两个环节

VB中创建应用程序大致要开展两个环节的工作：设计用户界面和编写程序代码，即要求编程人员先要确定程序所需的对象及其属性，然后针对这些对象进行代码编程。

具体地说，用户一般是按如下的步骤进行应用程序的开发：

(1) 新建工程。创建一个应用程序，首先要打开一个新的工程。

(2) 创建应用程序界面。所有的用户界面都离不开窗体(即窗口)，它是一个容器。窗体是最常用的对象，其他各种控件对象必须建立在窗体上。

(3) 设置属性值。

(4) 对象事件过程编程。

(5) 保存文件。

(6) 程序运行与调试。再次保存修改后的程序。

---

① 容器是指能容纳其他控件的对象，主要有窗体、图片框控件和框架控件。

2.3.2 第一个 VB 应用程序的开发

【例 2.1】 设计一个程序,在程序运行后,若用鼠标单击窗体,在窗体上会显示出"Visual Basic 欢迎您!"一行文字,运行结果如图 2-3 所示。

(1)用户界面设计

分析得知:这个程序所需的对象仅为窗体,而窗体是系统必须提供的一个对象,新建工程后就可以得到该所需对象。用户可以根据需要进行属性设置。

(2)打开代码窗口,编写程序代码

编写程序代码,先要确定触发的事件,由题目可知,是在单击窗体后,导致了程序的运行,所以触发的事件为窗体的 Click 事件。我们打开代码窗口,在对象框中选择 Form(窗体);在过程框中选择单击事件(Click)。当选择了对象和事件后,在代码窗口立即自动出现相应的 Form_Click()过程框架,如图 2-4 所示。

图 2-3 第一个 VB 应用程序

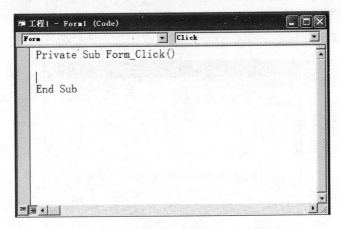

图 2-4 代码窗口

我们在 Private Sub Form_Click()与 End Sub 两行之间输入以下语句:

Print "Visual Basic 欢迎您!"

在运行程序时,若用户单击窗体时,会发生单击事件,系统就会执行下面的过程:

```
Private Sub Form_Click()
  Print "Visual Basic 欢迎您!"
End Sub
```

(3)保存文件

运行程序后,保存应用程序所用到的所有文件。其实,为防止程序有错导致系统混乱而使新编的程序丢失,一定要在调试程序前先保存程序的窗体文件与工程文件。经调试修改,确定运行结果正确后,再一次保存程序中的所有文件。

保存调试好的程序,以备再次使用,我们可以执行"文件"菜单中的"保存工程"命令,则打开如图 2-5 所示的"文件另存为"对话框。在"文件名"文本框中输入窗体文件或模块文件的名称,单击"保存"按钮。

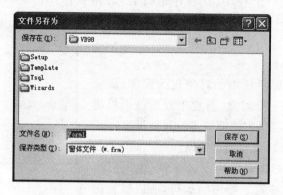

图 2-5　"文件另存为"对话框

如果工程中包含有多个窗体或模块等,则单击"保存"按钮后"文件另存为"对话框仍然存在,要求用户保存下一个文件,直到工程中所有的文件保存完毕。最后,出现如图 2-6 所示的"工程另存为"对话框,在"文件名"文本框中输入工程的名称,单击"保存"按钮。这样,就完成了对一个工程的保存。

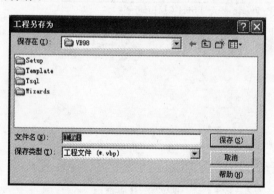

图 2-6　"工程另存为"对话框

【例 2.2】　窗体上有两个命令按钮,一个按钮的名称属性为 CmdDisplay,标题(Caption 属性)是"显示",另一个按钮的名称属性为 CmdExit,标题为"退出",如图 2-7 所示。程序开始运行后,用户单击"显示"命令按钮,就会在窗体上输出一行文字。单击"退出"命令按钮,则结束程序运行。

（1）界面设计

分析得知：该程序的界面中有三个对象：一个窗体,两个命令按钮。新建工程,在窗体上添加两个命令按钮,调整命令按钮的大小及位置。

图 2-7　例 2.2 程序界面

（2）属性设置

根据题目要求，在属性窗口中设置相关对象的属性值，如表 2-2 所示。

表 2-2 例 2.2 控件属性设置

对　象	属性名称	属性值
Command1	Name	CmdDisplay
	Caption	显示
Command2	Name	CmdExit
	Caption	退出

（3）打开代码窗口，编写程序代码

```
Private Sub CmdDisplay_Click()
    Print "Visual Basic 欢迎您!"
End Sub
Private Sub CmdExit_Click()
  End
End Sub
```

（4）初次保存窗体文件与工程文件。

（5）调试程序，再次保存修改后的程序。

程序中"END"语句的作用是使程序从运行状态退出。

第3章 窗体与常用控件

窗体和控件都是 VB 中的对象，窗体最为重要，是各种控件对象的容器。在这一章，我们将重点介绍窗体和 VB 中常用控件的属性、方法及它们分别能够响应的事件。

3.1 窗体

窗体犹如一块画布，在程序设计阶段，它是程序界面的设计区域，而在运行程序时，每个窗体对应于一个窗口，是所有控件的容器，也是运行结果展示的区域。

3.1.1 窗体的结构

窗体的结构与普通 Windows 系统中的窗口非常相似，图 3-1 给出了窗体的结构。

3.1.2 窗体的主要属性

1. Name（名称）

窗体的名称属性。窗体和每一个控件对象都由

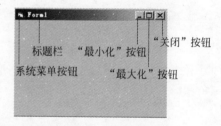

图 3-1 窗体的结构

系统默认的唯一的一个 Name 值来标识。Name 属性的命名规则为：必须以字母或中文汉字开头，后可跟字母、中文、数字和下划线，长度不超过 40 个字符。第一个窗体系统默认的命名为 Form1，依次为 FormX（X=1,2,3,…）。

2. AutoRedraw（自动重画）

控制图像的重建，常用于多窗体程序设计中，语法格式为：

窗体名称.AutoRedraw = True|False

当 AutoRedraw 设置为 True 时，那么本窗体被另外的窗体覆盖后，又回到此窗体时，将自动重新刷新或重画窗体上的所有图形；如果设置为 False（默认属性），则必须通过事件过程来设置这一操作。

3. BackColor（背景色）与 ForeColor（前景色）

前者用来指定窗体的背景色，后者用来指定窗体上文本或图形的前景色。

4. BorderStyle(边框类型)

BorderStyle 属性用于确定窗体边框的类型,有 6 个值,如表 3-1 所示。

表 3-1　窗体边框的类型

值	含　义
0——None	无边框
1——Fixed Single	单边外框,运行时窗口大小不可改变
2——Sizable	(默认值)双线边框,运行时窗口大小可改变
3——Fixed Dialog	双线边框,窗口大小不可改变,没有"最大化"和"最小化"按钮
4——Fixed ToolWindow	窗口大小不可变,只显示"关闭"按钮,标题栏字体缩小
5——Sizable ToolWindow	窗口大小可变,只显示"关闭"按钮,标题栏字体缩小

5. Height(高度)与 Width(宽度)

这两个属性用来指定窗体的高度与宽度,其单位是 twip。例如,要让窗体的高度变为 200,宽度变为 300,那么程序应该写成:

```
Private Sub Form1_Click()
    Form1.Height = 200
    Form1.Width = 300
End Sub
```

6. Caption(标题)

出现在窗体的标题栏中的文本信息。

7. Enabled(可用)

该属性决定窗体是否可以响应用户的操作从而触发相应的事件,我们简称为可用。默认值为 True,当值为 False 时,窗体为不可用状态。

8. Font(字体)

该属性用来设置窗体正文的字体、字形、字号等,包含一组相关属性:FontName、FontSize、FontBold、FontItalic、FontUnderline、FontStrikethru 等。这些属性既可以在设计阶段在属性窗口中设定,也可以在程序运行时改变;这个属性对大部分控件都适用。如果在设计界面时设定,则在如图 3-2 左图所示的 Font 属性中,不仅可以选择字体,还可以设置显示文字是否为粗体、斜体、下划线等属性,若在程序运行时改变,则在如图 3-2 左图所示的对话框中设置。

若在程序中改变窗体 Form1 的 Font 属性,程序代码如下:

```
Form1.FontName = "字体类型",
```

其中,"字体类型"可以是中文,如"宋体"、"隶书";也可以是英义名,如"Arial"、"Times New Roman"等,但这些字体名称必须是电脑上有的。

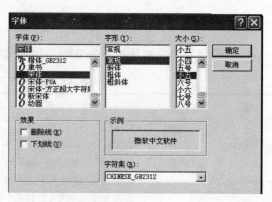

图 3-2　字体属性设置

若改变字体大小,则代码如下:

```
Form1.FontSize = X
```

其中,"X"是数值,单位为磅,如:Form1.FontSize＝11。
常见字号对应的磅值如表 3-2 所示。

表 3-2　常用字号与磅值的关系

字号	初号	小初	一号	小一	二号	小二	三号	小三	四号	小四	五号	小五
磅值	42	36	26	24	22	18	16	15	14	12	10.5	9

粗体(FontBold)、斜体(FontItalic)、下划线(FontUnderline)、删除线(FontStrikethru)属性的设置值是代表真/假的逻辑判断值 True/False,格式如下:

```
Form1.FontBold = True 或 Form1.FontBold = False
Form1.FontItalic = True 或 Form1.FontItalic = False
```

Font 属性对其他控件也同样适用。使用时只要修改对象名即可。

9. Top(上边距)与 Left(左边距)

通过这两个属性可以控制窗体的坐标位置,默认单位同样是 twip。

要注意的是:随着对象的不同,这个 Top 与 Left 的意义不同。当对象是窗体时,Top指的是窗体顶部与屏幕顶部的相对距离,Left 指的是窗体左边界与屏幕左边界的间距;当对象是其他控件时,它们分别表示控件顶部、左边与窗体顶部、左边之间的距离,示意图如图 3-3 所示。

语法示例:

```
Private Sub Form1_Click()
  Form1.Top = 200
  Form1.Left = 300
End Sub
```

运行程序后单击窗体,能使窗体 Form1 移动到距屏幕顶部 200 twip,距屏幕左边距 300

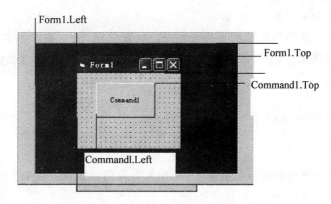

图 3-3　Top 与 Left 属性的取值规定

twip 的地方。

10．MaxButton("最大化"按钮)和 MinButton("最小化"按钮)

显示在窗体标题栏右上角的"最大化"、"最小化"按钮,只在运行阶段起作用,用来控制窗体显示的状态。如果 BorderStyle 属性设置为 0,这两个属性将被忽略。

11．Picture(图片)

该属性能在指定的对象上添加图片,它适用于很多可以加载图片的控件。VB 中能加载的图形文件种类很多,如.ico、.bmp、.wmf、.gif、.jpg、.cur、.emf、.dib 等。用户可以在设计阶段为对象指定图片,也可以在程序运行阶段指定,代码如下:

对象名.Picture = LoadPicture("图形文件所在的路径与文件名")。

例如:

```
Private Sub Form_Load( )
    Form1.Picture = LoadPicture("D:\image\01.jpg")
End Sub
```

要清除图片,同样可以在设计阶段和程序中完成,示例代码如下:

```
Form1.Picture = LoadPicture("")
```

12．Visible(可见)

当一个对象的 Visible 属性设置为 False 时,程序运行时该对象不可见;只有当 Visible 属性值变为 True 时,对象才能被显示出来。

3.1.3　窗体的常用方法

窗体常用的方法有以下 5 个。

1．Show(显示)

功能:显示一个窗体。

格式：[窗体名.]Show [模式]

窗体名可省略。参数"模式"的值为 0 或 1。0（默认值）——表示不关闭当前窗体就可以对其他窗体进行操作。1——表示必须在关闭当前窗体后才能对其他窗体进行操作。

例如：

```
Form1.Show
Me.Show    'Me 表示当前窗体
```

2. Hide（隐藏）

功能：把一个窗体从显示器上清除，但其相关参数仍保存在内存中。

格式：[窗体名.]Hide

调用此方法后，窗体不会显示在屏幕上。

3. Move（移动）

功能：移动一个窗体。

格式：[窗体名.]Move 左边距[,上边距[,宽[,高]]]

Move 方法用来移动窗体，还可改变大小。"左边距"、"上边距"、"宽"、"高"都以 twip 为单位。该方法还可用于其他大部分控件。如果移动的是一个窗体，"左边距"和"上边距"均以屏幕左边界和上边界为准；如果移动的是控件，则以所在窗体的左边界和上边界为准。

例如：

```
Form2.Move 3000,3000,8000,16000
```

4. Print（打印）

在窗体上显示文本字符串和表达式的值，具体内容见后面章节。

5. Cls（清除）

功能：清除当前窗体中由 Print 方法显示的内容，并移动光标到对象的左上角(0,0)。该方法还可用于图片框。

格式：[窗体名.]Cls

例如：

```
Form1.Cls
Cls (对象名省略,则清除当前窗体的内容)
```

注意：以上所有的属性，省略对象名时系统会默认为是当前窗体。

3.1.4　窗体的主要事件

1. Load（装入）

窗体最主要的事件，用来在启动程序时对某一窗体的属性和相关变量进行初始化。程序一旦运行，将自动触发本事件。

2. UnLoad（卸载）

窗体的卸载事件作用是从内存中清除一个窗体。卸载后如果要重新装入窗体，那么新装入的窗体上的所有控件都需要重新初始化。

3．Click(单击)与 DblClick(双击)

鼠标单击时触发 Click 事件,鼠标双击时触发 DblClick 事件。程序运行后,在窗体的任意空白位置单击或双击,则分别调用 Form_Click、Form_DblClick 事件过程。

3.2　标签和文本框

文本控件有两个,即标签(Label)和文本框(TextBox)。这二者的区别为:在标签中只能显示文本,且程序运行后,用户不能进行编辑,而在文本框中既可显示文本,又可输入文本。

3.2.1　标签

标签(Label)的主要作用是显示文本信息。标签控件显示的文字只能在设计阶段进行修改。

如图 3-4 所示,在 VB 工具箱中,方框圈住的字母 A 图标即为标签控件的图标。标签的默认名称(Name)和标题(Caption)为 LabelX(X 为 1、2、3、…),规范的命名方式为:LblX(X 为自己定义的字符系列,如 LblShow、LblRed 等)。

图 3-4　标签图标

1．主要属性

标签的一些属性和窗体相同,包括 Name、Enabled、FontBold、FontItalic、FontName、FontSize、FontUnderline、Height、Left、Top、Visible、Width,下面介绍它的其他主要属性。

(1) Alignment(对齐)

该属性用来设置标签上显示的文本的对齐方式:

0(默认值)——左对齐;

1——右对齐;

2——居中显示。

(2) AutoSize(自动调整大小)

True——可根据 Caption 属性的值自动调整标签大小;

False(默认值)——标签大小固定。过长的文本只能显示其中一部分。

(3) BackStyle(背景风格)

0(默认值)——表示标签不透明;

1——表示标签透明。

(4) BorderStyle(边框)

该属性用来设置标签的边框类型,有两种值可选:

0(默认值)——标签无边框;

1——标签有边框,并且具有三维效果。

如图 3-5 所示的两个标签演示了这两种效果。

（5）Caption（标题）

该属性用来设置在标签上显示的文本信息，可以在设计阶段设置，也可以运行阶段改变文本信息。

如果要在程序运行阶段修改标题属性，代码如下：

```
标签名.Caption = "[要显示的文本]"
```

图 3-5　边框风格不同的两个标签

（6）WordWrap（文本卷绕）

该属性用来设置标签的 Caption 属性的显示方式，默认值为 False。

True——标签在垂直方向变化大小与标题文本相适应，水平方向大小不变。

False（默认值）——标签在水平方向扩展，和标题文本最长的一行相适应，垂直方向显示标题文本的所有行。

注意，只有将 AutoSize 属性设置为 True，WordWrap 属性才起作用。

2. 事件

标签支持 Click、DblClick 事件，我们一般不对标签触发的事件编程。

3.2.2　文本框

文本框（TextBox）主要用来显示文本或用来输入文本，如 Windows 登录时的"口令"对话框，或者记事本的整个编辑区域。文本框控件的默认名称为 TextX（X 为 1、2、3、…），命名规则为 TxtX（X 为用户自定义的名字，如 TxtShow、TxtFont、TxtColor 等）。

双击工具箱中的文本框控件或者先单击文本框控件（如图 3-6 箭头所示），然后用鼠标在 VB 的窗体设计器窗口中拖动，就可以创建文本框了。

1. 主要属性

在窗体中介绍的一些属性也可用于文本框，如 Name、BorderStyle、Enabled、FontBold、FontItalic、FontName、FontSize、FontUnderline、Height、Left、Top、Visible、Width，它还有以下一些主要属性。

（1）Text（文本）

Text 是文本框控件最重要的属性，它用来显示文本框中的文本内容，可以在界面设计时通过属性窗口指定其内容，如图 3-7 所示。

图 3-6　文本框图标

图 3-7　属性窗口中设置 Text 属性

Text 的值也可以在程序中动态修改,程序代码如下:

```
文本框名.Text = "[要显示的文本内容]"
```

如果要在一个名为 TxtFont 的文本框控件中显示"隶书"文本内容,那么输入以下代码:

```
TxtFont.Text = "隶书"
```

(2) SelText(选中文本)

返回或设置当前所选文本的字符串。如果没有选中的字符,那么返回值为空字符串,即""。

注意:SelText 属性的返回值是个字符串,或为空,或为选中的文本。

(3) SelStart 和 SelLength

SelStart 属性表示选中文本的起始位置,返回的是选中文本的第一个字符的位置。SelLength 属性表示选中文本的长度,返回的是选中文本的字符个数。

例如,文本框 TxtContent 中有内容如下:跟我一起学习 VB 程序设计。假设选中"一起学习"四个字,那么 SelStart 为 3,SelLength 为 4。

(4) MaxLength(最大长度)

该属性限制文本框中可以输入字符个数的最大限度。默认为 0,表示在文本框所能容纳的字符数之内没有限制,文本框所能容纳的字符个数是 64KB,如果超过这个范围,则应该用其他控件来代替文本框控件。这跟 Windows 中用记事本打开文件一样,当文件过大时,系统会自动调用写字板来打开文件,而不是用记事本。

文本框控件的 MaxLength 属性既可以在界面设置过程中指定,也可以在设计时予以改变,代码为:

```
文本框名.Maxlength = X
```

其中,X 为正整数,如 10、20、57 等。

(5) MultiLine(多行)

该属性决定文本框是否可以显示或输入多行文本。

True——文本框可以容纳多行文本;

False(默认值)——文本框只能容纳单行文本。

该属性只能在界面设置时指定,程序运行时不能修改。

(6) PasswordChar(密码)

该属性主要用来作为口令功能进行使用。例如,若希望在密码框中显示星号,则可在"属性"窗口中将 PasswordChar 属性指定为" * "。这时,无论用户输入什么字符,文本框中都显示" * "。

在 VB 中,PasswordChar 属性的默认符号是" * ",也可以指定为其他符号。但要注意的是,如果文本框控件的 MultiLine(多行)属性为 True,那么文本框控件的 PasswordChar 属性将不起作用。

(7) ScrollBars(滚动条)

该属性可以设置文本框是否有滚动条。

0(默认值)——文本框无滚动条；

1——只有水平滚动条；

2——只有垂直滚动条；

3——有水平滚动条和垂直滚动条。

(8) Locked(锁定)

False(默认值)——文本框中的内容可以编辑；

True——文本框中的内容不能编辑，只能查看或进行滚动操作。

2. 事件

(1) Change 事件

当程序把文本框控件的 Text 属性设置为新值时(只要文本框中的内容发生变化)，会触发 Change 事件。

(2) GotFocus(获得焦点)事件

所谓获得焦点，就是指对象处于活动状态。文本框获得焦点就是指把光标移动到文本框中，此时会触发该事件。获得焦点后，文本框才能显示从键盘上输入的字符。

(3) LostFocus(失去焦点)事件

所谓失去焦点，就是指对象处于非活动状态。当光标离开文本框时，会触发该事件。

3. 方法

SetFocus(设置焦点)

该方法为指定的文本框设置焦点，即把光标移到文本框中。

格式：[对象名.]SetFocus

4. 应用举例

【例 3.1】　文本框和标签示例。一个文本框(名称为 TxtContent)，初始状态下内容为空；当获得焦点时，文本框内容显示"大家好，课程还难吗？"字样；当失去焦点，文本框回到初始状态。另外再创建一个标签(名称为 LblShow)，当用户试图向文本框输入文本或改变文本框本来的文本时，标签显示"标签的作用大家还清楚吗？"字样。

(1) 设计用户界面(如图 3-8 所示)。

(2) 编写程序代码如下：

```
Private Sub TxtContent_GotFocus()
  TxtContent.Text = "大家好,课程还难吗?"
End Sub
Private Sub TxtContent_LostFocus()
  TxtContent.Text = ""
End Sub
Private Sub TxtContent_Change()
  LblShow.Caption = "标签的作用大家还清楚吗?"
End Sub
```

图 3-8　用户界面

3.3 命令按钮

在 Visual Basic 工具箱中,CommandButton(命令按钮)控件所代表的图标如图 3-9 中箭头所指。默认的名称和 Caption 属性都为 CommandX(X 为 1,2,3,…),命名规则为 CmdX(X 为用户自定义的名字,如 CmdCopy、CmdPaste 等)。

1. 主要属性

(1) Cancel(取消)

当一个命令按钮的 Cancel 属性设置为 True 时,按 Esc 键与单击此命令按钮的作用相同。因此,这个命令按钮一般被称为取消按钮。在一个窗体中,只允许一个命令按钮的 Cancel 属性为 True。

图 3-9 命令按钮图标

(2) Default(默认)

当一个命令按钮的 Default 属性设置为 True 时,按回车键与单击此命令按钮的作用相同,因此,这个命令按钮被称为默认按钮。与 Cancel 的设置一样,在一个窗体中,只允许一个命令按钮的 Default 属性为 True。

(3) Caption(标题)

跟其他控件的 Caption 属性一样,都用来显示控件标题的属性。

图 3-10 命令按钮的热键

这里要强调的是,作为按钮控件,用户可以为命令按钮的 Caption 指定热键。方法是:在命令按钮 Caption 属性中要作为热键的字母前加上一个"&"符号。程序运行时,该字母的下面会出现一条下划线。如果同时按下 Alt 键和带有下划线的字母,其功效相当于用鼠标单击该按钮,如图 3-10 所示。

(4) Style(类型)与 Picture(图片)

Style 属性用来指定命令按钮的显示类型,有两个值:0 或 1。

0(默认)——标准风格。表示命令按钮上只显示文本。

1——图形风格。表示命令按钮中还可以显示图形。

只有当命令按钮的 Style 属性设置为 1 时,其 Picture 属性才起作用,其用法同窗体。

2. 事件

命令按钮最常触发的事件就是鼠标单击(Click)事件。命令按钮是不支持双击(DblClick)事件的。

3. 方法

SetFocus:设置焦点。

凡是被设置为焦点的命令按钮,其上有一个虚线方框,此时按 Enter 键,相当于鼠标单击此命令按钮。

4. 应用举例

【例 3.2】 命令按钮示例。

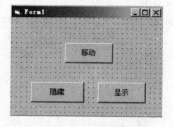

图 3-11　例 3.2 用户界面

在窗体上设置三个命令按钮,名称分别为 Cmd1、Cmd2、Cmd3,标题分别为"移动"、"隐藏"、"显示"。程序运行后,要求单击 Cmd1,Cmd1 移动到窗口的左上角,并且大小是原来的一半;单击 Cmd2,Cmd1 消失;Cmd1 消失后,单击 Cmd3,Cmd1 重新显示在窗口中。

(1) 用户界面如图 3-11 所示,相关属性设置见表 3-3。

表 3-3　相关属性设置

	属性	值
命令按钮 1	Name	Cmd1
	Caption	移动
命令按钮 2	Name	Cmd2
	Caption	隐藏
命令按钮 3	Name	Cmd3
	Caption	显示

(2) 编写程序代码如下:

```
Private Sub Cmd1_Click()
    Cmd1.Move 0, 0, Cmd1.Width / 2, Cmd1.Height / 2
End Sub
Private Sub Cmd2_Click()
  Cmd1.Visible = False
End Sub
Private Sub Cmd3_Click()
 Cmd1.Visible = True
End Sub
```

3.4　计时器

在 Windows 应用程序中常常要用到时间控制的功能,如在程序界面上显示当前时间,或者每隔多长时间触发一个事件等。VB 中的 Timer——计时器控件就是专门解决这方面问题的控件。

计时器控件在工具箱上的图标如图 3-12 所示。

选中计时器控件,将鼠标移到窗体设计区,在窗体中拖出一个矩形就可以创建计时器了。跟其他控件不同的是,无论你绘制的矩形有多大,计时器控件的大小都不会变。另外,计时器控件只有在程序设

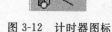

图 3-12　计时器图标

计过程中看得见,在程序运行时是看不见的。

1. 主要属性

Timer 控件的属性很少,其中,最重要的是 Interval(时间间隔)属性和 Enabled 属性。

（1）Interval

该属性决定了时钟事件之间的间隔,以毫秒为单位,取值范围为 0～65 535,因此其最大时间间隔不能超过 65s。如果把 Interval 属性设置为 1000,则表示每秒钟触发一个 Timer事件。

其语法格式为：

Timer.Interval = X ,

其中,X 代表具体的时间间隔,单位是微秒,1 秒＝1000 微秒。

（2）Enabled

Enabled 属性的默认值为 True,表示时钟开始计时；取值为 False 时,表示时钟不工作。

2. 事件

当一个计时器经过规定的时间间隔,将触发计时器的 Timer 事件。

3. 应用举例

【例 3.3】　建立一个应用程序,在标签中自动显示当前时间。

（1）创建程序界面。

界面如图 3-13 所示,将 LblShow 的 BorderStyle值设为 1,把 Timer1 的 Interval 属性设置为 1000。

（2）在 Timer1 的 Timer 事件中输入以下代码：

```
Private Sub Timer1_Timer()
    LblShow.FontSize = 30
    LblShow.FontName = "宋体"
    LblShow.Caption = "当前时间为: " & Time
End Sub
```

注意：Time 是 VB 中的关键字,表示获得系统的当前时间。

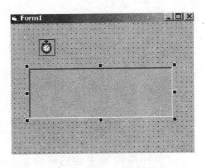

图 3-13　例 3.3 用户界面

3.5　单选按钮和复选框

在 VB 中,单选按钮(OptionButton)与复选框(CheckBox)控件主要是提供给用户做选择的。它们的不同点在于：同一组单选按钮中,只能选中一个,其他单选按钮自动变为未被选中状态；而在同一组复选框中,可以选中任意数量的复选框。

3.5.1　单选按钮与复选框的主要属性

单选按钮的默认名称为 OptionX(X 为 1,2,3,…),命名规则为 OptX(X 为用户自定义名字,如 OptRed、OptArial 等);复选框的默认名称为 CheckX(X 为 1,2,3,…),命名规则为 ChkX(X 为用户自定义名字,如 ChkName、ChkRed 等)。在工具箱中,单选按钮与复选框的图标如图 3-14 所示。

单选按钮
复选框

图 3-14　单选按钮和
复选框图标

前面讲到的大多数属性都适用于单选按钮与复选框,包括:Caption、Enabled、Font（FontBold、FontItalic、FontName 等）、Height、Left、Name、Top、Visible、Width 等,此处不再赘述。另外,单选按钮和复选框还有如下主要属性。

1. Value(值)

该属性是单选按钮与复选框最主要的属性,但取值有差别。

单选按钮:被选中时,Value 值为 True;未被选中时,Value 值为 False。

复选框:选中时,Value 值为 1;未被选中时,Value 值为 0;禁止对该复选框进行选择,Value 值为 2。

2. Alignment(对齐)

该属性用来设置单选按钮或复选框标题的对齐方式,取值为 0 或 1。

0(默认值)——控件居左,标题在控件右侧;

1——控件居右,标题在控件左侧。

3. Style(类型)

0(默认值)——标准型。

1——图形型。

该属性只能在设计阶段使用。当取值为 1 时,这两个控件的外观很像命令按钮。

3.5.2　单选按钮与复选框的事件

这两种控件最主要的事件是 Click 事件,当选中时,Value 值变为 True 或者 1,控件也自动变为选中状态。但一般不对 Click 事件过程编程。

3.6　框架(Frame)

框架(Frame)是一个容器控件,使用框架的主要目的是对控件进行分组,即把指定的控件放到框架中。在工具箱中,框架的图标如图 3-15 所示。框架控件的默认名称和标题为 FrameX(X 为 1,2,3,…),命名规则为 FraX(X 为用户自定义名字,如 Frafr、Frase 等)。

图 3-15　框架图标

1．主要属性

框架的属性包括 Enabled、FontBold、FontName、FontUnderline、Height、Left、Name、Top、Visible、Width 等,与前面所讲同名属性作用类似。其特有属性如下。

（1）Caption(标题)

该属性定义了框架的可见文字部分。

（2）Enabled(可用)

该属性设置为 True,则框架及框架内的控件都是可用的；若取值为 False,则框架及其内部的控件都变灰色,不可用。

2．事件

框架可以接收 Click 和 DblClick 事件,但在应用程序中一般不需要编写有关框架的事件过程。

3．框架内控件的创建方法

首先在窗体上画出框架,然后在框架内画出一组控件。这样就可以把框架和里面的控件同时移动。

注意：不能使用双击工具箱上控件的方式画控件。

如果在框架外已有一个控件,试图把它移到框架内部,作为同一组对象。则需将该控件"剪切"(Ctrl＋X)到剪贴板,然后选中框架,使用"粘贴"(Ctrl＋V)命令粘贴到框架内。

4．应用举例

【**例3.4**】 利用单选按钮、复选框和框架来控制文本的字体、字号及颜色。

（1）创建用户界面,设置相关属性。用户界面如图 3-16 所示。

（2）编写程序代码如下:

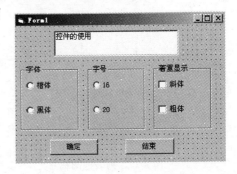

图 3-16　例 3.4 用户界面

```
Private Sub Form_Load()        '初始状态
   Option1.Value = True
   Option3.Value = True
   Text1.FontName = "宋体"
   Text1.FontSize = 12
End Sub
Private Sub Command1_Click()    '单击"确定"按钮
   If Option1.Value Then
      Text1.FontName = "楷体_GB2312"
    Else
      Text1.FontName = "黑体"
End If
   If Option3.Value Then
      Text1.FontSize = 16
    Else
      Text1.FontSize = 20
   End If
If Check1.Value = 1 Then
```

```
        Text1.FontItalic = True
    End If
    If Check2.Value = 1 Then
        Text1.FontBold = True
    End If
End Sub

Private Sub Command2_Click()      '单击"结束"按钮
    End
End Sub
```

3.7 列表框和组合框

3.7.1 列表框

VB 提供了列表框控件(ListBox)给用户进行多个项目的选择。在工具箱上,列表框控件的图标如图 3-17 所示。默认的列表框控件名为 ListX(X 为 1,2,3,…),规则的命名方式为:LstX(X 为用户自定义的名字,如 LstName、LstUser 等)。

1. 主要属性

除了一些常见的诸如 Enabled、Font、Height、Left、Name、Top、Width、Visible 等属性外,列表框还有以下特殊的属性。

(1) List(列表)

List 属性是列表框最重要的属性之一,其作用是罗列或设置表项中的内容,它可以在界面设计时直接输入内容,如图 3-18 所示。

图 3-17 列表框图标   图 3-18 在属性窗口中设置 List 属性

注意:在输入时,每输入完一项,按 Ctrl+Enter 组合键,使光标移动到下一行起始位置,继续输入下一项,当所有列表项全部输入完毕,按 Enter 键,此时在列表框中显示所有输入的列表项内容。

在程序运行时,列表框中的每一个列表项内容,都可以通过列表框名(下标值)的形式表示,其值是字符串类型。列表框中的第一项的下标值为 0,第二项的下标值为 1,依此类推。

List 属性的使用非常灵活,我们可以通过下标取出某个列表框中的某一表项并将其赋值给某个变量,代码格式如下:

```
字符串变量 = 列表框名称.List(X)
```

其中,X 是下标。

比如,我们要从列表框 Lst1 中取出第三项内容,代码为:

```
A$ = Lst1.List(2)
```

其中,A 是一个变量;$ 指明了这个变量的类型为字符串型;这句话的意思是:将 Lst1 列表框中第三项取出来,赋值给字符串变量 A。

另外,可以通过 List 属性修改原有表项内容。代码格式如下:

```
列表框名称.List(X) = "欲修改成的内容"
```

其中,X 是下标(即 Index 属性)。例如:

```
Lst1.List(2) = "跟我学 VB"
```

就将列表框中第三项内容改为"跟我学 VB"。结果如图 3-19 所示。

（2）ListCount（表项数目）

本属性返回列表框中表项的数目,但只能在程序运行时起作用。比如:一个包含 4 个列表项的列表框,那么其 ListCount 的值为 4。

返回一个列表框中表项的数量并将其赋值给某个变量,代码如下:

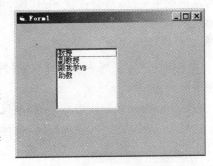

图 3-19　用 List 修改表项内容

```
数值型变量 = 列表框名.ListCount
```

比如要返回列表框的 ListCount,并赋值给变量 X,代码为:

```
X% = Lst1.ListCount
```

其中,X 是变量,%表示 X 是整数类型的变量。

（3）ListIndex（索引）

该属性用来返回或设置控件中选定的列表项的索引号,只能在程序运行时使用。第一个列表项的索引号是 0,第二个列表项的索引号是 1,依此类推,当没有选定列表项时,ListIndex 的值为－1。

在程序中设置 ListIndex 后,被选中的项目呈反相显示。

在列表框控件的所有属性中,本属性是非常重要的,因为一个列表,事先你并不知道用户将要选择哪一条项目,一旦用户作出选择,我们只有根据 ListIndex 返回的数值,才能让程序针对用户的选择作出适当的反应。

返回 ListIndex 的代码如下:

```
X% = 列表框名称.ListIndex
```

如要获得当前选定的列表项内容并赋值给变量 A,代码如下:

```
A$ = Lst1.List(Lst1.ListIndex)
```

（4）Columns（列）

该属性用来确定列表框的列数，当值为0（默认值）时，所有项目呈单列显示；当值为1或者大于1时，项目呈多列显示。Columns属性只能在界面设置时指定。默认状态时，如果项目的总高度大于列表框的高度，那么列表框右边会自动增加一个垂直滚动条，用来上下移动列表框。

（5）MultiSelect（多重选择）

该属性决定选项框中的列表项是否可以进行多重选择，有三个值：0,1,2。只能在界面设置时通过属性窗口指定（见图3-20），程序运行时不能予以修改。

0（默认值）——不允许多项选择，如果选择了一项就取消对前一项的选择；

1——允许多重选择；只能用空格与鼠标选择。

2——允许多重选择，可结合Shift键或Ctrl键完成多个表项的多重选择。Shift键用于连续多个列表项的选择，Ctrl键用于不连续的多个列表项的选择。方法是：单击所要选择的范围的第一项，然后按住Shift键，再单击选择范围最后一项。如果按住Ctrl键，则单击要选择的每一个列表项。

（6）Style（风格）

该属性决定了列表框的外观，有两个值：1或2。Style属性只能在界面设置时通过属性窗口确定。

1（Standard）（默认值）——标准风格，如图3-21所示；

2（CheckBox）——复选框风格，如图3-22所示。

图3-20　在属性窗口中设置
MultiSelect属性

图3-21　标准型列表框

图3-22　复选框型列表框

（7）Selected（选中）

该属性返回或设置在列表框控件中某列表项是否处于被选中的状态。被选中时，Selected值为True；未被选中时，值为False。设置Selected属性的代码如下：

```
列表框名.Selected(索引号) = True(或)False
```

注意，索引号即为列表项的下标值。

（8）SelCount（选中项目数量）

该属性用来读取列表框中所选中项目的数目，通常与Selected属性一起使用。只有当MultiSelect属性值为1或2时，该属性才起作用。

（9）Sorted（排序）

True——列表项按数字、字母的升序排列；

False(默认值)——列表项按照输入的先后次序排列。

(10) Text(文本)

该属性返回列表框中最后一次被选中的列表项的内容。

2. 事件

列表框控件主要接收 Click 与 DblClick 事件。

3. 方法

(1) AddItem(增加项目)

作用：为列表框增加项目。

格式：列表框名.AddItem 欲增项目[,索引值]

其中,索引值是可选项,是指欲增项目放到原列表框中的第几项,如放在第三项,那么索引值是 2,放在第五项,索引值则是 4。默认索引值时,将增加的项目放在所有表项的最后。例如：

```
Lst2.AddItem "北京",4
```

将"北京"作为第 5 个列表项置于 Lst2 列表框中。

(2) RemoveItem(删除选项)

功能：删除列表框中指定的项目。

格式：列表框名.RemoveItem 索引值

其中,索引值是必需的,表示要删除哪一个项目。

例如：要删除 Lst2 列表框的第三个项目,代码如下：

```
Lst2.RemoveItem 2
```

对于任意一个列表框,要删除已经选中的项目,代码为：

```
列表框名.RemoveItem 列表框名.ListIndex
```

(3) Clear(清除)

清除列表框中所有的内容。格式为：

```
列表框名.Clear
```

4. 应用举例

【例 3.5】　设计一个选课程序。

(1) 创建应用程序的用户界面和设置对象属性。

用户界面如图 3-23 所示。用户先在左列表框(List1)选择一个或多个选修课,当单击"显示"按钮时,在右列表框(List2)中将显示出用户选中的所有课程。单击"清除"按钮时,将清除右列表框中的内容。左列表框可选择多个列表项。

(2) 编写程序代码如下：

```
Private Sub Form_Load()              '初始窗体内容
```

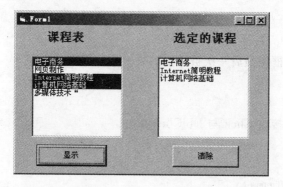

图 3-23   例 3.5 用户界面

```
        List1.AddItem "电子商务"
        List1.AddItem "网页制作"
        List1.AddItem "Internet 简明教程"
        List1.AddItem "计算机网络基础"
        List1.AddItem "多媒体技术"
End Sub
Private Sub Command1_Click()              '"显示"按钮单击事件
    List2.Clear                          '清除列表框 List2 的内容
  For i = 0 To List1.ListCount - 1        '逐项判断
    If  List1.Selected(i) Then            '真时为选定
        List2.AddItem List1.List(i)
    End If
  Next i
End Sub
Private Sub Command2_Click()              '"清除"按钮单击事件
    List2.Clear
End Sub
```

3.7.2   组合框

组合框(ComboBox)控件将文本框控件(TextBox)与列表框控件(ListBox)的特性结合为一体,兼具文本框控件与列表框控件两者的特性。它可以如同列表框一样,让用户选择所需项目;又可以如文本框一样通过输入文本来选择表项。

组合框默认的名称是 ComboX(X 为 1,2,3,…),命名规则为:CboX(X 为用户自定义的名字,如 CboName、CboColor 等)。组合框在VB 工具箱中的图标如图 3-24 所示。

图 3-24   组合框图标

1. 主要属性

列表框控件的大部分属性同样适合于组合框,此外,组合框还有一些自己的特殊属性。
(1) Style(类型)
对组合框而言,Style 属性的值有三个:0、1、2。
值为 0 时,组合框是"下拉式组合框"(DropDown Combo),与下拉式列表框相似,但区别是下拉式组合框可以通过输入文本的方法在表项中进行选择,可识别 Dropdown、Click、Change 事件,如图 3-25 所示。

值为 1 时,组合框称为"简单组合框"(Simple Combo),由可以输入文本的编辑区与一个标准列表框组成,可识别 Change、DblClick 事件,如图 3-26 所示。

值为 2 时,组合框称为"下拉式列表框"(Dropdown ListBox),它的右边有个箭头,可供执行列表的"拉下"或"收起"操作。它不能输入文本,不能识别 DblClick 及 Change 事件,但可识别 Dropdown、Click 事件,如图 3-27 所示。

图 3-25　下拉式组合框

图 3-26　简单组合框

图 3-27　下拉式列表框

如果希望组合框能够输入列表项,则应将组合框的 Style 属性的值设置成 0 或 1,如果只想对已有项目进行选择,则 Style 的值应设置成 2。

(2) Text(文本)

该属性值返回用户选择的文本或直接在编辑区域输入的文本,用户可以在界面设置时直接输入。

2．事件

根据组合框类型的不同,它们所响应的事件也是不同的。

当组合框的 Style 属性为 1 时,能接收 DblClick 事件,而其他两种组合框能够接收 Click 与 Dropdown 事件;当 Style 属性为 0 或 1 时,文本框可以接收 Change 事件。

3．方法

跟列表框一样,组合框也适用 AddItem、Clear、RemoveItem 方法,用法相同。

4．应用举例

【例 3.6】　组合框举例。

一个应用程序有如图 3-28 所示的界面,在名称属性为"Combo1"的下拉组合框中任意选择一种机型,则所选机型会在名为 Lb1 的标签上显示出来。用户可以在属性窗口中为组合框的 List 属性添加内容,也可以在程序中添加。

程序代码如下:

```
Private Sub Form_Load()
```

图 3-28　例 3.6 用户界面

```
        Combo1.AddItem "IBM"
        Combo1.AddItem "AST"
        Combo1.AddItem "Compaq"
        Combo1.AddItem "联想"
        Combo1.AddItem "长城"
        Combo1.AddItem "东海"
End Sub
Private Sub Combo1_Click()   '下拉式组合框的 Click 事件:
    Lbl.Caption = "你的机型是: " & Combo1.Text
End Sub
```

3.8　滚动条

滚动条常常用来附在某个窗口上帮助观察数据或确定位置,也可以用来作为数据输入的工具。在 VB 中,滚动条分为水平滚动条(HScrollBar)与垂直滚动条(VScrollBar)两种,命名规则为: HsbX 或 VsbX,如 HsbShow、VsbShow 等。它们在工具箱上的图标如图 3-29 所示。

1. 主要属性

(1) Max(最大值)与 Min(最小值)

滚动块处于最右边(水平滚动条)或最下边(垂直滚动条)时返回的值就是最大值;滚动块处于最左边或最上边,返回的值是最小值,如图 3-30 所示。

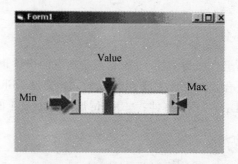

图 3-29　滚动条图标　　　　　　图 3-30　滚动条相关属性图示 1

Max 与 Min 属性是创建滚动条控件必须指定的属性,默认状态下,Max 值为 32 767,Min 值为 0。本属性既可以在界面设计过程中指定,也可以在程序运行中改变,如:

```
HsbShow.Min = 3
HsbShow.Max = 30
```

(2) Value(数值)

该属性返回或设置滚动块在当前滚动条中的位置,如图 3-30 所示。

Value 值可以在设计时指定,也可以在程序运行中改变,如:

```
HsbShow.Value = 24
```

（3）SmallChange（小改变）

当用户单击滚动条左右（或上下）边上的箭头时，滚动条控件 Value 值的改变量就是 SmallChange，如图 3-31 所示。

（4）LargeChange（大改变）

单击滚动条中滚动块前面或后面的部位时，引发 Value 值按 LargeChange 设定的数值进行改变，如图 3-31 所示。

2. 事件

与滚动条控件相关的事件主要是 Scroll 事件与 Change 事件。

（1）Scroll 事件

当在滚动条范围内拖动滚动块时会触发。但是要注意，单击滚动箭头或滚动条时不触发该事件。

（2）Change 事件

滚动块发生位置改变后就会触发 Change 事件。

3. 应用举例

【例 3.7】 有如图 3-32 所示的一个应用程序，当滚动条（Hsb1）的滚动块发生位移时，下面的标签（Lbl1）自动显示滚动条当前的值；在拖动滚动块的过程中，标签（Lbl1）则会显示"拖动中……"字样。

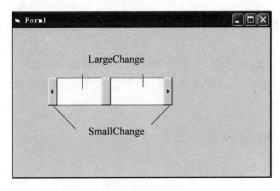

图 3-31 滚动条相关属性图示 2

图 3-32 例 3.7 用户界面

（1）创建用户界面如图 3-32 所示，设置相关属性。其中，Hsb1 的 Min 为 0，Max 为 100，SmallChange 为 5，LargeChange 为 10。

（2）编写程序代码如下：

```
Private Sub Hsb1_Change()        '滚动块改变位置
  Lbl1.Caption = "滚动条当前值为: " & Hsb1.Value
End Sub
Private Sub Hsb1_Scroll()        '拖动滚动块
  Lbl1.Caption = "拖动中……"
End Sub
```

3.9　图形框和图像框

图形框(PictureBox)和图像框(ImageBox)是显示图形的控件。可以用来显示大多数的图形文件,如 jpeg、gif、bmp 等类型文件。在工具箱中,图形框和图像框控件的图标如图 3-33 所示,它们的默认名称分别为 PictureX 和 ImageX(X 为 1,2,3,…)。

图形框　　　图像框

图 3-33　图形框和图像框图标

3.9.1　图形框

1. 主要属性

(1) Picture(图片)

该属性用来返回或设置控件中显示的图片,可以在设计阶段通过属性窗口进行设置。如果要在程序运行过程中载入图片,常常使用 LoadPicture 函数,其语法格式为:

对象.Picture = LoadPicture("图形文件的路径与名字")

如 PicMove.Picture = LoadPicture("c:\Picts\pen.bmp")在图形框 PicMove 中显示图片 pen.bmp。

此外,要从图形框中删除显示的图片,也使用 LoadPicture 函数实现。其语法格式为:

对象.Picture = LoadPicture("")

如 PicMove.Picture=LoadPicture("")将 PicMove 图形框中的图片删除。

(2) AutoSize(自动改变大小)

该属性决定了图形框是否能自动改变大小以显示图片的全部内容。其值为 True 时,图形框可以自动改变大小以显示全部内容;值为 False(默认值)时,则不具备图像的自我调节功能。

2. 事件

图形框可以接收 Click(单击)事件与 DblClick(双击)事件。

3. 方法

图形框可以使用 Cls(清屏)、Print 方法。在实际使用过程中,它多是作为一种图形容器出现的,所以常常是跟其他控件搭配使用的,如单击一个按钮,图形框自动装入图片等。

3.9.2　图像框

1. 主要属性

跟图形框一样,图像框(ImageBox)控件也具有诸如 Name、Picture 等属性,也使用 LoadPicture 函数来显示一幅图片或删除它。

图形框使用 AutoSize 属性控制图形的尺寸自动适应,而图像框则用 Stretch 属性对图形进行大小调整。

Stretch 属性的值为 True 或 False。当值为 True 时,图像框中的图形会自动缩放来适应图像框的大小;当值为 False 时,图像框会自动调节大小来适应图形。

2. 事件

图像框可以接收 Click(单击)事件与 DblClick(双击)事件。

3. 方法

图像框不可以使用 Cls(清屏)、Print 方法。

3.9.3 图像框与图形框的区别

- 图形框是"容器"控件,可以作为父控件,而图像框不能作为"父控件",其他控件不能作为图像框的子控件。图形框作为一个"容器",可以把其他控件放在其内作为它的"子控件",当图形框发生位移时,其内的子控件也会跟着一起移动。
- 图形框可以通过 Print 方法显示文本,接收绘制的图形,而图像框不能。
- 图像框比图形框占用内存少,显示速度更快一些,因此,在图形框与图像框都能满足设计需要时,应该优先考虑使用图像框。

3.10 直线和形状

利用直线(Line)控件可以建立简单的直线,通过修改其属性,还可以改变直线的粗细、色彩以及线型。通过设置形状(Shape)控件的属性,用户可以画出圆、椭圆以及圆角矩形,同时还能设置形状的色彩与填充图案。工具箱中的直线和形状图标如图 3-34 所示。它们的默认名分别是 LineX 和 ShapeX(X 为 1、2、3、…)。

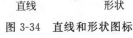

图 3-34　直线和形状图标

除了具有其他控件通用的属性外,直线与形状控件还具有一些比较独特的属性。

1. BorderStyle(边框类型)

用来确定直线和形状及边界线的线型,有以下几个取值:

TransParent——透明,边框不可见;

Solid——实心边框,最常见;

Dash——虚线边框;

Dot——点线边框;

Dash-Dot——点划线边框;

Dash-Dot-Dot——双点划线边框;

Inside Solid——内实线边框。

2. FillStyle(填充类型)

用于控制形状控件的填充效果,有以下几个取值:

Solid——实心填充；

TransParent——透明填充；

Horizontal Line——以水平线进行填充；

Vertical Line——以垂直线进行填充；

Upward Diagonal——向上对角线填充；

Downward Diagonal——向下对角线填充；

Cross——交叉线填充；

Diagonal Cross——对角交叉线填充。

3. Shape(形状)

用于规定形状控件的形状，共有以下 6 个取值，对应的形状如图 3-35 所示。

0(Rectangle)——矩形；

1(Square)——正方形；

2(Oval)——椭圆形；

3(Circle)——圆形；

4(Rounded Rectangle)——圆角矩形；

5(Rounded Square)——圆角正方形。

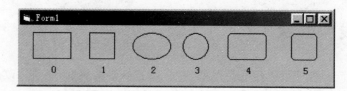

图 3-35　Shape 属性取不同值对应的形状

3.11　焦点和 Tab 顺序

3.11.1　焦点

焦点(Focus)是对象接收鼠标或键盘输入的能力。当对象得到或失去焦点时，分别会产生 GotFocus 或 LostFocus 事件。焦点只能移到可视的窗体和对象上，所以一个控件要想获得焦点，它的 Enabled 和 Visible 属性应均为 True。

有以下几种方法为控件设置焦点：

* 用鼠标选定对象；
* 按快捷键选定对象；
* 按 Tab 键或 Shift＋Tab 键在当前窗体的各对象之间切换焦点；
* 在代码中用 SetFocus 方法来设置焦点。例如：Text1. SetFocus。

有些控件不能接受焦点，如框架、标签、菜单、计时器、图像框、直线和形状等。当窗体上的任何控件都不能接受焦点时，该窗体才能接收焦点。

3.11.2 Tab 顺序

Tab 顺序是在按 Tab 键时焦点在控件间移动的顺序。

当窗体上有多个控件时,除了使用鼠标单击把焦点移到该控件上之外,用 Tab 键也可以把焦点移到某个控件中。每按一次 Tab 键,可以使焦点从一个控件移动到另一个控件。

窗体上控件的 Tab 顺序是按照控件建立的先后顺序得到的。另外,我们也可以通过改变控件的 TabIndex 属性的值来改变该控件的 Tab 顺序。

如果将某个具有焦点的控件的 TabStop 属性的值设置为 False,该控件就不会有焦点。

第4章 程序设计基础

4.1 计算机程序的概念

所谓计算机程序就是一些编写好的代码或指令,指令就是要计算机执行某种操作的命令。这些代码或指令可以驱动计算机,完成某些特定的工作。编写计算机程序的人员称为程序员。我们熟悉的一些软件系统,例如 Windows、MS Office 等,其中最重要的组成部分就是计算机程序,大家用到的纷繁复杂的各种功能,都是由若干程序的片段组成的,这些计算机程序是许多优秀程序员智慧的结晶。

4.2 设计程序的过程

我们用一个实际的例子来说明设计一个程序的过程。中国古代的《算经》中有个著名的"百钱百鸡"问题:公鸡 5 文钱一只,母鸡 3 文钱一只,小鸡一文钱三只;现在要用 100 文钱正好买 100 只鸡,问公鸡、母鸡和小鸡应该各买多少只?这个问题用代数的方法很难求解,逐个数去试又很费时间。但是,如果我们利用计算机程序去分析这个问题,很快就可以得到结果。怎样用计算机程序来解决这个问题呢?下面介绍具体的程序设计步骤。

4.2.1 描述问题

我们已经知道,计算机的工作原理总是按照"输入→处理→输出"规律来进行的,要想让计算机解决"百钱百鸡"问题,首先要搞清楚问题中哪些是输入的参数,输入参数的约束和条件是什么?输出什么?需要对这个问题做一些整理和抽象,将问题描述为一些可以用来解决问题的要素(专业的术语叫做建立数学模型)。一般来说,表达清晰的问题描述应该具备以下三个特征:

- 能说明问题域的相关假设;
- 列出已知条件和约束;
- 具体说明解决什么问题。

例如,对于"百钱百鸡"问题,我们可以做下面的问题描述。

假设:用未知数 x 代表公鸡的只数,y 代表母鸡的只数,z 代表小鸡的只数。

已知条件:x、y 和 z 都只能是正整数;买每只公鸡需 5 文钱,x 只公鸡共需要 5x 文钱;买每只母鸡需 3 文钱,y 只母鸡共需要 3y 文钱;三只小鸡一文钱,小鸡只数为 3 的倍数,且大于等于 3，z 只小鸡共需要 z/3 文钱。

解决问题：x＋y＋z＝100 且 5x＋3y＋z/3＝100 时，x、y 和 z 所有可能的值。

输出：所有可以解决问题的 x、y、z 值。

4.2.2　设计算法

当问题描述清楚后，我们就可以设计适当的计算机算法来解决问题了。

1. 计算机算法的概念

计算机算法，就是计算机能执行的、为解决某个问题所采取的方法和步骤。计算机是一种由指令驱动的机器，只能机械地执行指令。它本身不会思考，也不会理解任何问题。要使计算机能解决问题，必须首先设计一个算法，然后再根据算法编写程序。

算法是抽象的解题方法，是问题求解过程的精确描述。算法要具备以下 5 个主要特征。

- 有效性：算法的每一个步骤都必须可行并能达到预期目的。
- 确定性：算法的每一个步骤都是明确定义的，不允许有多义性。
- 有穷性：算法必须在有限的时间内执行完，即必须在有限个步骤后终止。
- 足够的信息：算法有足够的输入信息（初始条件）。
- 必要的输出：必须给用户提供解决问题的答案。

另外，一个问题可以通过多种算法来解决，不同的算法能编出不同的程序，而这些不同的算法让计算机执行时，效率有高有低。例如，如果要计算 $1＋2＋3＋\cdots＋100$，可以将 1 和 2 相加，然后将它们的和与 3 相加，依次类推；但也可以采用算法：$1＋2＋3＋\cdots＋100＝(1＋100)＋(2＋99)＋\cdots＋(50＋51)＝101\times50＝5050$。显然，后者比前者的计算速度要快得多。

在设计算法时，我们还要注意充分利用计算机的特点，使算法尽量简练并具有较好的通用性。例如，要计算 $1\times2\times3\times\cdots\times100$ 的值，可以使用以下算法：

步骤 1：计算 1×2，得结果 $1\times2＝2$。

步骤 2：上个步骤的结果乘以 3，得结果 $2\times3＝6$。

步骤 3：上个步骤的结果乘以 4，得结果 $6\times4＝24$。

……

步骤 99：第 98 个步骤的结果乘以 100，得到最终结果。

这个算法可以得到正确的结果，计算机运算速度极快，完全可以在极短的时间内完成计算。但是，这个算法过于烦琐，如果根据上述算法写出计算机程序，至少需要 99 行代码，并且，如果要改算 $1\times2\times3\times\cdots\times50$ 或 $1\times2\times3\times\cdots\times300$ 时，算法和程序还需要大规模的改动。

我们可以用另一种算法完成上述计算。设定两个变量 x 和 i，x 表示被乘数，i 表示乘数。初始时将 1 放在 x 中，2 放在 i 中，计算 i 和 x 的积后，将结果再放入 x，x 现在等于 1×2；i 加 1 后变为 3，再和 x 相乘，结果仍放入 x，x 现在等于 $1\times2\times3$；继续上述过程，直到最终 x 等于 $1\times2\times3\times\cdots\times100$，算法可以描述如下：

步骤 1：将 1 放入 x。

步骤 2：将 2 放入 i。

步骤 3：计算 i 乘以 x，结果放入 x。

步骤 4：i 的值加 1，结果再放入 i。

步骤 5：如果 i 小于等于 100，转入步骤 3 继续计算；否则，算法结束，x 的值就是 $1\times 2\times 3\times\cdots\times 100$ 的值。

可以看出，虽然这种算法的速度和前面的算法不相上下，但描述非常简捷，如果写成计算机代码，10 行就足够了。另外，这种算法的灵活性很好。比如现在要改算 $1\times 2\times 3\times\cdots\times 50$，只需要将步骤 5 的"如果 i 小于等于 100"改为"如果 i 小于等于 50"即可；如果要改算 $1\times 3\times 5\times 7\times\cdots\times 99$，只需要将步骤 4 的"i 的值加 1"改为"i 的值加 2"即可。

我们回过头来看，"百钱百鸡"问题完全可以用穷举算法来解决，所谓的穷举算法就是把问题所有可能的解都尝试一遍，找出真正的解。根据问题描述，公鸡和母鸡的可能只数都在 1 至 100 之间（实际上范围可能更小，这里为简单起见按照 100 讲述），小鸡的可能只数都在 3 至 100 之间。如果我们把公鸡、母鸡和小鸡只数的每种可能组合都试一下，看看哪种组合正好花完 100 文钱，那么一定可以找到所有可能的答案。这就好比你忘记了密码箱的密码，无奈只好逐个去试。如果密码是三位的，每位可能是 $0\sim 9$，那么你最多需要试 $10\times 10\times 10=1000$ 次。同样，如果去试公鸡、母鸡和小鸡的只数，需要 $100\times 100\times 33=330\,000$ 次，显然这个次数对于人工尝试来说是痛苦的。但是，如果让计算机来做这个工作就太简单了，计算机的速度快，且不知疲倦，数百万次的计算不到 1 秒即可以完成。所以说用穷举算法来解决问题是可行的。由此，"百钱百鸡"的算法可以描述如下：

步骤 1：将 1 放入 x。

步骤 2：将 1 放入 y。

步骤 3：将 3 放入 z。

步骤 4：检查 $5x+3y+z/3$ 和 $x+y+z$，如果二者均等于 100，则打印输出 x、y 和 z。

步骤 5：z 的值加 3，结果放回 z（因为 z 只可能是 3 的倍数）。

步骤 6：如果 z 小于等于 100，转向步骤 4 继续检查；否则继续下面的步骤。

步骤 7：y 的值加 1，结果放回 y。

步骤 8：如果 y 小于等于 100，则转向步骤 3 继续；否则继续下面的步骤。

步骤 9：x 的值加 1，结果放回 x。

步骤 10：如果 x 小于等于 100，则转向步骤 2 继续；否则算法结束。

注意，在上述步骤中，x 和 y 等于 1，z 变化时，步骤 4 被执行了 33 次；x 等于 1，y 和 z 变化时，步骤 4 被执行了 100×33 次。整个算法中步骤 4 执行了 $100\times 100\times 33=330\,000$ 次。这就是穷举法，我们正是利用计算机计算速度快的特点来使用这种算法的。

2. 算法的表示

确定好了一个有效的算法，我们就要用便于理解的方式来表示一个算法了。表示算法可以用不同的方法，常用的算法表示方法有传统流程图、N-S 结构化流程图和伪代码等。

（1）传统流程图

传统流程图使用一些符号和图框表示计算机算法，如表 4-1 所示。

表 4-1 常用传统流程图符号

流程图符号	含　义	流程图符号	含　义
	开始或结束		处理和计算
	输入或输出	○	连接点
	判断	↓或→	流程线

表 4-1 中菱形框的作用是对框内的条件进行判断,根据判断的结果决定走哪个分支。菱形框有一个入口,两个出口。两个出口旁边一个写 T(或 Y),代表逻辑真;另一个写 F(或 N),代表逻辑假,须根据判断条件 P 的值来选择走哪一个出口,所以这种结构被称为选择结构或分支结构。矩形框代表要进行的赋值、处理和计算等。流程线代表算法步骤的走向,注意不要忘记箭头。流程图较大时,可以拆分为多个子流程图,用连接点(中间加标号)进行连接。

"百钱百鸡"问题用传统流程图表示如图 4-1 所示。

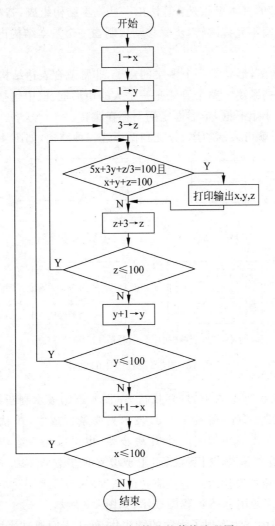

图 4-1 "百钱百鸡"算法的传统流程图

一个流程图应该包括以下几部分：

① 表示相应操作的框。

② 带箭头的流程线。

③ 框内外必要的文字说明。

需要提醒的是，流程线不要忘记画箭头，因为它是反映流程执行的先后次序的。

用流程图表示算法直观形象，能比较清楚地显示出各个框之间的逻辑关系。但是这种流程图占用篇幅较多，尤其当算法比较复杂时，画流程图既费时又不方便。在结构化程序设计方法推广之后，许多书刊已用 N-S 结构化流程图代替这种传统的流程图。但是每一个程序编制人员都应当熟练掌握传统流程图。

（2）N-S 结构化流程图

用传统流程图表示的算法最大的缺点是使用步骤跳转。当算法简单时尚好理解；当算法复杂时，流程跳来跳去，使人难以理解，也难于发现算法中的问题。20 世纪 60 年代末期，出现了"结构化程序设计"理论，解决了这个问题。

"结构化程序设计"的基本思想是：算法由一些基本结构组成，基本结构具有一个入口、一个出口，基本结构之间不允许跳转，步骤移动限制在一个基本结构内。它更强调算法的清晰和可读性。

N-S 流程图也称盒图，形状像一个多层的盒子，非常适合表达结构化算法。它抛弃了传统流程图的流程线，结构紧凑。整个算法是一个大的矩形框，框中包括若干个代表基本结构（顺序、分支和循环）的小矩形框，矩形框之间不存在跳转。

N-S 流程图用矩形就可表示顺序、分支和循环这三种结构，如图 4-2 所示。

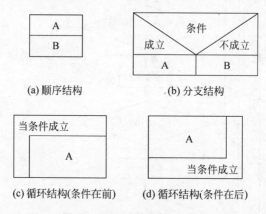

(a) 顺序结构　　　　(b) 分支结构

(c) 循环结构(条件在前)　　(d) 循环结构(条件在后)

图 4-2　N-S 流程图中的矩形

图 4-2(a)表示算法执行完 A 后，顺序执行 B；图 4-2(b)表示判断某个条件，条件成立则执行 A，否则执行 B；图 4-2(c)和图 4-2(d)表示只要条件成立，A 就重复执行，条件不成立就结束循环。其中 A 或 B 可以是一个算法步骤，也可以是一组步骤，或者是另外一种结构。这些基本结构互相嵌套，相互堆积，形成复杂的算法结构。理论上可以表示任何算法结构。

例如，"百钱百鸡"问题用 N-S 流程图表示，如图 4-3 所示。

N-S 流程图最大的优点是实现了程序的结构化，便于人们通过流程图理解算法，即使算

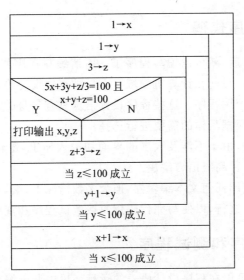

图 4-3 "百钱百鸡"问题的 N-S 流程图

法比较复杂和庞大,通过 N-S 流程图建立、修改和维护算法也比传统流程图方便。

(3) 伪代码

伪代码是一种介于自然语言和计算机程序之间的算法描述方法。它和实际的程序结构非常类似,但不使用特定的程序语言的语法,而是使用人们比较容易理解的自然语言。

伪代码没有固定的语法规则,形式比较自由,只要便于理解、清晰易懂就可以了。伪代码可以使用英文或中文,也可以混合使用,一般是英文的关键字加中文的说明。

"百钱百鸡"问题用伪代码表示如下:

```
BEGIN(算法开始)
1→x
Do while(x <= 100)
  1→y
   do  while(y <= 100)
     3→z
   do  while(z <= 100)
     if (5x + 3y + z/3 = 100 且 x + y + z = 100) then
       打印输出 x, y, z
     endif
     z + 3→z
     loop
     y + 1→y
loop
  x + 1→x
loop
END(算法结束)
```

伪代码的书写格式比较自由,可以很容易地表达出程序员的设计思路。另外,伪代码没有图形,比较容易编辑和修改,因此,实践中熟练的软件专业人员一般使用伪代码比较多。

4.2.3　编写程序代码

分析和设计完算法以后,就可以编写程序了。所谓编写程序就是使用一种程序设计语言,将计算机算法程序化。目前在计算机领域有上百种程序设计语言,有些是为特定系统服务的,有些可以独立开发应用程序。这些程序设计语言具有自身的优点和局限性,适用于不同的应用场合,人们可以根据具体的需要进行选择。

对于"百钱百鸡"问题,由于不涉及太多的界面和输入输出,逻辑结构也比较简单,因此我们可以使用几乎任何一种高级语言解决。

编写程序代码可以使用任何文本编辑器,但大多数情况下,编写代码可以直接在程序设计语言的调试运行环境中进行,以便写完代码后直接调试程序和观察运行结果。

4.2.4　调试程序和测试程序

写完程序后,我们就可以在程序设计语言的运行环境中调试编写的程序代码,修改代码中的错误,得到预期的正确结果。

4.2.5　程序设计的相关问题

"百钱百鸡"问题的基本程序设计过程到这里已经讲解结束。下面简单介绍几个与程序设计相关的问题。

1. 优化算法

前面所述的"百钱百鸡"算法需要循环 $100 \times 100 \times 33 = 330\,000$ 次。计算机执行一个 10 000 次循环和 1000 次循环的程序,对于我们来说感觉不到什么差别。但是在很多场合,一个坏的算法会导致这个软件系统的效率低下。因此,根据具体的应用场合,我们有时候需要优化程序的算法。

"百钱百鸡"的算法可以做较大程度的优化。首先,公鸡 5 文钱一只,所以公鸡的只数最多不会超过 100/5 = 20;另外,可以认为小鸡的只数就是 $100 - x - y$,算法的结构可以从 3 层循环改为 2 层。这些措施会使算法的循环次数减少,从而使程序运行时间缩短。

2. 规范代码

在编写代码的过程中,有必要养成一些规范的代码书写习惯,例如:程序的复合结构要加缩进,代码中要用尽量多的注释等。规范的代码使程序容易阅读,也比较容易理解。不管是一段时间后程序员自己阅读,还是其他人阅读,规范的代码都是非常必要的。

3. 整理程序文档

在设计程序的过程中,将问题描述、算法设计和测试手段等过程记录成文件,和程序代码一起保存起来。这些文档就是程序文档。程序文档有助于阅读者理解程序代码,对于程序的修改和维护具有很大的好处。

4.3 编程语言

4.3.1 低级语言和高级语言

计算机程序设计语言可以分为低级语言和高级语言两种。

1. 低级语言

低级语言提供了操纵计算机系统底层硬件的能力。熟练的程序员通常使用低级语言编写操作系统、设备驱动程序和编译器之类的底层系统软件。低级语言使用 CPU 的指令集直接调用处理器、寄存器和内存地址，并在这些操作中保持非常高的执行效率。由于不同的 CPU 提供的指令集有所不同，所以低级语言依赖于计算机的硬件构成。

低级语言非常灵活，处理硬件效率高，但编写程序需要对操作系统和硬件有比较深入的了解，一般只有一些专业的程序员才使用。低级语言中主要包括以下两种。

（1）机器语言

机器语言是以二进制形式存在的，计算机可以直接执行。机器语言的每一条语句就是一个机器指令，由二进制的操作码和操作数共同组成。

机器语言对于普通用户来说既难理解又难掌握，只在计算机发展的初级阶段被使用过。

（2）汇编语言

汇编语言采用一些助记符号来表示机器语言中的指令和数据，使机器语言符号化，因此有时也称汇编语言为符号语言。不过，不同型号的计算机系统一般有不同的汇编语言，这是因为汇编语言也是一种与计算机的硬件联系比较紧密的语言。

汇编语言在执行前，需要用汇编系统将汇编语言翻译成机器语言，如图 4-4 所示。

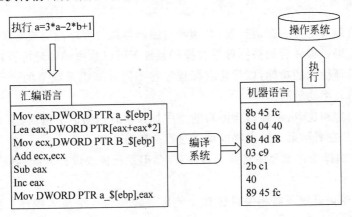

图 4-4 汇编语言

2. 高级语言

高级语言也提供了编写程序所需要的指令或语句，但这些语句很接近人类语言，功能也比较丰富，使用它们可以编写大型的应用软件系统。常见的计算机编程语言大多数都是高级语言,例如 C、C++、Fortran、Visual Basic、Pascal 和 Java 等。

和低级语言不同,高级语言编写的程序可以在不同的计算机系统中运行,这个特性大大减轻了程序员的负担,使他们不用了解计算机底层硬件的知识,只须将精力放在应用系统的逻辑结构上就可以了。

高级语言编写的程序不能直接在操作系统上运行,执行时需要根据计算机系统的不同,将程序代码翻译成计算机可以直接运行的机器语言。这个工作一般都由高级语言系统自动进行处理。

一般把用高级语言编写的程序代码称为"源程序",将翻译后的机器语言代码称为"目标程序"。

4.3.2　解释性语言和编译性语言

计算机将源程序翻译成目标程序时,有两种翻译方式,一种是"解释"方式;另一种是"编译"方式。对应于这两种翻译方式,高级语言可以分为解释性语言和编译性语言。

1. 解释性语言

解释性语言使用解释器来生成目标程序。运行一个解释性语言编写的程序时,解释器读取一条语句,把它转化为可执行的机器语言,并送到处理器执行;然后读取下一条语句,继续上述过程,直至结束。解释性语言执行的特点是翻译一句执行一句,一边翻译一边执行,因此解释性语言编写的程序执行速度相对较慢,尤其是循环语句多的程序,循环语句被重复解释多次,导致效率很低。

大家比较熟悉的 Basic 语言属于解释性语言。但目前一些高级的 Basic 环境如 Visual Basic 也提供了编译能力。

2. 编译性语言

编译性语言编写的程序在运行前,必须经过编译器将源程序翻译成等价的目标程序,然后执行该机器代码。编译后的目标程序在操作系统下可以脱离编译环境直接运行。很多编译器都提供了编译优化的功能,以优化目标程序在不同计算机系统下的运行速度,因此,编译性语言的运行效率比较高。

与解释性语言相比,编译性语言编写的程序如果含有任何语法错误,那么编译就无法通过,更无法运行和查看结果。编译器的编译过程一般分为以下两步。

(1) 编译。编译器将源程序转换为目标程序,但目标模块没有分配存储器的绝对地址,不能直接执行。

(2) 链接:编译器把所有相关目标和功能库等转换为一个装入程序,这个装入程序分配有地址,属于可执行程序。

C 和 C++ 语言都属于编译性语言,Java 是很特别的语言,介于编译性和解释性之间,Java 可以编译生成二进制文件,但这种二进制文件不能直接在操作系统上运行,需要通过 Java 虚拟机的解释才能真正运行。

第5章
Visual Basic 中的数据类型

计算机能够处理数值、文字、声音、图形、图像等信息,所有这些信息均被称为数据。程序处理的所有数据都有一个和它相联系的数据类型。与任何程序设计语言一样,VB 规定了用于编程的数据类型、基本语句、函数和过程等。在本章中,主要介绍数据类型、各种类型的常量、变量、内部函数、运算符以及由这些元素组成的各种表达式和 VB 程序中的编码规则等基本的语言知识。

5.1 数据类型概述

根据数据描述信息的含义,将数据分为不同的种类,对数据种类的区分规定称为数据类型。数据类型不同,则在内存中的存储结构也不同,占用空间大小也不同。VB 中的基本数据类型包含有数值类型、字符串型、逻辑型、日期型、字节型、货币型、对象型及变体型等多种类型。

5.1.1 数值数据类型

数值数据类型(简称数值类型)分为整数型和实数型两大类。

1. 整数型

整数型(简称整型)是指不带小数点和指数符号的数。按其表示的数值范围,整数型又可以分为整型和长整型。

(1) 整型(Integer,类型符 %)

整型数在内存中占两个字节(16 位),十进制整型数的取值范围:$-32\,768\sim+32\,767$。例如 15、-345、654% 都是整型数。而 45 678% 这种表示则会发生溢出错误。

(2) 长整型(Long,类型符 &)

长整型数在内存中占 4 个字节(32 位),十进制长整型数的取值范围:$-2\,147\,483\,648\sim+2\,147\,483\,647$。

例如 123 456、45 678& 都是长整型数。

2. 实数型

实数型(也称浮点数或实型)是指带有小数部分的数。在 VB 中浮点数分为两种:单精度型和双精度型。

（1）单精度型（Single，类型符!）

单精度浮点数在内存中占 4 个字节（32 位），其中符号占 1 位，指数占 8 位，其余 23 位表示尾数，单精度浮点数可以精确到 7 位十进制数，即有 7 位有效数字。

取值范围：

负数：$-3.402\,823E+38 \sim -1.401\,298E-45$

正数：$1.401\,298E-45 \sim 3.402\,823E+38$

单精度浮点数也可以用科学记数法来表示，但由于在计算机程序的编辑系统里面不能出现上、下标的写法，所以乘幂采用的是 E 或者 e 表示 10 的次方（e 大小写都可以），比如：$1.540\,129\,8E-45$ 表示的实数是 $1.540\,129\,8\times10^{-45}$ 次方。

VB 里面可以这样表示：$8.96E-5$、$21e5$（正号省略），$-2.456\,7e+5$，$-3.456\,78E-4$ 等。

注意：E 或 e 前必须有数，E 后面必须带整数。例如 $1.234\,5E$，$E-5$ 等形式均不能正确表示单精度浮点数。

（2）双精度型（Double，类型符#）

Double 类型的数据在内存中占用 8 个字节（64 位），Double 型可以精确到 15 或 16 位十进制数，即有 15 或 16 位有效数字。

取值范围：

负数：$-1.797\,693\,134\,862\,316D+308 \sim -4.940\,65D-324$

正数：$4.940\,65D-324 \sim 1.797\,693\,134\,862\,316D+308$

双精度浮点数同样也可以用科学记数法表示，其形式的规定同单精度浮点数相似。比如 11.88D5，表示它是一个双精度数，表示 11.88 乘以 10^5 次方。这里用 D 来表示 10 的次方。

（3）字节型（Byte，无类型符）

字节型实际上是一种数值型的数据，它在内存中用一个字节的无符号二进制数形式存储，其取值范围为 $0 \sim 255$。比如，我们知道汉字一般在内存中是占用两个字节存储的，如果我们需要原封不动地得到这两个字节的值，就必须使用字节型。

5.1.2　字符串型（String，类型符 $）

除数值型数据外，我们更常见的数据都是字符，有英文字符，也有中文字符或数字（不具备算术运算的特点）。VB 中处理字符用的是字符串的概念，字符串是用双引号（半角状态的双引号）括起来由若干个字符组成的一个字符序列。

说明：

- 双引号为分界符，输入和输出时并不显示。
- 字符串中包含字符的个数称为字符串长度。
- 长度为零的字符串称为空字符串，比如""，引号里面没有任何内容。
- 字符串中包含的字符区分大小写。

VB 中字符串可分为变长字符串和定长字符串两种。

（1）变长字符串（长度为字符串长度）

例：Dim st As String①

  st＝"123" ; st＝"abcd"

（2）定长字符串（长度为指定长度）

对于定长字符串，当字符长度少于指定的长度时，用空格填满，当字符长度多于指定长度时，则截去多余的字符。

例：Dim a As String ＊ 10

  a＝"VB程序设计"

变量 a 中最多可以存放 10 个字符②。

5.1.3　逻辑型（Boolean）

逻辑型数据用来表示只有两种状态的数据，如性别、婚否、是否退休等，这种类型的数据只有两个值 True（真）和 False（假），分别表示两种不同的状态。逻辑型数据在内存中占 2 个字节，用－1和0分别表示 True 和 False。

注意：VB 中逻辑型数据可以和数值型数据互相转换，逻辑型数据转换成数值型数据时，True 和 False 分别转换为－1与0；数值型数据转换成逻辑型数据时，0 转换成 False，其他非零值转换成 True。

5.1.4　日期型（Date）

日期型数据用来表示日期和时间，如 2010 年 6 月 23 日星期三 9 时 17 分 47 秒，也可以表示成 2010/6/23 或 9：18：44。

日期型数据在计算机内存中以 8 个字节的浮点数形式存储。

日期型数据可以表示的日期范围为：公元 100 年 1 月 1 日～公元 9999 年 12 月 31 日。

日期型数据的时间表示范围为：00：00：00～23：59：59

VB 中日期型数据是有特殊格式的数字，必须由年、月、日以及时、分、秒组成，用两个＃括起来放置日期和时间，允许使用各种表示日期和时间的格式。

日期可以用"/"、","、"-"分隔开，可以是年、月、日的顺序，也可以是月、日、年的顺序。时间必须用"："分隔，顺序是：时、分、秒。

例：＃09/10/2009＃、＃09/10/2000 08：30：00 AM＃、＃2010-9-12＃、＃January 16, 2001＃或＃08：30：00 AM＃都是合法的日期型数据，但是日期型数据不支持中文字符的日期形式。

例：

```
Dim myday As Date
myday = ＃2/16/2001 11:35:00 AM＃
```

---

① 定义（或声明）变量 st 为字符串型的变量，变量定义（或声明）好后，可以赋给它相应类型的值。

② VB 字符串中一个汉字是一个字符。

5.1.5　货币型（Currency，类型符@）

货币型数据主要用来表示货币值，该类型在内存中占 8 个字节（64 位）存储；整数部分为 15 位，可以精确到小数点后 4 位，第五位四舍五入。

浮点数中的小数点可以出现在数的任何位置，而货币型数据的小数点是固定的。所以货币型数据是定点实数。

货币型数据的取值范围：−922 337 203 685 447.580 8～922 337 203 685 447.580 7

例如：3.56@、65.123 456@都是货币型数据。

5.1.6　对象型（Object）

与简单的数据类型不同，对象是无法用某一个单一的数字或文字来表示清楚的，所有这种复杂的数据和事物我们都可以用对象型来表示。对象型数据在内存中占用 4 个字节，用以引用应用程序中的对象，如图形、OLE 对象或其他对象。

当然，对象型又可以分为很多特定的类型，比如，窗体属于 Form 类型，文本框属于 TextBox 类型，命令按钮属于 CommandButton 类型，各种类型的对象都属于对象型。所以对象型只是一个抽象的概念，一般很少用。我们经常用的是特定的类型。

5.1.7　变体型（Variant）

变体型是 VB 提供的一种特殊的数据类型，具有很大的灵活性，除定长实际字符串以外，它可以表示上述任何数据类型，其最终的类型由赋予它的值来确定。不过一般不把一个变量声明为变体型（Variant）。但系统对于没声明的变量都当成变体型（Variant）来处理。

5.1.8　用户自定义类型

以上的数据类型都是 VB 预先定义好的基本数据类型，用来定义不能再分解的简单数据项。另外，VB 还允许用户根据需要用简单的数据项组合成复合数据，这时就可以用用户自定义类型。用户自定义类型一定具备这样的特点：这种类型的数据由若干个不同类型的基本数据组成。

用户自定义类型由 Type 语句来实现，格式如下：

```
Type 自定义类型名
    元素名 1 As 类型名
    元素名 2 As 类型名
    ⋮
    元素名 n As 类型名
End Type
```

Type 是语句定义符，告诉 VB 现在要定义一个数据类型，是 VB 的关键字；其后的"自定义类型名"是要定义的该数据类型的名称，由用户确定；"元素名"为自定义数据类型中的一个成员，"类型名"为上述基本类型名或自定义数据类型名。End Type 表示类型定义结束；"自定义类型名"是用户自己命名的用于将来声明该类型变量的类型名称。

例如：对于一个学生的"学号"、"姓名"、"性别"、"年龄"、"入学成绩"等信息，为了处理数据的方便，常常需要把这些数据组合起来定义成一个新的数据类型（如 Student 类型），示例如下：

```
Type Student
        Xh As String
        Xm As String * 10
        Xb As String
        Age As Integer
        Score As Single
End Type
```

从上面的定义可以看出，用户自定义数据类型其实描述的是现实生活中可以表示为二维表的信息，一般来说我们把二维表中每一行所描述的信息称为一条记录，因此通常把这种用户自定义类型称为记录型。有了用户自定义类型，就可以定义一个 student 类型的变量了。

```
Dim stu1 As student        '用变量 stu1 来引用一个学生记录的各个元素①
```

用户自定义类型的用法将在第 11 章详细介绍。

5.2　常量与变量

在程序中，不同类型的数据不仅能以常量的形式出现，也能以变量的形式出现。在整个应用程序执行过程中，值保持不变的量就是常量；而变量的值是可变的，一个变量对应着内存中的一个存储单元，伴随着程序的执行，这些存储单元中的值可能会发生变化。

5.2.1　常量

VB 中常量分为直接常量、符号常量和系统常量。

1. 直接常量

VB 中的直接常量有 4 种：字符串常量、数值型常量、日期常量和逻辑常量。

（1）字符串常量

字符串常量是由回车符之外的其他 ASCII 字符或中文字符组成的字符组合，这些字符组合一定要由西文双引号引起来，其长度不得超过 65 535 个字符（定长字符串）或 231 个字符（变长字符串）。例如："abc123"、"abc＋123"、"5678"、"中国人民 123"都是合法的字符串常量。

注意："""""表示一个空字符串，"" ""表示包含有一个空格字符的字符串。为了读者阅读方便，本书将用"△"表示空格。

---

① VB 中的解释语句总是以单引号"'"或 Rem 开头，其后的内容在程序运行中不被执行，只起说明作用。

（2）数值型常量

VB中的数值型常量共有4种表示方法，即整型常量、长整型常量、货币型常量和浮点常量。

不带小数点和指数符号（E或e或D或d）的数是整型常量，整型常量可以有三种形式：十进制数，由若干个十进制数字（0～9）组成，可以带有正负号，绝对值的取值范围是 $-32\,768\sim32\,767$，如345、-123、$+7898$ 等；八进制数，由若干个八进制数字（0～7）组成，可以带有正负号，前面必须加有 & 或 &O，绝对值的取值范围是 &O0～&O177 777。如：&123、&O117、&117 等；十六进制数，由若干个十六进制数字（0～9 及 A～F 或 a～f）组成，可以带有正负号，前面必须加有 &H，十六进制数的绝对值的取值范围是 &H0～&HFFFF，如 &H123、&Habc、&H12ef 等。

在 VB 中，长整型常量也有类似于整型常量的三种形式，不过长整型常量都会以类型符 & 结尾，其取值范围在 $-214\,783\,648\sim2\,147\,483\,647$。如 123&、&O123&、&H11f& 等都是长整型常量。

有关货币型常量的规定见前一节。

VB中带小数点的数称为浮点数，当浮点数很大或很小时，就需要用科学记数法来表示了，科学记数法表示的数由尾数、指数符号（d 或 e）和指数组成，如：8d9，5.8E+6 等。所以形如 2.8、$-1.885\,55$、1.4e-10、6d2、7.2E+3 等都是合法的浮点常量。

值得引起大家注意的是：VB 中常量类型的判断有歧义性，在默认情况下，VB 将选择内存容量需求最小的表示方法，为了清晰地指明常量的类型，可以在常量后面加上数据类型符，如表 5-1 所示。表中没有列出的数据类型是没有类型标识符的。

表 5-1　数据类型的标识符

数据类型	类型标识符	数据类型	类型标识符
整型	%	双精度型	#
长整型	&	货币型	@
单精度型	!	字符串型	$

（3）日期常量

任何一种在字面上可被认作日期和时间的字符序列，只要用符号"#"括起来，都可以作为日期常量。日期常量表示的日期范围是从公元 100 年 1 月 1 日～9 999 年 12 月 31 日，表示的时间范围是从 0：00：00～23：59：59。如 #09/02/2010#、#January 4,2001#，#2002-6-8 14：30：00 PM# 都是合法的日期常量。

（4）逻辑常量

逻辑常量只有两种形式：True（真或成立），False（假或不成立）。将逻辑型数据转换成整型数据时：True 为 -1，False 为 0；其他类型数据转换成逻辑数据时：非 0 均视为 True，0 为 False。

2．符号常量

在程序中，某个常量多次被使用，则可以使用一个标识符来代替该常量，这样不仅在书写上方便，而且可以有效地提高程序的可读性和可维护性。

　　标识符是程序员为变量、常量、数据类型、过程、函数、类等定义的名字。VB中要求合法的VB标识符必须以字母或汉字开头,其余字符可以是汉字、字母、数字或下划线;长度不超过255个字符,而控件、窗体、类和模块的名字不超过40个字符;不能和VB的保留字(关键字)同名,但可以把保留字嵌入。

　　关键字[①]是指VB语言中的属性、事件、方法、过程、函数等系统内部的标识符。如已经定义的词(If、EndIf、While、Loop等)、函数名(Len、Format、MsgBox等),所以标识符用Print、Print$是非法的,但用Myprint做标识符是合法的。

　　VB中使用关键字Const声明符号常量。其语法格式如下:

```
[Public|Private] Const 变量名 [As 数据类型] = 表达式
```

　　其中:

　　(1) Public——公共声明,使用它声明的常量可在整个应用程序中使用,它必须在标准模块的声明区中使用。在窗体模块或类模块中不能声明该常量。

　　(2) Private——私有声明,它可以用在模块级声明常量。模块级声明是指放在窗体、类或标准模块内的声明。其关键字不能在过程声明变量时使用。

　　Public和Private表示符号常量的使用范围,在默认情况下常量是私有的。

　　(3) 常量名必须是合法的VB标识符。

　　(4) 数据类型可以为:Byte,Boolean,Integer,long,Currency,Single,Double,Date,String或Variant。

　　(5) 表达式是数值、字符串与运算符的组合,"="右边的表达式的值往往是数值或文字串,但在表达式中不能包含函数,甚至可用先前声明过的符号常量定义新常量。

　　例:

```
Const Pi = 3.1415926
Public Const Max AS Integer = 999
Const stuName = "MARY"
```

　　说明:

- 用Const声明的常量在程序运行的过程中,不能被重新赋值。
- 在常量声明的同时要对常量赋值。
- 可以为声明的符号常量指定类型,如"Const Cost As Currency=3.37",默认时为所赋值的类型。
- 在使用一常量为另一常量初始化时应注意,循环引用时会出错。

　　注意:声明符号常量时,可以指定常量的类型,也可以不指定。如果不指定常量的类型,则系统会根据表达式的数值指定该常量的类型。如果用逗号进行分隔,则在一行中可放置多个常量声明。例如:Const pi=3.1,cv=6。

　　3. 系统常量

　　系统常量(又称为系统内部常量)是由应用程序和控件提供的,系统常量可与应用程序

的对象、方法和属性一起使用。用户可以在帮助文件中查找相应的常量。系统常量名采用大小写混合的格式,其前缀表示定义常量的对象库名。来自 VB 系统的常量总是以"vb"开头,例如 vbRed 表示红色,vbGreen 表示绿色。

5.2.2　变量

变量是指在程序的运行过程中其值随时可以发生变化的量。

变量是程序中数据的临时存放场所。在代码中可以只使用一个变量,也可以使用多个变量,变量中可以存放单词、数值、日期以及属性。由于变量让用户能够把程序中准备使用的每一段数据都赋给一个简短、易于记忆的名字,因此它们十分有用。变量可以保存程序运行时用户输入的数据(如使用 InputBox 函数在屏幕上显示一个对话框,然后把用户输入的文本保存到变量中)、特定运算的结果以及要在窗体上显示的一段数据等。简而言之,变量是用于跟踪几乎所有类型信息的简单工具。

1. 变量的分类

变量有两种类型:属性变量和用户自定义变量。

当我们在窗体中设计用户界面时,VB 会自动为新产生的对象(包括窗体本身)创建一组变量,即属性变量,并为每个属性变量设置其默认值。这类变量可供我们直接使用,比如引用它或给它赋新值。

用户也可以定义自己的变量,以便存放程序执行过程中的临时数据或结果数据等。在程序中,这样的变量是非常需要的。下面介绍这种变量在 VB 中的使用。

2. 变量的命名

变量的命名也必须遵守 VB 的合法标识符规范,并且变量名在有效的范围内必须是唯一的。

例如:strName1、Max_Length、Lesson、strNo3 等是合法的变量名,而 A&B、all right、3M、_Number 等是非法的变量名。

变量命名的注意事项:
- 最好使用有明确实际意义和容易记忆的、通用的变量名。
- 尽量不要使用太长的变量名。
- 不能用 VB 的关键字作为变量名。
- 变量名不能与过程名和符号常量名相同。
- 尽量采用 VB 建议的变量名前缀或后缀的约定来命名,以便区分变量的类型,如: intMax, strName。
- VB 不区分变量名和其他名字中字母的大小写,如 Hello, HELLO, hello 指的是同一个名字。

3. 变量的声明

在使用变量之前,大多数语言通常首先需要声明变量。就是说,必须事先告诉编译器在程序中使用了哪些变量,这些变量的数据类型以及变量在内存中所需的字节长度。这是因为在编译程序执行代码之前编译器需要知道如何给语句中的变量开辟存储区,这样可以优化程序的执行。

VB中使用变量是先要声明变量的,变量的声明一般要解决变量的命名、类型、作用范围三个问题。

声明变量有两种方式:隐式声明、显式声明。

1) 隐式声明

变量可以不经声明直接使用,此时VB给该变量赋予默认的类型和值。这种方式比较简单方便,在程序代码中可以随时命名并使用变量,但变量名出错时不易排查。

2) 显式声明

用声明语句创建变量。为了避免写错变量名引起的麻烦,用户可以规定,只要遇到一个未经明确声明就当成变量的名字,VB都发出错误警告。要想达到这个目的,采取的方法是强制显式声明变量。要强制显式声明变量,只须在类模块、窗体模块或标准模块的声明段中加入以下这条语句:

```
Option Explicit
```

这条语句是用来规定在本模块中所有变量必须先声明再使用,即不能通过隐式声明来创建变量。在添加Option Explicit语句后,VB将自动检查程序中是否有未定义的变量,发现后将显示错误信息。

如果要自动插入Option Explicit语句,用户只要在"工具"菜单中选取"选项"命令,然后单击"选项"对话框中的"编辑器"选项卡,再选中"要求变量声明"选项,如图5-1所示。

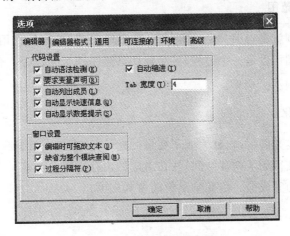

图 5-1　设置强制声明变量

3) 声明变量的方法

在VB中,可以用下面几种格式来声明变量。

(1) 用Dim和Static声明变量名称和类型

① 使用Dim声明变量,语法格式如下:

```
Dim 变量名 As 数据类型
```

例如 Dim a as Integer 声明变量 a 为整型变量。

② 使用 Static 声明变量,语法格式如下:

`Static 变量名 As 数据类型`

例如 Static a As Integer 将 a 声明为静态整型变量。

使用 Static 声明的变量为静态变量。它与 Dim 声明的变量不同之处在于:当执行一个过程结束时,过程中所用到的 Static 变量的值会保留,下次再调用此过程时,变量的初值是上次调用结束时被保留的值,而 Dim 声明的变量在过程结束时不保留,每次调用时需要重新初始化。

(2) 用省略 As 子句的 Dim 语句将变量声明为变体型

省略 As 子句的 Dim 语句格式如下:

`Dim 变量名`

这种定义方式省略了 As 子句。VB 把这种格式声明的变量当作是 Variant 类型的变量。例如,Dim a 将变量 a 声明为变体型变量。

(3) 用类型标识符声明变量

使用类型标识符(见表 5-1)隐含声明变量的数据类型,例如:

```
Dim n%          'n是一个整型变量
Dim a$          'a是一个字符串型变量
```

为使程序具有比较好的可读性,建议在程序设计中使用(1)方式声明变量。

4. 变量的作用范围

变量的有效范围就是指引用的变量可以被程序识别、使用的作用范围,也被称为作用域。变量的作用范围可以是一个过程、一个窗体甚至是整个工程等。有关变量的作用范围,我们将在第 8 章详细介绍。

5. 变量的初始化

变量在声明或定义好后,也就完成了变量的初始化,事实上就意味着声明好的一个变量在内存中的相应地址得到了内存空间,并在对应的内存空间中存放了变量的初始值,这个过程一般是由赋值语句完成的。给变量赋值的格式如下:

`变量名 = 表达式`

可以用一个表达式的数值来给某个变量赋值。一个普通的常量、变量均属于简单的表达式。

例如,给定一个变量 x,可以使用如下几种表达式进行赋值:

```
x = 5
x = y
x = x + 1
```

其中的 y 是一个已经赋过数值的变量。以上三个赋值语句都是合理的,均将右边表达式计算后的数值赋给变量 x。

其中：

- 赋值号"＝"左边只能是变量，不能是常量、常数符号或表达式；赋值号右边的表达式可以是任何类型的表达式或常量值，一般其类型应与变量名的类型一致。
- 一个赋值语句只能对一个变量赋值，如出现 a＝b＝c＝1 形式的赋值则为错误的。
- 不能把字符串的值赋值给数值型变量。
- 同为数值型时，右边的数值类型转换为左边的变量名的类型后赋值。
- 赋值语句类似 s＝s＋x 的语句很常用，起累加作用。

例如：

```
Dim a As Integer,b As Integer
a = 5
  b = b + 1        '将变量 b 的值增加 1 后再赋给变量 b
```

6. 变量的引用

程序中当需要使用变量中的值时，必须引用变量的名字来取出其中存放的数值。使用时，直接在需要用数值的位置上写上变量的名字，系统会自动从变量中取出相应的数值进行计算。

例如：将变量 y 的值赋给变量 x，就必须引用变量 y，将其中的数值取出赋给 x，也即将变量 y 的值存放在变量 x 的内存空间中。使用代码如下：

```
x = y
```

变量的初值可以由程序员在定义变量时指定，也可以由系统指定。例如：

```
Dim y As Integer
y = y + 10
```

语句中"＝"号右边变量 y 的初值为 0，"＝"号左边变量 y 的值在语句执行后变为 10。

再如：

```
Dim x%
x = 10              '变量 x 的初值为 10
……
```

VB 中声明后的变量，若用户没有指定初值，系统会根据变量的数据类型自动给变量指定一个初始值。如整型变量默认值为 0，浮点型变量默认值为 0.0，字符串型变量默认值为空串，逻辑型变量默认值为 False。

5.3 运算符与表达式

运算是数据进行加工的过程，参加运算的数据称为操作数。运算符是代表 VB 某种运算功能的符号。VB 程序会按运算符的含义和运算规则执行相应的运算操作。表达式是用来表示某个求值规则的，它利用运算符和配对的圆括号将常量、变量、函数、对象等操作数以合理的形式组合起来，形成一个整体。单个的常量、变量、函数也可以看成是简单的表达式。

在 VB 中有 5 类运算符和表达式：算术运算符和算术表达式、字符串运算符和字符串表达式、关系运算符和关系表达式、逻辑运算符和逻辑表达式、日期运算符和日期表达式。

5.3.1 算术运算符和算术表达式

算术运算符是最常用的运算符,用来进行简单的算术运算。VB有8个算术运算符,如表5-2所示。

表5-2 算术运算符

运算符	含义	示例	结果	优先级
^	乘幂	5^2	25	1
—	负号	—8	—8	2
*	乘	3*9	27	3
/	除	3/5	0.6	3
\	整除(取整除的商)	3\5	0	4
Mod	取模(求余数)	3 Mod 5	3	5
+	加	3+6	9	6
—	减	4.3—1	3.3	6

说明:

- 算术运算符的操作数可以是数值型、数字字符串型[①]或逻辑型,数字字符串型或逻辑型数据自动转换为数值型后再参与运算。如 False + 5 — "2" 的结果为3。False转换为数值型时系统默认值为0,True转换为数值型时系统默认值为—1。如 True+5—"2" 的结果为2。
- 整除运算是直接取整而不进行四舍五入的操作。如5\3的结果是1。如果参加整除运算的操作数是实数,将按四舍五入的规则将其改变为整数后,再参与运算,如6.7\2的结果是3。
- 取模运算结果为两操作数相除后的余数。如2 mod 5的结果是2;11 mod 3的结果是2。操作数若是实数,先按四舍五入的规则将其变为整数后,再参与运算,如12.35 Mod 4.7的结果为2;25.63 Mod 5.2结果为1。
- 优先级规定的是多个运算符出现在同一个表达式时的运算顺序,优先级高的先进行运算,优先级低的后进行运算,优先级序号越小,优先级越高。
- 在以上8个算术运算符中,只有取负(—)是单目运算符(即该运算符只要一个操作数),其他均为双目运算符(即该运算符需要两个操作数参加运算)。

5.3.2 字符串运算符和字符串表达式

字符串运算符主要用于两个字符串的连接,如表5-3所示。

表5-3 字符串运算符

运算符	含 义	示 例	结 果
&	连接两个字符串	"jiangsu" & "daxue"	"jiangsudaxue"
+	计算和,也可连接字符串	"123" + "120"	"123120"
		"123" + 120	243

---

① 数字字符串型是指字符串中所有的字符都是0~9的数字。

说明：

- "&"运算符两边的操作数不管是字符串型还是数值型，进行运算前，系统总会先将操作数转换成字符串型，然后再进行连接。如"123" & 120 的结果为"123 120"。
- "+"连接的两个操作数应均为字符串型。若两个均为数值型，则进行算术加运算；若一个为数字字符串，另一个为数值型，则自动将数字字符串转换为数值，然后进行算术加运算；若一个为非数字字符型，另一个为数值型，则 VB 系统将会报错。

例：

```
"2010" + 2000      结果为 4010              '进行的是加运算
"2010" + "2000" 结果为"20102000"           '两个字符串连接
"VB" + 2010      系统报错
"jiangsu"& 12345    结果为"jiangsu12345"
```

注意：在字符串变量后使用"&"运算符时，变量和运算符之间应加一个空格。因为"&"既是字符串连接符，也是长整型类型标识符，当变量名和符号"&"连在一起时，VB 把它作为类型标识符处理，这时就会出错。

5.3.3　关系运算符和关系表达式

关系运算符用来确定两个表达式之间的关系。其优先级低于算术运算符，各个关系运算符的优先级是相同的，结合顺序从左到右。关系运算符与运算数构成关系表达式，关系表达式的结果为布尔值即 True 或 False。关系运算符常用于条件语句和循环语句的条件判断部分。表 5-4 列出了 VB 中的关系运算符。

表 5-4　关系运算符

关系运算符	含　义	示　例	结果
=	等于	"abc "= "ABD "	False
>	大于	(11+5)>2	True
>=	大于等于	"abc ">="abf"	False
<	小于	"abc "< "abd "	True
<=	小于等于	"123 "<= "4 "	False
<>	不等于	"a "< > "A "	True
Like	字符串匹配	"abcde "Like " * cd * "	True
Is	对象引用比较		

说明：

- 两个操作数为字符串型时，按 ASCII 码值大小进行比较，直到出现不相同的字符为止，ASCII 码值大的字符串大。
- 数值型数据按数值大小比较；汉字字符大于西文字符；日期型数据比较按日期先后，后边的日期大于前边的日期。
- Like 运算符用于字符串的模糊查询，把一个字符串表达式与一个给定模式进行匹配，匹配成功运算结果为 True，否则为 False。匹配字符和匹配内容如下：

    ?　　　　　　　　任何单一字符

```
    *                     零个或多个字符
    ♯                     任何一个数字(0～9)
 [字符列表]               字符列表中的任何单一字符
 [!字符列表]              不在字符列表中的任何单一字符
 Dim MyCheck As String
 MyCheck = "aBBBa" Like "a*a"                    '结果 True
 MyCheck = "F" Like "[A-Z]"                      '结果 True
 MyCheck = "F" Like "[!A-Z]"                     '结果 False
 MyCheck = "a2a" Like "a♯a"                      '结果 True
 MyCheck = "aM5b" Like "a[L-P]♯[!c-e]"           '结果 True
 MyCheck = "BAT123khg" Like "B?T*"               '结果 True
 MyCheck = "CAT123khg" Like "B?T*"               '结果 False
```

- Is 运算符用来比较两个对象的引用变量,返回结果为 True 或 False;主要用于对象操作。另外,Is 还可以用在 Select Case 语句中。
- 所有关系运算符的优先级相同。

例如:

```
"abcd" > "ad"                    '结果为 False
100 < 60                         '结果为 False
"abc" < > "ABC"                  '结果为 True
"abcdef" = "abcdf"               '结果为 False
♯2/6/2010♯ > ♯2/1/2010♯         '结果为 True
"中国 VB" > "江苏"               '结果为 False
"中国 VB" < "ABC"               '结果为 False
"中国 VB" > "123"               '结果为 True
```

5.3.4　逻辑运算符和逻辑表达式

逻辑运算符主要用于逻辑运算,其操作数经常是关系表达式或逻辑型数据。逻辑运算符如表 5-5 所示。

表 5-5　逻辑运算符

运算符	含义	说　明	示　例	结果	优先级
Not	取反	操作数为真时,结果为假,否则为真	Not(3>5)	True	1
And	与	两个操作数都为真时,结果为真,否则为假	("a">"b")And(3<5)	False	2
Or	或	两个操作数之一或全为真时,结果为真,否则为假	(2<>3)Or("x">"y")	True	3
Xor	异或	两个操作数为一真一假时,结果为真,否则为假	(6=7)Xor(7>2)	True	3
Eqv	等价	两个操作数相同时,结果为真,否则为假	(3>5)Eqv("a"<"b")	False	4
Imp	蕴含	第一操作数为真,第二操作数为假时,结果为假,否则为真	(5=5)Imp(10>20)	False	5

说明：

- 有多个条件时，And 必须全部条件为真结果才为真；Or 只要有一个条件为真结果就为真。
- 如果逻辑运算符对数值型数据进行运算，则以数字的二进制值逐位进行逻辑运算。And 运算常用于屏蔽某些位；Or 运算常用于把某些位置 1。如：12 And 7 表示对 1100 与 0111 进行 And 运算，得到二进制值 100，结果为十进制 4。
- 对一个数连续进行两次 Xor 操作，可恢复原值。

5.3.5 表达式的书写规则与运算符优先级

VB 中，由运算符将常量、变量、函数等连接起来的有意义的式子被称为表达式。一个表达式可能很简单，也可能复杂到由几部分组成，但表达式总是有一个返回值，表达式返回值的类型由运算数和运算符决定。

1. 表达式书写规则

在 VB 中书写表达式时，应遵循以下规则：

（1）乘号不能省略。

（2）不能使用方括号或花括号，只能用圆括号。圆括号可以出现多个，但要左右括号在个数上配对。

（3）表达式从左至右在同一基准上书写，无高低、大小之分。

【例 5-1】 用算术表达式表示大于等于 3 且小于 7 的数。

正确的 VB 表达式：3<=x And x <=7

错误的 VB 表达式：3<=x<=7 或 3<=x Or x<=7

2. 运算符的优先级

当一个表达式中出现多种不同类型的运算符时，不同类型的运算符优先级别如下：

函数运算 ＞ 括号 ＞ 算术运算符 ＞ 字符串运算符 ＞ 关系运算符 ＞ 逻辑运算符

注意：表达式中可以通过增加括号来改变优先级或使表达式更清晰易读。

【例 5-2】 选拔身高 T 超过 1.7 米且体重 W 小于 62.5 公斤的人，表示该条件的逻辑表达式为：

```
(T>=1.7) AND(W<= 62.5)
```

5.4 VB 中常用的内部函数

每门编程语言都有自己的内部函数，内部函数是语言系统本身把一些常用的操作事先编写成一段程序代码并封装起来，用户通过函数名调用这段程序并返回一个函数值。在 VB 6.0 中，有两类函数：内部函数（标准函数）和自定义函数。VB 的内部函数非常丰富，提供了对各种数据类型进行操作的功能。灵活地使用内部函数，会大大提高编程效率。

在 VB 程序中使用函数称为调用函数，函数调用的一般格式为：

函数名(参数1,参数2,…)

其中,参数(也称自变量)放在圆括号内,若有多个参数,以逗号分隔。函数调用后,一般都有一个确定的函数值,即返回值。

例如:

```
y = Abs( - 16)
```

其中,Abs是内部函数名,-16为参数,程序运行时该语句调用内部函数Abs来求-16的绝对值,其计算结果由系统返回作为Abs的值,本例把返回值赋给变量y。

对于VB的内部函数,按其功能可分为数学函数、字符串函数、转换函数、判断函数、日期和时间函数等。本节介绍几个最常用的函数,其他内部函数可以用以下方式查找:如果安装了MSDN帮助或Office软件,在MSDN中"MSDN Library Visual Studio 6.0/Visual Basic文档/参考/语言参考/函数"中即可看到VB所有内部函数;在Office软件中,打开"工具/宏/Visual Basic编辑器",打开Visual Basic编辑器帮助,找到"Visual Basic语言参考/函数"即可看到VB中所有内部函数。

5.4.1 数学函数

数学函数主要用于各种数学运算,如表5-6所示。

表5-6 数学函数

函数	含义	示例	结果
Abs	返回数的绝对值	Abs(-3.2)	3.2
Atn	返回弧度的反正切值	Atn(1)	0.785 398 163 397 448
Cos	返回弧度的余弦值	Cos(1)	0.540 302 305 868 14
Exp	返回e的指定次幂	Exp(1)	2.718 281 828 459 05
Fix	返回数的整数部分(直接取整)	Fix(-50.6)	-50
Int	返回不大于给定数的最大整数	Int(-50.6)	-51
Log	返回数的自然对数	Log(1)	0
Rnd	返回0~1之间的随机数	Rnd	0~1之间的随机数
Sgn	返回数的符号值	Sgn(-2)	-1
Sin	返回弧度的正弦值	Sin(1)	0.841 470 984 807 897
Sqr	返回数的平方根值	Sqr(9)	3
Tan	返回弧度的正切值	Tan(1)	1.557 407 724 654 9

说明:

- 在三角函数中,以弧度表示角度值;sqr函数的自变量不能是负数。
- Log( )和Exp( )互为反函数,即Log(Exp(N))、Exp(Log(N))结果还是原来各自变量的值。
- Rnd函数常和Int函数配合使用实现产生一定范围内的随机整数:

Int(Rnd * 范围 + 基数)

产生(a,b)区间的随机数:

(b - a) * Rnd + a

产生 [a,b] 区间的随机整数,其表达式为:

Int((b－a＋1)＊Rnd)＋a)

产生[20~50]区间的随机整数的函数形式为:

Int(Rnd＊31＋20)

5.4.2 字符串函数

字符串函数(见表5-7)用于处理字符串信息。若函数的返回值为字符型数据,则常在函数名后加"$"字符。VB中也可省略此符号。

表 5-7 字符串函数

函 数	含 义	示 例	结 果
Lcase(C)	将 C 从大写字母变为小写字母	Lcase("Hello")	"hello"
Left $ (C,N)	将 C 中左边起取 N 个字符	Left $ ("World",2)	"Wo"
Len(C)	返回 C 的长度	Len("name")	4
Ltrim $ (C)	删除 C 左端的空格	Ltrim $ (" name")	"name"
Right $ (C,N)	从 C 中右边起取 N 个字符	Right $ ("World",2)	"1d"
Rtrim $ (C)	删除 C 右端的空格	Rtrim $ ("name ")	"name"
Space $ (N)	返回 N 个空格组成的字符串	Space $ (3)	" "
String $ (N,C)	返回 N 个 C 中第一个字符组成的字符串	String $ (2,"xyz")	"xx"
StrReverse(C)	将 C 逆序排列	StrReverse("xyz")	"zyx"
Trim(C)	删除 C 的左右空格	Trim(" na ")	"na"
Ucase(C)	将 C 中小写字母改为大写字母	Ucase("xyz")	"XYZ"

说明:

* C 是字符型,N 是数值型(N 表示个数)。

补充几个很有用的函数:

* Instr([N1,]C1,C2[,M]):返回 C2 在 C1 中首次出现的位置(从 N1 开始)。N1 表示起始位,N2 表示个数。M 等于 0 表示区分大小写(默认形式),M 等于 1 表示不区分大小写。

例:Instr(4,"xxpxxpXp","p") 其结果为 6。

* InstrRev(C1,C2[,N1] [,M]):与 Instr 类似,只是从尾部查找。

例如 InstrRev("ASDFDFDFSDSF")其结果为 5。

* Replace(C,C1,C2[,N1][,N2][,M]):在 C 中从 1 或 N1 开始 C2 替换 C1 共 N2 次。

例如 Replace("asabab005absadb","ab"," * ",2)其结果为"as *** sadb"。

* StrComp(C1,C2[,M]):返回 C1、C2 比较的结果,相等为 0,小于时为－1,大于时为 1。

例如 StrComp("AB","ab")其结果为－1。

5.4.3 转换函数

转换函数主要分类型转换函数和数制转换函数两类。

1. 类型转换函数

类型转换函数主要用来实现不同类型数据之间的转换。分为强制类型转换函数、

ASCII 码转换函数和直接类型转换函数和数制转换函数。

（1）强制类型转换函数

将一个表达式的数据类型强制转换成要求的数据类型，VB 中的强制类型转换函数如表 5-8 所示。

表 5-8　强制类型转换函数

函数	返回类型	目标类型范围
CBool	Boolean	任何有效字符串或数值表达式
CByte	Byte	0～255
CCur	Currency	−922 337 203 685 477.5808～922 337 203 685 477.5807
CDate	Date	任何有效的日期表达式
CDbl	Double	负数：−1.797 693 148 623 2E308～−4.940 656 458 124 7E−324
		正数：4.940 656 458 124 7E−324～1.797 693 148 623 2E308
CInt	Integer	−32 768～32 767，小数部分四舍五入
CLng	Long	−2 147 483 648～2 147 483 647
CSng	Single	负数：−3.402 823E38～−1.401 298E−45
		正数：1.401 298E−45～3.402 823E38
CStr	String	依据参数返回字符型，数值型转为字符型时，不保留符号位
CVar	Variant	若为数值型，范围与 Double 相同；否则与字符型相同
CVErr	Error	错误值

（2）ASCII 码转换函数

用于 ASCII 码值和字符之间的转换，VB 中的 ASCII 码转换函数如表 5-9 所示。

表 5-9　ASCII 码转换函数

函数	功　　能	示　　例	结果
Asc	返回字符串首字符的 ASCII 码值	Asc("China")	67
Chr	返回一个值对应的 ASCII 码字符	Chr(100)	"d"

说明：

Chr()和 Asc()函数互为反函数，即 Chr(Asc(C))、Asc(Chr(N))的结果为原来各自变量的值。其中 C 为字符，N 为 ASCII 码值。

例如：Asc(Chr(100))的结果还是 100；Chr(Asc("A"))的结果还是"A"。

（3）直接类型转换函数

实现字符型和数值型之间的类型转换，VB 中的此类函数如表 5-10 所示。

表 5-10　直接类型转换函数

函数	功　　能	示　　例	结果
Str	将数值型转换为字符型，保留符号位	Str(323.1)	" 323.1 "
Val	返回包含于字符串之内的数字（忽略非数字开始	Val(" 3231−56 ")	3231
	的字符，但可识别进位制符 &O 和 &H)	Val(" &HFFFF ")	−1

说明：

• Str()函数将非负数值转换成字符类型后，会在转换后的字符串左边增加空格，即数值的符号位。例如，表达式 Str(123)的结果为" 123"而不是"123"。

- Val()函数将数字字符串转换为数值类型,当字符串中出现数值类型规定的字符外的字符时,则停止转换,函数返回的是停止转换前的结果。例如表达式:Val("-333.45yy")结果为-333.45。同样,表达式 Val("-333.45E3")结果为-333 450,E 为指数符号。

2. 数制转换函数

数制转换函数是将一个数值表达式或字符串表达式转换为八进制或十六进制数值的函数,VB 中的此类函数如表 5-11 所示。

表 5-11　数制转换函数

函数	功　　能	示　　例	结果
Hex	返回表达式的十六进制数	Hex(30)	1e
Oct	返回表达式的八进制数	Oct(30)	36

5.4.4　判断函数

判断函数主要用于判断,其结果必为逻辑型数据。VB 中的判断函数如表 5-12 所示。

表 5-12　判断函数

函　　数	功　　能	示　　例	结　　果
IsDate(表达式)	判断表达式是否为日期型	IsDate(#1985-3-21#)	True
IsEmpty(变量)	判断变量是否被初始化	IsEmpty(Null)	False
IsNumeric(表达式)	判断表达式是否为数值型	IsNumeric(45.23)	True
IIf(表达式,N1,N2)	判断表达式的真假,如为真,返回 N1 的值,否则返回 N2 的值	IIf(X>=60,"合格","不合格")	取决于 X 的值,X>=60 时,返回"合格",否则返回"不合格"

5.4.5　日期和时间函数

日期函数主要用于进行日期和时间类型数据的处理,VB 中常见的日期和时间函数的功能及实例如表 5-13 所示。

表 5-13　日期和时间函数

函数名	功　　能	实　　例	结　　果
Date[()]	返回系统日期	Date$()	2010-7-1
Day(C|N)	返回日期代号(1~31)	Day("08,04,28")	28
Hour(C|N)	返回小时(0~24)	Hour(#1:12:20 PM#)	13(下午)
Minute(C|N)	返回分钟(0~59)	Minute(#1:12:20PM#)	12
Month(C|N)	返回月份(1~12)	Month("08,04,28")	4
Second(C|N)	返回秒(0~59)	Second(#1:12:20PM#)	20

续表

函数名	功　能	实　　例	结　　果
Now	返回系统日期和时间	Now	2008/4/28 10：40：01PM
Time[()]	返回系统时间	Time	10：40：01PM
WeekDay(C|N)	返回星期数(1～7)星期日为1,星期一为2	WeekDay("08,04,28")	2
Year(C|N)	返回年代号(1753～2078)	Year(365)返回相对于1899/12/30后365天的年代号	1900年

说明：

- 日期函数中自变量"C|N"可以是数值表达式,也可以是字符串表达式。
- 时间差函数 DateDiff()：可以计算两个指定日期间的时间间隔。语法形式：

DateDiff(要间隔日期形式,日期1,日期2)

例如,计算现在距离 2008 年 4 月 28 日的天数。表达式为：

DateDiff("d",Now,♯2008/4/28♯)

5.4.6　格式输出函数

1. Format 函数

格式输出函数 Format()可以使数值、日期和字符串按指定的格式输出,形式如下：

Format$(表达式[,格式字符串])

说明：

- 表达式：要格式化的数值、日期和字符串类型表达式。
- 格式字符串：指定的表达式的输出格式。当格式字符串是字符串常量时,必须放在双引号中。

格式字符串分为三类：数值格式、日期格式、字符串格式。

2. 数值格式化

数值格式化是将数值表达式的值按格式字符串指定的格式输出。数值格式符及其功能如表 5-14 所示。

表 5-14　数值格式符

符号	功　能	示　　例	返回值
0	数字占位符,如果表达式在格式字符串中0的位置上有一位数字存在则显示该数字；否则以零显示	Format(123.45,"0000.000") Format(123.45,"00.0")	0123.450 123.5
♯	数字占位符,如果表达式在格式字符串中♯位置有数字存在,则显示该数字,否则不显示	Format(123.45,"♯♯♯♯.♯♯♯") Format(123.45,"♯♯.♯")	123.45 123.5

续表

符号	功　能	示　例	返回值
.	加小数点	Format(123, "000.00")	123.00
,	千分位	Format(1234.5, "#,###.##")	1,234.5
%	加百分比符号	Format(0.123, "0.0%")	12.3%
$	在数字前加"$"	Format(1234.56, "$##.#")	$1234.6
+	在数字前加"+"	Format(123.56, "##.#")	+123.6
—	在数字前加"—"	Format(123.56, "—##.#")	—123.6

符号"0"和"#"的区别：

- 相同处：如要显示数值表达式的整数部分位数多于格式字符串的位数,则按实际数值显示；如小数部分的位数多于格式字符串的位数,则按四舍五入显示。
- 不同处："0"按规定的位数显示,"#"对于整数前的0或小数后的0不显示。

3.日期和时间的格式化

日期和时间格式化是将日期表达式的值或算术表达式的值以日期、时间的序数值按格式字符串指定的格式输出。

常用的日期、时间格式符如表 5-15 所示。

表 5-15　日期和时间格式符

符　号	功　能	示　例	返回值
dddddd	显示完整日期(yy/mm/dd)	Format(Date,"dddddd")	2010 年 8 月 28 日
mmmm	月份全名	Format(Date,"mmmm")	August
yyyy	四位数显示年份	Format(Date,"yyyy")	2010
h	显示小时	Format(Now,"h")	10
m	显示分	Format(Now, "m")	20
s	显示秒	Format(Now, "s")	50
tttt	显示完整时间	Format(Now, "tttt")	10：20：50
AM/PM	12 小时时钟,中午前为 AM,中午后为 PM	Format(Now,"ttttAM/PM")	10：20：50AM

说明：

(1) 上表中的 Date,Now 取的时间为当时系统日期和时间。

(2) 时间分钟的格式说明符 m 和月份 mm 的区分由其是否跟在 h 后来决定,如果接在 h 后则为分钟,否则为月份。

4.字符串格式化

字符串格式化是将字符串按指定的格式进行大小写显示。常见的字符串格式符及功能如表 5-16 所示。

表 5-16   字符串格式符

符号	功能	示例	返回值
<	强制小写,将所有字符以小写格式显示	Format("Abab","<@@@@")	"abab"
>	强制大写,将所有字符以大写格式显示	Format("Abab",">@@@@")	"ABAB"
@	字符占位符,实际字符位数小于符号位数时 字符前加空格	Format("Abab","@@@@@")	" Abab"
&	字符占位符,实际字符位数小于符号位数时 字符前不加空格	Format("Abab","&&&&&")	"Abab"

5.5   VB 程序的编码规则

5.5.1   VB 的语言元素

1. VB 中的字符集

程序由语句构成,语句由表达式、单词构成,表达式和单词由字符组成。程序语言中的字符、词汇、表达式、语句、过程、函数被称为"语法单位"。语法的形成规则称为"语法规则"。

程序语言中的字符是构成程序设计语言的最小单位。VB 中的字符集包括:数字,英文字母和特殊符号。其中数字有 0~9;英文字母包含 26 个英文字母的大小写;特殊字符有:!、#、$、%、&、@、^、'、( )、*、+、,、-、.、/、\、?、<、=、>、[ ]、_、{ }、|、~、:、;、"、空格等。

特别提醒:在代码窗口输入程序时,除汉字外,其余符号不能以全角或中文方式输入,而只能以英文方式键入作为语言成分的字符,例如:

```
Print "a+b="; a+b
```

2. VB 中的词汇集

词汇符号是程序设计语言中具有独立意义的最基本结构。词汇符号包括:运算符、界符、关键字、标识符、各类型常数。

(1) 运算符和界符

算术运算符:+、-、*、/、\、MOD、^

字符串运算符:&、+

比较运算符:>、>=、<、<=、=、<>

逻辑运算符:Not、And、Or、Xor、Eqv、Imp

其他界符:! # $ % @ ( ), . ' ? [ ] _ { } | ~ : ; " space

(2) 关键字

关键字又称保留字,是 VB 保留下来的作为程序中有固定含义的标识符,不能被重新定义,是语言的组成部分,往往表示系统提供的标准过程、函数、运算符、常量等。在 VB 中,约定关键字的首个字母为大写字母。VB 中的关键字见附录 B。

（3）标识符

标识符是程序员为变量、常量、数据类型、过程、函数、类等定义的名字。利用标识符可以完成对它们的引用。VB中标识符的命名规则如下：

- 标识符必须以字母开头，后跟字母、数字或下划线。
- 标识符的长度不能超过255个字符。
- 自定义的标识符不能和VB中的运算符、语句、函数和过程名等关键字同名，同时也不能与系统已有的方法和属性同名。

5.5.2 VB 程序的编码规则

1. VB 代码书写规则

（1）程序中不区分字母的大小写，Ab 与 AB 等效。

（2）系统对用户程序代码进行自动转换：

- 对于VB中的关键字，首字母被转换成大写，其余转换成小写。
- 若关键字由多个英文单词组成，则将每个单词的首字母转换成大写。
- 对于用户定义的变量、过程名，以第一次定义的为准，以后输入的自动转换成首次定义的形式。

2. 语句书写规则

（1）在同一行上可以书写多行语句，语句间用冒号（：）分隔。

（2）单行语句可以分多行书写，在本行后加续行符（空格和下划线）。

（3）一行允许多达255个字符。

（4）最好采用缩进格式。

3. 程序的注释方式

（1）整行注释一般以 Rem 开头，也可以用单引号开头。

（2）用单引号引导的注释，既可以是整行的，也可以直接放在语句的后面，非常方便。

（3）可以利用"编辑"工具栏的"设置注释块"、"解除注释块"来设置多行注释。

另外，VB源程序允许程序中出现行号与标号，但不是必需的（早期的 Basic 语言中必须用行号）。标号是以字母开始以冒号结束的字符串，一般用在 GOTO 语句（现在已很少使用）中。

第 6 章

控制结构

VB虽然是面向对象的采用事件驱动的程序设计语言,通过调用事件过程来实现程序的运行,但在设计事件过程的程序代码时,我们仍然需要对程序的流程进行控制,程序流程是指在一个程序中语句的执行次序。VB同其他的结构化程序设计语言一样,也具有三种基本的控制结构:顺序结构、分支结构(选择结构)和循环结构(重复结构)。

根据计算机的工作过程,在编写程序时也要解决三个环节的问题:数据输入、数据处理(计算)以及数据输出。本章将主要介绍数据的输入与输出、三种基本程序控制结构及VB中提供的实现这些结构的相关语句。此外,本章还给出了常见算法的VB实现及VB中的程序调试方法。

6.1 数据的输入与输出

VB的输入与输出有多种形式,一般来说,接收键盘输入数据的主要是文本框控件和函数InputBox()。常用的输出方式有:Print方法输出、MsgBox函数输出以及利用图形框、文本框、标签等控件输出相关信息。本节主要介绍InputBox函数、MsgBox函数与方法以及Print方法在数据输入输出中的应用。

6.1.1 数据的输入

输入输出是程序设计中的重要组成部分。VB中,通过输入函数InputBox(),用户可以向应用程序提供必要的数据,使其按用户给定的数据来执行程序;下面介绍这个函数的功能和使用方法。

运行程序时,InputBox()函数可产生一个对话框,作为用户输入数据的界面,并等待用户输入数据,等用户完成输入后,InputBox()函数会返回用户所输入的内容。其格式为:

InputBox[$](Prompt[,Title][,Default][,Xpos,Ypos][,HelpFile,Context])

该函数的参数含义如下:

(1) Prompt:是一个字符串,其长度不得超过255个字符,它是在对话框内显示的提示信息,用来提示用户输入。

(2) Title:是一个字符串,它是对话框的标题,它显示在对话框顶部的标题栏中。

(3) Default:是一个字符串,用来显示输入缓冲区的默认信息。

（4）Xpos、Ypos：是两个整数值，分别用来确定对话框与屏幕左边界的距离（Xpos）和上边界的距离（Ypos），其单位仍为 twip（缇）。这两个参数必须全部给出或者全部省略。

（5）HelpFile、Context：是字符串变量或字符串表达式，用来表示帮助文件的名字；Context 是一个数值变量或表达式，用来表示相关帮助主题的帮助目录号。

注意：各项参数次序必须一一对应，除了"Prompt"一项不能省略外（但允许为空字符串），其余各项均可省略，处于中间的默认部分要用逗号占位符跳过。

【例 6.1】 InputBox()函数示例。

```
Private Sub Form_Click ()
 a = InputBox("请输入一个数据","inputbox 函数演示","20")
 Print a
End Sub
```

上述过程用来建立一个输入对话框，并把 InputBox 函数返回的值赋给变量 a，然后在窗体上显示该变量的值。程序运行后，当用户单击窗体时，就会弹出一个对话框，等待用户输入数据，如图 6-1 所示。

当用户完成合法的数据输入后，程序会将用户输入的数据赋给变量 a，也就是完成语句"a＝InputBox("请输入一个数据","inputbox 函数演示","20")"的执行，最后执行语句"Print a"，在窗体上输出变量 a 的值。特别提醒大家的是：本程序中变量 a 是变体型的，所以 a 得到的值就是 InputBox()函数返回的字符串。

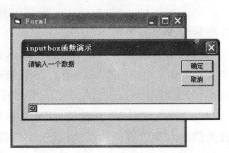

图 6-1　InputBox()函数应用举例

用户在使用 InputBox()函数时，应注意以下两点：

- InputBox()函数的返回值是字符串。因此，如果"＝"左边的变量是数值型的，用户输入的应该是可以转换为数值型数据的输入内容，VB 系统会直接进行转换；但若用户输入的内容不能由系统强制转换，变量将不能得到用户所输入的数据。一般情况下，当"＝"左边的变量为数值型时，我们往往使用 Val 函数将含有数字的数字字符串转换为数值型数据。
- 在 InputBox()函数所产生的对话框中，有两个按钮，一个是"确定"，一个是"取消"。在输入区输入数据后，单击"确定"按钮（或按回车键）表示确认，并返回在输入区中输入的数据；如果单击"取消"按钮（或按 Esc 键），则当前的输入作废，在这种情况下，将返回一个空字符串。

6.1.2　MsgBox 输出

使用 Windows 操作系统时，如果操作有误，屏幕上会显示一个对话框，让用户进行选择，然后根据选择确定其后的操作。VB 中的 MsgBox()函数也可产生一个消息窗口向用户传送信息，并可根据用户在对话框中的选择，接收用户所做出的响应，作为程序继续执行的依据。在 VB 中，MsgBox 有函数和语句两种形式。

MsgBox()函数的格式：

```
MsgBox(msg[, type][, title][, helpfile, context])
```

MsgBox 语句的格式：

```
MsgBox msg[, type][, title][, helpfile, context]
```

MsgBox() 函数和 MsgBox 语句中的参数作用相同，MsgBox 语句没有返回值，不用圆括号"()"，多用于简单信息的显示。需要注意的是，由 MsgBox 函数和 MsgBox 语句所显示的消息框有一个共同的特点：就是出现消息框后，用户必须做出选择，即单击消息框中的某个按钮或按回车键，否则程序将等待，不允许执行其他操作。在 VB 中，把这种窗口（或对话框）称为"模态窗口"（Modal Window）。

所谓模态对话框，就是指除非采取有效的关闭手段，用户的鼠标焦点或者输入光标将一直停留在其上的对话框。非模态对话框则不会强制执行，用户可以在当前对话框以及其他窗口间进行切换。

MsgBox() 函数和 MsgBox 语句中有 5 个参数，除第一个参数外，其余参数都是可选的。各参数的含义如下：

(1) msg：是一个字符串，其长度不超过 1 024 个字符，如超过则多余的字符被截掉。该字符串的内容在 MsgBox() 函数产生的对话框内显示。字符串在一行内显示不完时，将自动换行，也可用"Chr $ (13)＋Chr $ (10)"强制换行。

(2) type：是一个整数值，用来控制在对话框内显示的按钮、图标的种类及数量。该参数的值由三类数值相加产生，这三类数值分别表示按钮的类型、显示图标的种类及活动按钮的位置，如表 6-1 所示。

表 6-1　type 的设置及意义

类别	符 号 常 量	按钮值	意　　义
按钮数目	vbOkOnly	0	只显示"确定"按钮
	VbOkCancel	1	显示"确定"和"取消"按钮
	vbAbortRetryIgnore	2	显示"终止"、"重试"和"忽略"按钮
	VbYesNoCancel	3	显示"是"、"否"和"取消"按钮
	vbYesNo	4	显示"是"和"否"按钮
	vbRetryCancel	5	显示"重试"和"取消"按钮
图标类型	vbCritical	16	显示警示图标，红色 Stop 标志
	vbQuestion	32	显示询问图标"?"
	vbExclamation	48	显示警告消息图标"!"
	vbInformation	64	显示信息图标"i"
默认按钮	vbDefaultButton1	0	第一个按钮为默认按钮
	vbDefaultButton2	256	第二个按钮为默认按钮
	vbDefaultButton3	512	第三个按钮为默认按钮
模式	vbApplicationModal	0	应用程序模式
	vbSystemModal	4096	系统模式

第一组值（0～5）描述了对话框中显示的按钮的类型与数目；第二组值（16,32,48,64）描述了显示在对话框中的图标的样式；第三组值（0,256,512）规定哪一个按钮是默认按钮；而第四组值（0,4096）则决定了消息框的强制返回性。将这些数字相加以生成 Type 参数值

的时候,只能从每组值中取用一个数字。

　　注意:用户可以在程序代码中直接使用符号常量(VB 系统已经定义过了),而不必使用实际数值。

　　程序执行时,MsgBox()函数根据用户做出的反应返回值。其返回值的情况如表 6-2 所示。

表 6-2　MsgBox()函数的返回值

返 回 值	符 号 常 量	被单击的按钮
1	vbOk	确定
2	vbCancel	取消
3	vbAbort	终止
4	vbRetry	重试
5	vbIgnore	忽略
6	vbYes	是
7	vbNo	否

　　(3) title:是一个字符串,用来显示对话框的标题。

　　【例 6.2】　MsgBox 函数示例。

```
Private Sub Form_Click()
 Msg = "程序运行出错,继续吗?"
 Title = "Msgbox 演示程序"
 Resp = MsgBox(Msg, 308, Title)
 If  Resp = 6 Then
    Print "你选择了是!"
 Else
  Print "你选择了否!"
 End If
End Sub
```

　　运行程序,用户单击窗体后,弹出如图 6-2 所示的消息框,函数中的参数 308 也可以写成符号常量的形式。由于 308=4+48+256,所以 308 可以写成"vbYesNo+vbExclamation+vbDefaultButton2"的常量表达式的形式;同样,If 语句也可写成"If Resp=vbYes then"的形式。

　　【例 6.3】　根据输入的圆的半径,求圆的面积。

　　(1) 进入代码窗口,编辑程序代码如下:

```
Private Sub Form_Click()
 Const Pi = 3.14              '定义常量 Pi
 Dim r As Double, a As Double
 r = InputBox("请输入圆的半径")
 a = Pi * r * r
 MsgBox ("圆的面积为: " & a)
End Sub
```

图 6-2　MsgBox 演示程序

　　(2) 运行程序,弹出输入对话框(见图 6-3(a)),输入 5,单击"确定"按钮或按回车键,将弹出输出对话框(见图 6-3(b)),如图 6-3 所示。

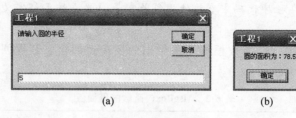

图 6-3　求圆的面积

【例 6.4】 思考题。

```
Private Sub Form_Click ()
  r = MsgBox("你确定退出吗?", 36, "提示信息")
End Sub
```

请问:程序运行后,单击窗体会出现什么样的对话框? MsgBox 函数返回值会是什么?

6.1.3　Print 输出

VB 中,Print 方法常用于在窗体、图片框或打印机上输出信息。

1. Print 方法的格式

Print 方法的格式如下:

[对象.]Print [Spc(n)|Tab(n) expression Charpos]

说明:

- 对象——指定文本输出在哪里,常用的控件有:窗体、图片框或 Printer(打印机),也可以是立即窗口(Debug)。如果省略“对象”,则指在当前窗体上输出。
- Spc(n)——可选的参数,用来在输出的信息中插入空白字符,这里 n 为要插入的空白字符数。
- Tab(n)——可选的参数,用来将插入点定位在输出信息的绝对列上,这里 n 为指定的列号。
- expression(数值或字符串表达式)——可选的参数,表示要输出的数值表达式或字符串表达式,如果省略,则打印一空行。
- Charpos(分界符)——可选的参数,指定下一个字符的插入点,可以是分号、逗号,也可以省略。若使用分号(;),则直接将插入点定位在上一个被显示字符之后;使用逗号(,),则将下一个输出字符的插入点定位在下一个分区上。VB 6.0 中以 14 个字符位置为单位把一个输出行分成若干个分区。逗号后面的表达式在下一个分区段输出。如果省略 Charpos,则在下一行输出下一字符。

例如,在不同的对象上分别输出消息“This is a testing message”。

(1) 在名称为“MyForm”的窗体对象上显示:

MyForm.Print "This is a testing message"

（2）在名称为"PicMiniMsg"的图片框对象上显示：

```
PicMiniMsg.Print "This is a testing message"
```

（3）在当前窗体上显示：

```
Print "This is a testing message" '省略对象
```

（4）在打印机上显示：

```
Printer.Print "This is a testingmessage"
```

2．不同类型数据的 Print 方法的输出

对于 Boolean 数据，输出结果是：True 或者 False。

如果 Expression（表达式）为空，则无内容输出。但如果表达式的值为 Null，则输出 Null。在输出 Null 关键字时，要把关键字正确翻译出来。

3．Print 方法示例

Print 方法中被输出的项包括属性值、常数、变量（字符串或数字）和表达式的值。Print 方法输出数值型的值时会自动区别正、负数，正数输出时会拥有一个前导空格（代表默认正号）和一个尾部空格；负数数值用负数符号替代一个前导空格，同时也会有一个尾部空格。

【例 6.5】 在窗体上显示字符串，运行结果如图 6-4 所示。

```
Private Sub Form_Click()
        Dim myvar As String
        myvar = "welcome  to    jiangsu!"
        Print myvar
End Sub
```

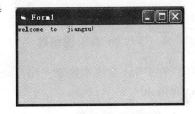

图 6-4 窗体上显示字符串

如果程序中输出的字符串比窗体或图片框的宽度还要长，则字符串超出的部分会自动被截断，但不会自动换行，也不会自动向下滚动（用户可在上例中加长字符串，看一看效果）。

【例 6.6】 对比 Print 方法中分号与逗号做分隔符的执行结果，运行下面的代码：

```
Private Sub Form_click( )
Dim a%, b%
a = 10: b = 15
c$ = "欢迎使用 Visual Basic"
Print c
Print
Print "a + b = "; a + b
Print "a + b = ", a + b
End Sub
```

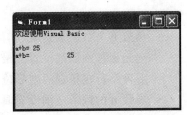

图 6-5 分号与逗号作分隔符的区别

运行结果如图 6-5 所示，分号做分隔符表示输出项之间是紧凑格式；逗号做分隔符表示输出项之间是分区格式。

【例 6.7】 用 Print 方法输出图形。程序运行结果如图 6-6 所示。

```
Private Sub Form_Click()
    For I = 1 To 5
        Print Tab(I); String(6 - I, "*")
    Next  I
End Sub
```

注意：当函数 Tab(i)中变量 i 的值小于当前光标位置的值时，光标将重新定位在下一行的第 i 列。

例如，执行以下语句：

```
Print Tab(5); "abcdefg"; Tab(8); "1234567"
```

运行结果如图 6-7 所示。

图 6-6　Print 输出图形

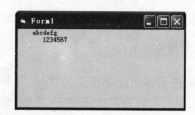

图 6-7　Tab( )函数应用举例

4. 与 Print 有关的函数

在 Print 方法中经常使用 Tab(n)函数、Spc(n)函数和 Space(n)函数，使信息按指定的格式输出。

（1）Tab(n)函数

Tab(n)函数用于把光标往后移动 n 个字符的位置，从这个位置开始输出信息。要输出的内容放在 Tab( )函数的后面，并用分号隔开。

例如：

```
Print Tab(25); 800
```

说明：

- 参数 n 为数值表达式，其值为一个整数，它是下一个输出位置的列号，表示在输出前把光标移到该列位置。最左边的列号为 1，如果当前的显示位置已经超过 n，则自动下移一行在指定的列号位置输出。
- 参数 n 的取值范围没有具体限制，当 n 比行宽大时，显示位置为"n Mod 行宽"；如果 n<1，则把输出位置移到第一列。
- 当在一个 Print 方法中有多个 Tab( )函数时，每个 Tab( )函数对应一个输出项，各输出项之间一般用分号隔开。

（2）Spc(n)函数

Spc(n)函数与 Tab( )函数类似，用于跳过 n 个空格输出。与 Tab( )函数的区别是：Tab( )

函数从第 1 列开始计数,n 是绝对偏移量;而 Spc()函数则是从前面的输出项后开始计数,n 是相对偏移量。

例如:

```
Print "CHINA"; Spc(8); "Jiangsu"
```

该语句运行时,首先输出"CHINA",然后经过 8 个空格,显示"Jiangsu"。

说明:

- 参数 n 是一个数值表达式,其取值范围为 0~32 767 的整数。Spc()函数与输出项之间用分号隔开。
- Spc()函数与 Tab()函数的作用类似,而且可以互相代替。

(3) Space $ (n)函数

Space $ (n):用于返回由 n 个空格组成的一个字符串。

例如:

```
Print "abc"; Space(5); "abc"
Print "abc"; Space(3); "abc "
```

其输出结果如图 6-8 所示。

另外,Print 方法还经常会用 Format 函数来控制输出项的输出格式。

【例 6.8】 Print 方法中 Format 函数对输出项格式控制。

```
Private Sub Form_Click()
    Print Format $ (25634, "########")
    Print Format $ (25634, "00000000")
    Print Format $ (256.34, "0000.00")
    Print Format $ (256.34, "####.##")
    Print Format $ (12345.67, "####,#.##")
    Print Format $ (12345.67, "#,####.##")
    Print Format $ (12345.6, "###,##0.00")
    Print Format $ (12345.6, "$###,#0.00")
    Print Format $ (12345.6, "-###,##0.00")
    Print Format $ (0.123, "0.00%")
    Print Format $ (12345.6, "0.00E+00")
    Print Format $ (0.1234567, "0.00E-00")
    Print Format $ (12345.67, ",#####.##")   '错误
    Print Format $ (12345.67, "#####,.##")   '错误
End Sub
```

其输出结果如图 6-9 所示。

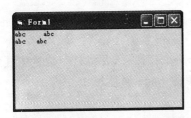

图 6-8 函数 Space $ (n)的用法

图 6-9 Format $ ()函数的使用

6.1.4　打印机输出

VB除了可以在屏幕上输出信息外,还可以在打印机上输出所需要的信息。

1. 用 PrintForm 方法打印

格式：[窗体名.]PrintForm

功能：将指定窗体的信息传送到打印机进行打印。

说明：

(1) 省略窗体名,则打印当前窗体的信息。

(2) PrintForm 方法不仅可以打印窗体上的文本,而且还可以打印出窗体上的任何可见的控件及图形。若窗体中包含图形,需要将输出窗体的 AutoReDraw 属性设置为 True。

2. 用 Printer 对象打印

1) 语法格式

格式：Printer.Print [表达式列表]

功能：把"表达式列表"中的内容输出到打印机上。

例如,将字符串"欢迎使用 Visual Basic"输出到 Windows 系统的默认打印机上,采用的语句为：

```
Printer.Print "欢迎使用 Visual Basic"
```

Printer 对象包含多种属性和方法用以控制打印的各种特性。Printer 对象的属性不能在属性窗口中设置,只能在运行时通过程序代码来设置。

2) Printer 对象的属性和方法

下面介绍一些 Printer 对象常用的属性和方法。

(1) Page 属性

Page 属性用来记忆和返回当前的页号,格式为：

```
Printer.Page
```

每当打印完一页后,Page 属性值自动增 1。通常用 Page 属性打印页号,例如：

```
Printer.Print "第"; Printer.Page; "页"
```

(2) NewPage 方法

NewPage 方法用以结束 Printer 对象中的当前页并前进到下一页,也就是实现换页操作,格式为：

```
Printer.NewPage
```

执行 NewPage 方法可以强制使打印机前进到下一个打印页,并将打印位置重置到新页的左上角。调用 NewPage 方法时,它将 Printer 对象的 Page 属性加 1。

(3) EndDoc 方法

EndDoc 方法用来结束文件打印,格式为：

```
Printer.EndDoc
```

执行 EndDoc 方法表明打印操作的结束,并向打印机管理程序发送最后一页的退出信号,并把 Page 属性重置为 1。

(4) KillDoc 方法

KillDoc 方法用于立即终止当前打印作业,格式为:

```
Printer.KillDoc
```

执行 KillDoc 方法将中断 Printer 的执行,且清除打印缓冲区中的所有信息。

【例 6.9】 编写一个程序,实现连续打印"测试页 1"和"测试页 2"两张测试页。

```
Private Sub Form_Click()
    Printer.Print "打印测试页 1";Printer.Page
    Printer.NewPage
    Printer.Print "打印测试页 2";Printer.Page
    Printer.EndDoc
End Sub
```

单击窗体后,打印机打印两页,分别为"打印测试页 1"和"打印测试页 2"。

6.2 顺序结构

介绍完 VB 中常用的输入与输出方法,下面介绍程序设计语言中的三种基本结构,其中最简单的结构就是顺序结构。在顺序结构中,各语句是按照书写顺序依次执行的,这种结构的程序是按"从上到下"的顺序依次执行语句的,每条语句末尾没有分隔符,其程序流程图如图 6-10 所示。顺序结构中经常使用的语句:赋值语句,注释语句,Print 方法,与用户进行交互的一些函数和过程等。下面详细介绍 VB 程序中最常见的语句——赋值语句。

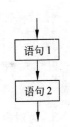

图 6-10 顺序结构
流程图

6.2.1 赋值语句

赋值语句是程序设计语言中最基本的语句。在 VB 中,赋值语句通常是给变量赋值和设置对象属性值。

1. 赋值语句的格式

格式:[Let] 变量名 = 表达式

功能:它的作用是把右边表达式的值赋给左边的变量。

注意:Let 是 Basic 语言中的关键字,VB 对它的作用进行了保留,但通常情况下都是省略的;另外,赋值号"="与关系运算符"=",系统会自动进行识别。

2. 给变量赋值

例如下面 4 条语句:

```
Dim A  As  Integer
Dim  B  As String  k * 10
A = 100
B =  "我是中国人"
```

把数值100赋给整型变量A,把字符串"我是中国人"赋给字符串变量B。100与"我是中国人"都为常量,是最简单的表达式。

赋值语句中可以将一个表达式的值赋给一个变量,赋值号左边只能是一个变量或对象的属性,不能是常量和表达式,所以下面的赋值语句都是合法的:

```
Dim S As Integer
Dim P As Single
S = 600 + 1000
P = 3.14 * S + 200 * 500
P = S + P
S = S + 1                '把变量S的值增加1后再赋给S
```

特别要注意的是:赋值语句中表达式的类型应与变量的类型一致,当不一致时,系统将赋值号左边表达式的值强制地转换为赋值号右边变量的类型。例如:

```
A% = 6.3             'A为整型变量,A中的结果为6
a% = 7.7             'a的值为8(四舍五入)
x! = 6.28315248♯      'x的值为6.283152
a% = "31x4"          '出现类型不匹配的错误
a% = True            'a的值为 -1(False 转为0)
a$ = 123             'a的值为"123"
a$ = True            'a的值为"True"(False 时为"False")
dim  m  as  Boolean
m = 5                'm的值为True①
```

3. 为对象设置属性值

在VB程序中,用户可以用赋值语句为对象的属性设置属性值,格式如下:

对象名.属性 = 属性值

例如,为命令按钮Command1的Caption属性设置值的语句如下:

```
Command1.Caption = "确定"
```

【例6.10】 编程实现对两个变量(X,Y)值交换的算法。

方法一:使用中间变量完成交换,这种方法比较简单,其代码如下(其中 m 为中间变量):

```
Private Sub Form_Click()
Dim x%, y%, m%
Print "交换前,x = "; x; "y = "; y
x = 5
y = 8
```

---

① VB中把数值型赋给逻辑型时,所有非0值转换为 True ,只将0转换为 False。

```
    m = x
    x = y
    y = m
  Print "交换后,x = "; x; "y = "; y
End Sub
```

请大家思考:为什么不能直接用语句"x=y:y=x"完成交换?

方法二:不使用中间变量完成交换,这种方法比较复杂,但有很多种方法,现介绍两种如下:

(1) A=A−B

　　B=A+B

　　A=B−A

(2) A=A∗B

　　B=A/B

　　A=A/B

6.2.2　顺序结构举例

【例 6.11】　输入某位同学的三门课程的成绩,求它们的平均分。

程序代码如下:

```
Private Sub Form_Click()
    Dim s1!, s2!, s3!, aver!
    s1 = InputBox("输入第一门课程的成绩")
    s2 = InputBox("输入第二门课程的成绩")
    s3 = InputBox("输入第三门课程的成绩")
    aver = (s1 + s2 + s3) / 3
    Print "aver = "; aver
End Sub
```

【例 6.12】　将输入的两位数的十位、个位上的数字交换形成一个新数,如输入的数为 35,产生一个新数 53;输入的数为 10,新数为 1。

程序代码如下:

```
Private Sub Form_Click()
  Dim num1%, num2%, ge%, shi%
   num1 = InputBox("输入一个两位数")
   ge = num1 Mod 10          '求个位上的数字
   shi = num1 \ 10           '求十位上的数字
   num2 = shi + ge * 10      '产生新数
   Print num2
End Sub
```

6.3　分支结构

分支结构也被称为选择结构,选择结构是计算机中用来描述自然界和社会生活中分支现象的重要手段。它是一种可以根据给定条件进行判断,从而实现程序分支的控制结构。

分支结构的特点是：根据所给定的条件为真（即条件成立）与否，决定从各实际可能的不同分支中执行某一分支的相应操作，并且在任何情况下总有"无论分支多寡，必择其一"的特性。

在 VB 中，能实现分支结构的语句被称为分支结构（或选择结构语句），VB 中常见的基本分支结构语句有三种：if...Then 语句、If...Then...Else 语句和 If...Then...ElseIf 语句，另外还有一个常用的实现多个分支结构的 Select...Case 语句。

6.3.1　If 条件语句

1. If...Then 语句

语句格式：

① If < 表达式> Then <语句>

② If < 表达式> Then

　　　　<语句块>

　　End If

语句功能：当<表达式>的值为 True 或非零时，执行 Then 后面的语句（或语句块），否则不做任何操作，单分支选择结构的流程图如图 6-11 所示。

说明：

（1）表达式一般为关系表达式或逻辑表达式，也可为算术表达式，例如：

```
If n = 0 Then n = n + 1
If 年龄 <= 35 And 职称 = "教授" Then m = m + 1
If x - 5 Then Print "x<>5"    'x - 5 不为 0 时，表示 x 不等于 5
```

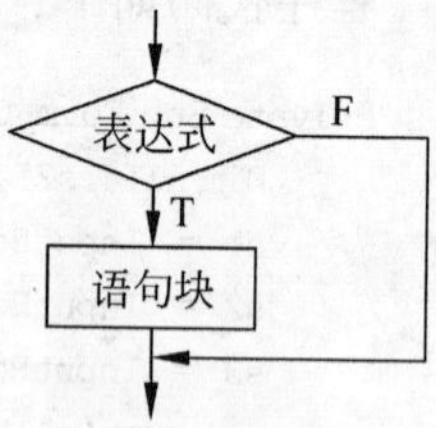

图 6-11　If...Then 语句

（2）格式①中的<语句>是单行语句，若要执行多条语句，语句间用冒号分隔，且必须在一行上。格式②中的<语句块>可以是一条或多条语句，并且当 Then 与其后的语句不在同一行时，End If 不能省略。

例如，语句 If x＞y Then x＝x＋5：y＝y－15 也可写成：

```
If x > y Then
    x = x + 5
    y = y - 15
End If
```

例如，实现两个数 x、y 比较大小，将大者存放在 x 中，代码如下：

```
If x < y Then
    t = x          '两数交换用到临时变量 t
    x = y
    y = t
End If
```

2. If…Then…Else 语句

语句格式：

① If <表达式> Then <语句1> Else <语句2>

② If <表达式> Then

      <语句块1>

  Else

      <语句块2>

  End If

语句功能：当<表达式>的值为 True 或非零时，执行 Then 后面的语句（或语句块），否则执行 Else 后面的语句（或语句块），实现双分支选择结构，其流程图如图 6-12 所示。

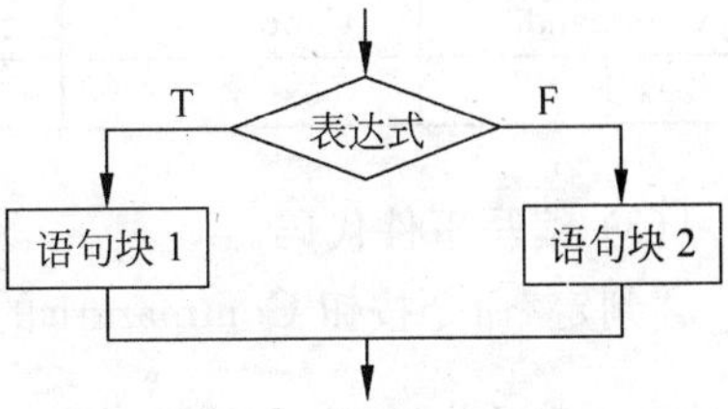

【例 6.13】 编写程序，计算下面分段函数的值。

$$\begin{cases} y = \sin x + \sqrt{x^2 + 1}, & x \neq 0 \\ y = \cos x - x^3 + 3x, & x = 0 \end{cases}$$

图 6-12 If…Then…Else 语句

主要的程序代码如下：

```
If x <> 0 Then
      y = Sin(x) + Sqr(x * x + 1)
Else
      y = Cos(x) - x ^ 3 + 3 * x
End If
```

【例 6.14】 编写程序，任意输入一个整数，判断该整数的奇偶性。

分析：判断某整数的奇偶性，就是检查该数是否能被 2 整除。若能被 2 整除，该数为偶数；否则为奇数。被 2 整除，可以利用 Mod 运算来完成，当然也可以用其他运算检测。

（1）建立用户界面，如图 6-13 所示。

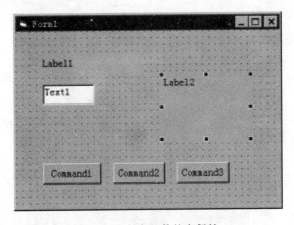

图 6-13 判定整数的奇偶性

（2）设置对象属性，见表 6-3。

表 6-3   属性设置

对　　象	属　　性	属　性　值	说　　明
Form1	Caption	判定整数的奇偶性	
	BorderStyle	1-Fixed Dialog	固定对话框,包含控制菜单栏和标题栏,不包含最大化按钮和最小化按钮,不能改变尺寸
Label1	Caption	请输入一个整数:	
Label2	Caption		空
Command1	Caption	判定	
Command2	Caption	清除	
Command3	Caption	结束	
Text1	Text	""	空

（3）编写事件代码。

“判定”命令按钮 Command1 的 Click 事件代码如下：

```
Private Sub Command1_Click()
    Dim x As Integer
    x = Val(Text1.Text)
    Label2.FontSize = 20
    If x Mod 2 = 0 Then Label2.Caption = "偶数" Else Label2.Caption = "奇数"
End Sub
```

“清除”命令按钮 Command2 的 Click 事件代码如下：

```
Private Sub Command2_Click()
    Text1.Text = ""
End Sub
```

“结束”命令按钮 Command3 的 Click 事件代码如下：

```
Private Sub Command3_Click()
    Unload Me
End Sub
```

运行程序,结果如图 6-14 所示。

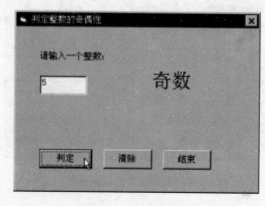

图 6-14   运行程序

3. If…Then…ElseIf 语句

语句格式：

```
If <表达式 1 > Then
    <语句块 1>
ElseIf <表达式 2 > Then
    <语句块 2>
    …
[Else
    <语句块 n + 1>]
End If
```

语句功能：根据不同的表达式值确定执行哪个语句块，实现多分支选择结构，其流程图如图 6-15 所示。

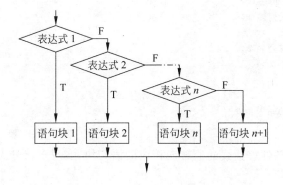

图 6-15　If…Then…ElseIf 语句

说明：先计算<表达式 1>的值，若为真，则执行<语句块 1>，并跳过其他分支语句执行 End If 后面的语句；若为假，则计算<表达式 2>的值，若为真，则执行<语句块 2>，并跳过其他分支语句执行 End If 后面的语句；若为假，则计算<表达式 3>的值，依此类推，直到找到一个为真的条件时，才执行相应的语句块，然后执行 End If 后面的语句。格式中的 Else 是可选项，表示若无任何表达式值为真时，则执行<语句块 n+1>；若无 Else 选项，且所有条件表达式值都不为真，则不执行 If 语句中的任何语句块。

注意：当 If 语句内有多个表达式的值为真时，只执行第一个为真的表达式后的语句块，然后转向执行 End If 后面的语句。

【例 6.15】 根据输入的数据，判定学生的成绩等级。

```
Private Sub Form_Click()
    Dim score As Integer, temp As String
    score = Val(InputBox("请输入成绩"))
    temp = "成绩等级为："
    If score < 0 Then
        Print "成绩出错"
    ElseIf score < 60 Then
        Print temp + "不及格"
    ElseIf score <= 79 Then
```

```
        Print temp + "及格"
    ElseIf score <= 100 Then
        Print temp + "优良"
    Else
        Print "成绩出错"
    End If
End Sub
```

　　运行程序,单击窗体,当用户输入"90",则在窗体上输出"成绩等级为:优良";若输入"56",则输出"成绩等级为:不及格"。

6.3.2　Select…Case 语句

　　Select…Case 语句是多分支结构的另一种常用的表示形式,其语句格式为:

```
Select Case  <条件表达式>
    Case  <表达式列表 1>
        <语句块 1>
    Case  <表达式列表 2>
        <语句块 2>
    …
    [Case Else
        <语句块 n + 1>]
End Select
```

　　语句功能:根据条件表达式的值转向相应的语句块,实现多路分支,其流程图如图 6-16 所示。

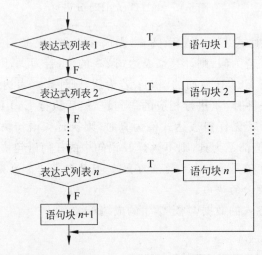

图 6-16　Select Case 语句

　　说明:先求出条件表达式的值,然后从上到下跟各个 Case 子句中的表达式列表进行匹配,如果找到了相匹配的值,则执行该子句下的语句块,执行完后,程序则转向 End Select 语句后面的语句。若有多个 Case 子句的值与条件表达式的值相匹配,则只执行第一个与之匹配的 Case 子句后面的语句块。如果没有任何 Case 子句中的表达式列表与之匹配,则执行

Case Else 子句中的语句块。

注意：

（1）条件表达式可以是数值表达式或字符串表达式，一般为变量。

（2）表达式列表用来描述条件表达式的可能取值情况，可以由多个表达式组成，表达式与表达式之间要用"，"隔开，表达式必须与条件表达式的数据类型相同且有确定的值。表达式列表有以下三种形式。

① 表达式是由逗号分隔的多个表达式

例如：Case "A"

　　　Case 1, 2, 3

　　　Case a, b

② ＜表达式 1＞ To ＜表达式 2＞

例如：Case － 10 to 10

　　　Case "A" to "F"

　　　Case　a to b

③ Is ＜关系操作符＞ ＜表达式＞

例如：Is ＜ 10

　　　Is ＞ = a + b

【例 6.16】 某商店进行购物打折优惠活动促销，根据每位顾客一次性购物的消费额给予不同的折扣，具体方法如下：

（1）购物 1000 元以上的九五折优惠；

（2）购物 2000 元以上的九折优惠；

（3）购物 3000 元以上的八五折优惠；

（4）购物 5000 元以上的八折优惠。

程序代码如下：

```
Private Sub Form_Click()
 Dim x As Single, y As Single
x = InputBox("请输入购物金额：")
Select Case x
  Case Is < 1000
     Print "不优惠"
      y = x
  Case Is < 2000
     Print "九五折优惠"
      y = 0.95 * x
  Case Is < 3000
     Print "九折优惠"
      y = 0.9 * x
  Case Is < 5000
     Print "八五折优惠"
      y = 0.85 * x
  Case Is > = 5000
    Print "八折优惠"
     y = 0.8 * x
```

```
End Select
Print "优惠后应收款额为："; y
End Sub
```

Select...Case 语句显然在描述多分支结构时更清晰、简洁。

6.3.3　选择结构的嵌套

将一个选择结构放在另一个选择结构内,称为选择结构的嵌套。If 语句的多分支格式实际上就是 If 结构的嵌套形式。选择结构的嵌套既可以是同一种结构的嵌套,也可以是不同结构之间的嵌套。例如,可以在 If 结构中又包含 If 语句,或在 If 结构中包含 Select 语句等形式。

例如,描述若 x 大于 0,则 y 等于 1;若 x 小于 0,则 y 等于 −1;否则,y 等于 0。
VB 语句如下:

```
If x > 0 Then y = 1 ElseIf x < 0 Then y = − 1 Else y = 0
```

此例中的 If 语句的 Else 子句中又出现 If 语句,形成了嵌套。常见的嵌套形式为:

```
If   表达式 1   Then
    If   表达式 2 Then
       …
    End If
       …
End If
```

注意：

(1) 对于嵌套结构,为了增强程序的可读性,应该采用缩进形式书写。

(2) If 语句若不在一行上书写完成,必须与 End If 配对；多个 If 嵌套时,Else 和 End If 总是与它最接近的未配对的 If 配对。

例如,已知 x、y、z 三个数,比较它们的大小并排序,使得 x>y>z。主要程序代码如下:

```
If x < y Then t = x: x = y: y = t
 If y < z Then
        t = y: y = z: z = t
        If x < y Then
               t = x: x = y: y = t
        End If
 End If
```

这只是一个简单的嵌套,实际应用中的嵌套还是比较复杂的。下面我们看一个例子。

【例 6.17】　求一元二次方程 $ax^2 + bx + c = 0$ 的根。

程序代码如下:

```
Private Sub Form_Click()
Dim a%, b%, c%, disc%, s!
a = InputBox("输入系数 a")
b = InputBox("输入系数 b")
c = InputBox("输入系数 c")
```

```
If a = 0 Then              '系数 a 为 0 时,方程只有一个根
   Print "one root is:"
   Print "x = "; - c / b
Else                       '系数 a 不为 0 时
   disc = b * b - 4 * a * c
  Select Case disc
    Case Is > 0        '方程有两个不同实根
        s = Sqr(disc)
        Print "x1 = "; ( - b + s) / (2 * a)
        Print "x2 = "; ( - b - s) / (2 * a)
    Case Is = 0        '方程有两个相同实根
        Print "The root is:"
        Print "x = "; - b / (2 * a)
    Case Else          '方程没有实根
        Print "No real root."
  End Select
 End If
End Sub
```

6.3.4 条件函数

1. IIf 函数

使用 IIf 函数可以实现简单的双分支选择结构。

语句格式:

```
result = IIf(条件表达式,<表达式 1>,<表达式 2>)
```

语句说明:

(1)"result"是函数的返回值:当条件表达式为真时,函数返回<表达式 1>的值,当条件表达式为假时,函数返回<表达式 2>的值。

(2)<表达式 1>和<表达式 2>可以是任何类型的表达式。

例如,语句"If x>y Then max=x Else max=Y"也可写成:

```
max = IIf(x > y, x, y)
```

2. Choose 函数

使用 Choose 函数可以实现简单的多分支选择结构。

语句格式:

```
result = Choose(整数表达式,选项列表)
```

语句说明:

Choose 函数根据"整数表达式"的值来决定返回"选项列表"中的某个值。若整数表达式值是 1,则 Choose 函数会返回列表中的第 1 个选项。若整数表达式值是 2,则会返回列表中的第 2 个选项,依此类推。若整数表达式的值小于 1 或大于列出的选项数目时,Choose 函数返回 Null。

例如：

```
c = Choose(x, "red", "green", "blue")
```

当 x 值为 1 时，返回"red"；当 x 值为 2 时，返回"green"；当 x 值为 3 时，返回"blue"；当 x 不在 1～3 之间，函数返回 Null。

3. Switch 函数

Switch 函数也称开关函数，它通过计算一个条件表达式列表，返回与该表中一个等于 True 的条件表达式相联系的一个表达式的值。

语句格式：

```
Result = Switch(<条件表达式 1>,<表达式 1>[,<条件表达式 2>,<表达式 2>… ])
```

语句说明：

当"条件表达式 1"为 True 时，返回表达式 1 的值；当"条件表达式 2"为 True 时，返回"表达式 2"的值，依此类推。当所有的条件表达式均为假时，函数返回 Null。

例如：

```
x = -3
y = Switch(x > 0, 1, x = 0, 0, x < 0, -1)
```

这个语句中，变量 y 的值为−1。

6.4 循环结构

循环结构是一种可以根据条件实现程序循环执行的控制结构。在实际应用中，经常遇到一些需要反复多次处理的问题，例如求若干个数之和、积等。重复执行的某一程序块称作循环体。VB 提供了多种不同风格的循环结构语句，包括 Do…Loop、While…Wend，For…Next，For Each…Next 等，其中最常用的是 For…Next 语句和 Do…Loop 语句。下面分别介绍这几种循环语句。

6.4.1 计数循环

1. 计数循环的语法格式

For 循环又称计数循环，常用于循环次数已知的程序中。语句格式如下：

```
For <循环变量> = <初值> To <终值> [Step <步长>]
[<语句块>]
Next [<循环变量>]
```

说明：

（1）参数"循环变量"、"初值"、"终值"和"步长"都是数值型数据。

（2）"语句块"内是一系列 VB 合法的语句，构成循环体。

（3）"步长"为可选参数，如果省略，则默认步长为 1。另外，步长可以为正，也可以为负。步长若为正，则初值应小于或等于终值；若为负，则初值应大于或等于终值，这样才能保证执行循环体内的语句；若为 0，循环永远不能结束（即出现死循环）。

（4）该语句的执行过程如图 6-17 所示。

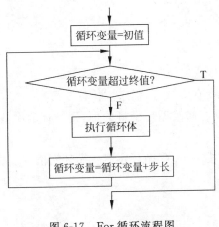

图 6-17 For 循环流程图

① 把"初值"赋给"循环变量"，仅赋值一次。

② 检查循环变量的值是否超过终值，若是，就结束循环，执行 Next 后的下一语句；否则执行一次循环体。

③ 执行 Next 语句，循环变量的值增加一个步长，转②继续循环。

【例 6.18】 求整数 1 到 100 的和。

```
Private Sub Form_Click()
Dim i As Integer, sum As Integer
  sum = 0 '给变量 sum 赋初值 0
For i = 1 To 100
  sum = sum + i      '累加
Next i
Print sum
End Sub
```

程序中的 For 循环会按以下过程执行。

① 先给循环变量 i 赋初值 1，记下终值 100 和步长 1，判断循环变量 i 的值有没有超过终值，若没有，则执行循环体，将此时变量 i 的值累加进变量 sum。

② 遇到"Next i"语句，将循环变量 i 的值增加一个步长 1；再比较此时循环变量 i 的值有没有超过终值，若没有，则执行循环体，再将此时变量 i 的值累加进变量 sum。

③ 重复步骤②，直到循环变量 i 的值超过终值（步长为正时，所谓的超过是指循环变量的值大于终值；步长为负时，所谓的超过是指循环变量的值小于终值），结束循环，程序转向"Next i"后面的语句执行。

程序的运行结果为 5050。

思考：若将上例中的求和问题改为求积，如求 5!，应如何编写程序代码？

2. 注意事项

使用计数循环时，应注意以下几个方面的问题。

（1）一般在循环体内尽量不要修改循环变量的值，否则会影响原有的循环控制。如以

下程序段:

```
For i = 1 To 5
  If i Mod 2 = 0 Then i = i + 1
  Print i;
Next i
```

程序执行输出结果为: 1 3 5

循环体执行了 3 次,若没有第二行,程序应执行 5 次。

(2) 如果在循环体中没有修改循环变量的值,则循环的次数可以从 For 语句中指定的参数直接计算出来:

$$循环次数 = Int((循环终值 - 循环初值)/步长) + 1$$

例如:

```
For i = 1 To 10 Step 3
 Print i;
Next i
```

循环次数 = int((10-1)/3)+1=4。

(3) 尤其要提醒大家的是: For 循环语句格式中循环变量的初值、终值及步长在循环一开始就被系统记忆,即使它们有可能以变量的形式出现,甚至在循环体内表示它们的变量的值发生变化,也不会影响循环次数。

【例 6.19】 思考下面程序中循环执行的次数。

```
Private Sub Form_Click()
Dim i%, n%, sum%, m%
 n = 15: m = 2
For i = m - 1 To n Step m
  sum = sum + i
  n = n - 1
  m = m + 1
  Print "m = "; m, "n = "; n
Next i
Print "i = "; i; "sum = "; sum
End Sub
```

程序中循环变量的终值与步长均以变量的形式出现,并且在循环体中变量的值发生了变化,但该循环仍然执行了 8 次,循环结束时,i 的值为 17,sum 的值为 64,m 的值为 10,n 的值为 7。

还要提醒用户的是:在循环结束时,循环变量的值是超过终值,而不是达到终值。当步长为正时,循环变量的值大于终值就是超过;当步长为负时,循环变量的值小于终值就是超过。

【例 6.20】 求 Fibonacci 数列的前 30 个数。这个数列有如下特点:第一、二项均为 1,从第三项开始,其值是前两个数的和,即:

F(1)=1 (n=1)

F(2)=1 (n=2)

F(n)= F(n-1)+ F(n-2)(n≥3)

程序如下:

```
Private Sub Command1_Click()
    Dim i As Integer
    Dim f1 As Long, f2 As Long, fn As Long
    f1 = 1
    f2 = 1
    Print f1,
    Print f2,
    For i = 3 To 30              'f1,f2 已知,从第三个数开始计算
      fn = f1 + f2
      f1 = f2
      f2 = fn                    '更改 f1,f2 的值
        Print fn,
      If i Mod 4 = 0 Then Print '打印 4 个数后换行打印
    Next i
End Sub
```

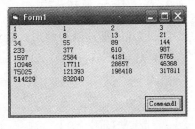

图 6-18 Fibonacci 数列的前 30 个数

运行结果如图 6-18 所示。

6.4.2 条件型循环

条件型循环是指根据某个条件决定循环次数的循环语句。常用的循环语句有 While 循环结构及 Do...loop 循环结构。

1. While 循环结构

While 循环结构用 While...Wend 语句来实现,语句格式如下:

```
While <条件表达式>
[<语句块(循环体)>]
Wend
```

说明:

(1)"条件表达式"可以是关系表达式、逻辑表达式或数值表达式。如果是数值表达式,值为 0 被当作 False,非零值被当作 True。

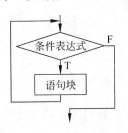

图 6-19 While 循环结构流程图

(2) 语句的执行过程是:首先计算"条件表达式"的值,若为 True,则执行循环语句中的语句块(循环体),遇到 Wend 语句时,返回 While 语句,继续判断条件表达式的值,若仍为真,则继续执行语句块(循环体),重复上述过程,直到条件表达式的值为 False,退出循环结构,执行 Wend 语句的后续语句。循环执行过程如图 6-19 所示。

(3) 如果条件表达式一开始就为 False,则"语句块(循环体)"一次也不会被执行。例如,用 While 循环语句改写例 6.18,程序代码如下:

```
Private Sub Command1_Click()
Dim i As Integer, sum As Integer
```

```
sum = 0: i = 1
While i <= 100
  sum = sum + i
    i = i + 1
Wend
Print sum
End Sub
```

2．Do…Loop 循环结构

Do…Loop 循环结构的形式较灵活，可以分为以下几种形式。

（1）先判断条件的 Do…Loop 循环

格式一：

```
Do While <条件表达式>
  [<语句块(循环体)>]
Loop
```

语句执行过程：先计算"条件表达式"的值，当其为 True 时，则执行"语句块（循环体）"中的语句；若为 False，则退出循环结构。循环执行过程如图 6-20 所示。这种循环结构又被称为"当型循环"。

格式二：

```
Do Until <条件表达式>
  [<语句块(循环体)>]
Loop
```

语句执行过程与格式一基本相同，唯一不同的是，它在"条件表达式"为 False 时重复执行"语句块（循环体）"，直到条件为 True 时退出循环结构。循环执行过程如图 6-21 所示，这种循环结构又被称为"直到型循环"。

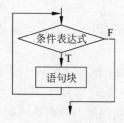

图 6-20　当型循环流程图

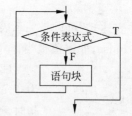

图 6-21　直到型循环流程图

【例 6.21】　将 10 000 元存入银行，按 2.25％的利率，试问多长时间就会连本带利翻一番。

程序代码如下：

```
Private Sub Form_Click()
    Dim year%, money!, original!, interest!
    original = 10000
    money = original
```

```
 interest = 2.25 / 100
Do While money < 2 * original
    year = year + 1
    money = money + interest * money '累计每过一年的连本带利的金额
Loop
Print "In"; year; "years,you'll have"; money
End Sub
```

请读者自己使用 Do...Loop 循环结构格式二改写上述程序。

（2）后判断条件的 Do...Loop 循环

格式三：

```
Do
    [<语句块(循环体)>]
Loop While <条件表达式>
```

语句执行过程：首先执行"语句块（循环体）"中语句，然后计算"条件表达式"，如果"条件表达式"值为 True，则继续执行"语句块（循环体）"，否则退出循环结构。循环体至少执行一次，循环执行过程如图 6-22 所示。

格式四：

```
Do
    [<语句块(循环体)>]
Loop Until <条件表达式>
```

格式四的执行过程和格式三基本一样，也是先执行后判断。唯一不同的是：它在"条件表达式"值为 False 时，重复执行"语句块（循环体）"，直到"条件表达式"值为真时退出循环结构。循环执行过程如图 6-23 所示。

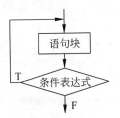
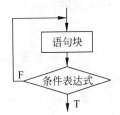

图 6-22　Do...Loop While 循环流程图　　　　图 6-23　Do...Loop Until 循环流程图

【例 6.22】　用辗转相除法求两正整数(m,n)的最大公约数。

求最大公约数的算法如下：

（1）对于已知两数(m,n)，使得 m>n。

（2）m 除以 n 得余数 r。

（3）令 m = n,n = r。

（4）若 r≠0，转到步骤（2）继续执行，直到 r=0 求得最大公约数为 m，循环结束。

程序代码如下：

```
Private Sub Form_Click()
Dim m%, n%
```

```
m = InputBox("输入 m")
n = InputBox("输入 n")
Print m; ","; n; "的最大公约数为";
If m < n Then        '若 m 小于 n,则交换两数,使得 m>n
    t = m
    m = n
    n = t
End If
m1 = m
n1 = n
Do
  r = m Mod n
  m = n
  n = r
Loop While (r < > 0)
Print m
End Sub
```

3. 无条件循环

格式：

```
Do
   <语句块(循环体)>
Loop
```

重复执行"语句块(循环体)"，循环不会停止，除非在循环体中有 Exit Do 语句或在执行时按下 Ctrl+Break 键才能终止循环。例如：

```
Private Sub Form_Click()
s = 0
i = 0
Do
    i = i + 1
    s = s + i
    If s > = 3000 Then Exit Do    '当 s≥3000 时执行 Exit Do 语句退出循环
Loop
Print i, s
End Sub
```

6.4.3　循环结构的嵌套

1. 循环结构嵌套的结构

在一个循环语句的循环体内又完整地包含另一个循环结构，这种结构称为循环的嵌套。循环的嵌套既可以是同一种循环结构的嵌套，也可以是不同循环结构之间的嵌套。例如，可以在一个 For 循环中包含另一个 For 循环，也可以在 Do 循环中包含一个 For 循环。

【例 6.23】　输出 3～200 之间的素数(又叫质数)。

分析：素数是一个大于 2 且只能被 1 和它本身整除的整数。判断某数 m 是否为素数的算法是：对于 m，从 i=2,3,…,m-1 判断 m 能否被 i 整除，只要有一个 i 能整除，m 就不是素数，否则 m 是素数。

程序代码如下：

```
Private Sub Form_Click()
Dim m%,i%,k%,Flag As Boolean
For m = 3 To 200
    Flag = True
            For i = 2 To m－1          '内循环判断 m 是否为素数
                If (m mod i) = 0 Then Flag = False
            Next i
            If Flag Then
                k = k + 1
                    If (k Mod 10) = 0 Then Print m Else Print m; '每行显示 10 个
            End If
        Next m
End Sub
```

实际上，m 不可能被大于 sqr(m)的整数整除，因此为了减少循环次数，可将内循环语句改为：

```
For i = 2 To int(sqr(m))
```

循环次数就会大大减少。

2. 循环结构嵌套注意事项

在循环的嵌套结构中一定要注意以下事项。

(1) 内、外循环不能交叉，例如，以下程序段是错误的：

错误的程序段   正确的程序段

```
For i = 1 to 10          For i = 1 to 10
  For j = 1 to 10          For j = 1 to 10
    ...                       ...
  Next i                    Next j
Next j                    Next i
```

(2) 两个并列的循环结构的循环变量可以同名，但嵌套结构中的内循环变量不能与外循环变量同名。例如：

正确的程序段   错误的程序段

```
For i = 1 to 10          For i = 1 to 10
    ...                       For i = 1 to 10
Next i                        ...
For i = 1 to 10              Next i
    ...                   Next i
Next i
```

【例 6.24】 给出下列程序的运行结果。

```
Private Sub Form_Click()
```

```
Dim i%, j%
For i = 1 To 5
 For j = 1 To 3
   Print i; " * "; j; " = "; i * j
 Next j
Next i
End Sub
```

分析：由程序我们可以看出：这是一个典型的双重循环，并且是两个 For 循环的嵌套，在这个双重循环中我们了解到：当外循环变量 i 变化一次，内循环变量 j 就会从初值一直变化到终值，即 j 从 1 变到 3；而程序中外循环中变量 i 从初值变到终值一共变化了五次，所以语句"Print i; " * "; j; " = "; i * j"共被执行了 15 次。运行结果如图 6-24 所示。

【例 6.25】　分别按图 6-25 所示两个格式，用双重循环结构输出由"＊"号构成的图形。

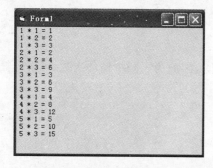

图 6-24　例 6.24 运行结果

图 6-25　用双重循环输出"＊"号图形

分析：这两幅图当然都可以通过四个 print 语句顺序输出。若采用双重循环实现，就要思考一下内外循环如何设置：用外循环来控制行数，循环五次；用内循环来控制每一行的输出，每一行中"＊"号的个数与行数相同，那就意味着内循环变量的变化范围与行数相同；我们还观察到每一行内容输出后都产生一个空行。显然，这个空行的处理一定在内循环结束后，并且空行出现的次数由外循环决定。

实现图 6-25 左边图形的程序代码如下：

```
Private Sub Form_Click()
Dim i%, j%
For i = 1 To 5         '外循环控制行数
 For j = 1 To i        '内循环控制每一行的输出
   Print " * ";        '每一行中的星号之间是紧凑格式
Next j
Print                  '每一行输出完成后产生一个空行
Next i
End Sub
```

大家思考一下这个程序中循环变量的初值、终值和步长的设置是不是唯一的，如果不是，程序应如何修改同样能实现规定图形的输出。

同样的道理，也可以实现图 6-25 右边的图形，不过要注意的是，在右边的图形中每一行在输出时都要先进行本行首个"＊"位置的确定，显然这个问题的确定在内循环开始之前。

VB 中控制位置一般有两种方法：一是用空格占位，二是用 Tab 函数实现。这次采用 Tab 函数来实现，由所示图形得出：除第一行外，其他各行首个"＊"号的起始位置总比上行的起始位置＋1。最后一个问题就是每一行"＊"的个数与行数之间有什么样的关系呢？显然取决于外循环变量的设置，假设让外循环变量从 1 变到 5，则实现图 6-25 右边的图形有如下程序：

```
Private Sub Form_Click()
Dim i% , j%
For i = 1 To 5              '  外循环控制行数
 Print Tab(i + 1);          '  控制每一行首个星号的位置
 For j = 1 To 6 - i         '  内循环控制第一行的输出
   Print " * ";             '   每一行中的星号之间是紧凑格式
 Next j
Print                       '  每一行输出完成后产生一个空行
Next i
End Sub
```

6.5 辅助控制语句

6.5.1 End 语句

End 语句的作用是使程序结束运行，它可以放在任何事件过程中。语句格式如下：

End

在过程、函数、分支等的结束部分都用到以 End 开头的语句，这些语句一般只结束某个过程或语句块。如 End Sub、End If、End Function 等。

6.5.2 With 语句

语句格式：

```
With <对象>
      <语句块>
End With
```

语句功能：用于对单个对象或用户自定义类型变量执行一系列语句，而无须重复地给出对象名或用户自定义类型变量名。

使用说明：

(1)"对象"是指单个对象或用户自定义类型变量。

(2)该语句可以嵌套。

(3)使用 With 语句对某个对象的属性进行赋值时，虽然无须重复地给出对象名，但对象的属性前面的"."不能省略。

例如，设置标签对象 MyObject 各项属性的代码如下：

```
With MyObject
    .BorderStyle = 1
    .Height = 1000
    .Width = 2000
    With .Font
        .Bold = True
        .Size = 12
    End With
End With
```

6.5.3　Goto 语句

语句格式：

Goto 标号|行号

语句功能：无条件转到标号或行号指定的语句。

例如，以下程序输出 1~50 的所有奇数的和：

```
Private Sub Form_Click()
    Dim i%, s%
    s = 0
    i = 1
re:    If i < = 50 Then
            s = s + i
            i = i + 2
            GoTo re
    End If
    Print s
End Sub
```

由于无条件转向语句破坏了结构化程序要求的一个出口现象，所以大多数程序设计语言并不太主张用户使用这个语句。不过这个语句对于了解循环有很好的帮助。

6.5.4　Exit 语句

Exit 语句用于提前退出循环结构或者过程的过程体。语句格式如下：
（1）Exit For（退出 For 循环）
（2）Exit Do（退出 Do 循环）
（3）Exit Sub（退出子过程）
（4）Exit Function（退出函数过程）

【例 6.26】　验证"角谷猜想"。"角谷猜想"指出：对于一个自然数，若该数为偶数，则除以 2；若该数为奇数，则乘以 3 并加 1；将得到的数再重复按该规则运算，最终可得到 1。程序代码如下：

```
Private Sub Form_Click()
    Dim n %
n = InputBox("请输入待验证的数")
```

```
Print n;
Do While True
    If n Mod 2 = 0 Then        'n为偶数时
        n = n / 2
    Else                        'n为奇数时
        n = n * 3 + 1
    End If
    Print n;
    If n = 1 Then Exit Do
Loop
End Sub
```

6.6 常用算法

6.6.1 累加、累乘

累加、累乘是较常见的数值问题。累加(累乘)是将多个数相加(乘),所以一般采用循环结构来实现。在循环体中应有表示累加(如 sum=sum+x)或累乘(如 t=t*i)的赋值语句。需要注意的是,累加中的和的变量一般赋初值为 0,而累乘中的积的变量赋初值为 1。

【例 6.27】 利用下面的公式,求 π 的近似值,直到最后一项的绝对值小于等于 10^{-6} 为止。

$$\frac{\pi}{4} \approx 1 - \frac{1}{3} + \frac{1}{5} - \frac{1}{7} + \cdots\cdots$$

分析:该题是一个累加问题,每次要加的数据项为一分数,分数的分母按步长为 2 进行递增,分数呈正负交替。循环次数未知,由某项的值是否达到指定的精度来决定循环与否,所以不采用 for 循环。程序代码如下:

```
Private Sub Form_Click()
Dim n As Long
Dim pi As Single, t As Single, s As Single
 pi = 0
 s = 1
 t = 1
 n = 1
Do While (Abs(t) > 0.00001)
  pi = pi + t
  n = n + 2         '分母的值每次加2
  s = -s            '数据项符号的正负交替变化
  t = s / n         '计算数据项的值
Loop
pi = pi * 4
Print pi
End Sub
```

【例 6.28】 求 $1! + 2! + \cdots + n!$ 的值,n 的值由键盘输入。

分析:该题先求阶乘,再将阶乘值累加。循环次数由用户输入确定(即 n 的值)。程序代码如下：

```
Private Sub Form_Click()
  Dim s As Double, t As Double, n As Integer
  s = 0
  t = 1
  n = InputBox("请输入 n 的值")
  For i = 1 To n
    t = t * i          '求 i!并赋给变量 t
    s = s + t
  Next i
  Print "1! + 2! + … +"; n; "! = "; s
End Sub
```

6.6.2　求最大值与最小值

求若干数的最大值（最小值），其算法思想是：先取第一个数作为最大值（最小值）的初值，然后依次将下一个数与它比较，若比它大（小），将该数替换为最大值（最小值）。

【例 6.29】　产生 10 个 1～100 之间的随机整数，输出它们的最大值。

分析：用变量 max 保存最大值，其初值为第一个数，然后依次将 max 与下一个数比较，若该数比 max 大，则修改 max 的值为该数。程序代码如下：

```
Private Sub Form_Click()
  Dim i%, x%, max%
  Randomize
  Print "10 个随机整数："
  x = Int(Rnd * 100) + 1
  Print x;
  max = x              '将第一个数作为初值赋给 max
  For i = 2 To 10
    x = Int(Rnd * 100) + 1
    If x > max Then max = x
    Print x;
  Next i
  Print
  Print "最大值为："; max
End Sub
```

6.6.3　穷举法

穷举法的基本思想是对要解决问题的所有可能的解一一测试，从中找到符合要求的答案。

【例 6.30】　求 100～999 之间的所有"水仙花数"。"水仙花数"是一个三位数，其各数位上的数字的立方和等于该数本身。例如 $153 = 1^3 + 5^3 + 3^3$，153 是一个水仙花数。

分析：采用穷举法对指定范围内的每一个数进行测试，判断它是否为水仙花数。判断一个数是否为水仙花数的关键是如何将此数的各位数字分离出来。如对于数据 153，可采用下面的方法分离其各位数字：

(1) int(153/100)，得到百位数字 1。

(2) int((153−1×100)/10)，得到十位数字 5。

(3) 153−1×100−5×10，得到个位数字 3。

程序代码如下：

```
Private Sub Form_Click()
Dim i%,a%,b%,c%
For i = 100 to 999
  a = int(i/100)
  b = int((i−a*100)/10)
  c = i−a*100−b*10
  If i=a*a*a+b*b*b+c*c*c Then  Print i;
Next i
End Sub
```

运行结果如下：

```
153   370   371   407
```

【例 6.31】　百钱买百鸡问题：我国古代数学家张丘建在《算经》中提出了"百钱百鸡问题"："鸡翁一，值钱五；鸡母一，值钱三；鸡雏三，值钱一。百钱买百鸡，问鸡翁、母、雏各几何？"

分析：设母鸡、公鸡、小鸡各为 x、y、z 只，则可以用下面的方程表示：

$$\begin{cases} x+y+z=100 \\ x\times 3+y\times 5+z/3=100 \end{cases}$$

根据题目所述条件，x 可能值为 0～33 中的整数；y 可能值为 0～19 中的整数；z 可能值为 0～100 中的整数。y 的取值范围最小，为提高程序效率，先考虑对 y 的值进行穷举测试。

程序代码如下：

```
Private Sub Form_Click()
Dim x%, y%, z%
For y = 0 To 19
  For x = 33 To 0 Step −1
    z = 100 − x − y
    If x * 3 + y * 5 + z / 3 = 100 Then Print x, y, z
  Next x
Next y
End Sub
```

运行结果如下：

```
25    0    75
18    4    78
11    8    81
4    12    84
```

6.6.4 迭代法

"迭代法"是指重复执行一组工作,每次执行这组工作时,都从旧值递推出新值,并用新值代替旧值。

【例 6.32】 已知某球从 100 米高度自由落下,落地后反弹,每次弹起的高度都是上次高度的一半。求小球第 10 次落地后反弹的高度和球所经过的路程。

分析:用变量 h 保存下落的高度,变量 r 保存反弹的高度,变量 s 保存小球经过的路程。h 的初值为 100,反弹高度 r=h/2。弹起一次,小球经过的路程为 r+h。程序代码如下:

```
Private Sub Form_Click()
  Dim h As Single, r As Single, s As Single
  h = 100
  s = 0
  For i = 1 To 10
  r = h / 2
  s = s + r + h
  h = r
  Next i
  Print "h = "; h, "s = "; s
End Sub
```

运行结果如下:

h = 9.765625E - 02   s = 299.707

6.7 程序调试

在程序设计过程中,不可避免地会发生一些错误。程序调试就是对程序功能的正确性进行检查,找出程序中包含的错误并将这些错误修正或排除。

6.7.1 程序常见错误

VB 程序设计中所产生的错误通常有下面 4 种。

(1) 编辑时出错

当用户在代码窗口编辑代码时,VB 会对程序进行语法检查,当发现语句没有输完、关键字输错等情况时,系统会弹出对话框,提示出错,并在错误处加亮显示,以便用户修改。

(2) 编译时错误

编译时错误指用户单击了"启动"按钮,VB 开始运行程序前,先编译执行的程序段时产生的错误。此错误是由于用户未定义变量、遗漏关键字等原因而产生的。发现错误时系统会停止编译,提示用户修改。

(3) 运行时错误

VB 在编译通过后,运行代码时发生的错误,一般是由于指令代码执行了非法操作引起的,如数据类型不匹配、试图打开一个不存在的文件等。系统会报错并加亮显示、等候处理。

（4）逻辑错误

如果程序运行后得不到所希望的结果，又没其他的错误提示，则说明程序存在逻辑错误。如运算符使用不正确、语句的次序不对、循环语句的初值、终值设置不正确等，这些错误系统不会报错，需要用户自己分析判断。

6.7.2　程序调试工具

1. 设置自动语法检查

设置自动语法检查的方法如下：在 VB 集成开发环境中，打开"工具"菜单，选择"选项"命令打开"选项"对话框，打开"编辑器"选项卡，将"自动语法检测"打钩即可，如图 6-26 所示。

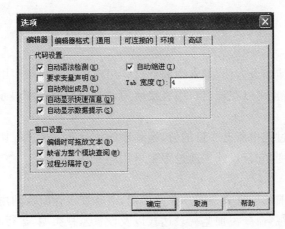

图 6-26　设置自动语法检查

图 6-27 是在输入程序代码时，用户将 For 结构中循环变量的赋初值的"＝"号不小心输成了"＋"号，系统检测后，给出了错误提示。用户可以立即根据提示修正错误。

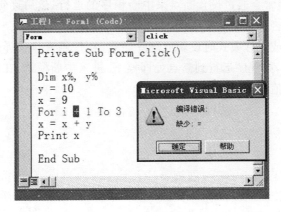

图 6-27　错误提示

2. 利用 VB 调试工具栏

VB 提供了一个专门用于程序调试的工具栏，利用该工具栏可以运行程序、中断运行、在程序中设置间断点、监视变量、单步调试、过程跟踪等操作。通过这些操作查找并排除代码中的逻辑错误。

6.7.3　程序调试方法

1. 进入中断状态

进入中断状态有 4 种方法。

(1) 程序运行时发生错误自动进入中断。

(2) 程序运行中用户按中断键强制进入中断。

(3) 用户在程序中预先设置了断点,程序执行到断点处即进入中断状态。

(4) 采用单步调试方式时,每运行一个可执行代码后,即进入中断状态。

2. 利用调试窗口

(1) 立即窗口

这是调试窗口中使用最方便、最常用的窗口。用户可以在程序中用 Debug. Print 方法,把输出送到立即窗口,也可以在该窗口中直接使用 Print 语句或"?"显示变量的值。

(2) 本地窗口

该窗口显示当前过程中所有变量的值,当程序的执行从一个过程切换到另一个过程时,该窗口的内容发生改变,它只反映当前过程中可用的变量。

(3) 监视窗口

该窗口可显示当前的监视表达式。在此之前,必须在设计阶段利用"调试"菜单的"添加监视"命令或"快速监视"命令添加监视表达式以及设置监视类型,运行时在监视窗口根据设置的监视类型进行相应的显示。

3. 插入断点和逐句跟踪

在调试程序时,通常会通过设置断点来中断程序的运行,然后逐句跟踪检查相关变量、属性和表达式的值是否在预期的范围内。

可在中断模式下或设计模式时设置或删除断点,在代码窗口选择怀疑存在问题的地方作为断点,按下 F9 键,则程序运行到断点处即停下,进入中断模式,在此之前用户所关心的变量、属性、表达式的值都可以看到。

数 组

在程序中处理数据时,对于输入的数据、参加运算的数据、运行结果等临时数据,通常使用变量来保存,由于变量在一个时刻只能存放一个值,因此当数据不太多时,使用简单变量即可解决问题。

但是,有些复杂问题,利用简单变量进行处理很不方便,甚至是不可能的。例如:

(1) 输入 100 个数,按一定的顺序输出出来。

(2) 输入 100 名学生某门课程的成绩,要求把高于平均分的那些成绩输出出来。

(3) 统计期末考试中各分数段的人数。

(4) 窗体上的几个同类型控件,让它们之间存在着某种关系。

这时就需要我们构造出新的数据结构——数组。

7.1 数组的定义与声明

7.1.1 数组的定义

在程序设计中,将一组排列有序、个数有限的数据作为一个整体,用一个统一的名字来表示,这些有序数据的全体称为数组。因此数组是用一个名字代表顺序排列的一组数,顺序号就是下标变量的值。简单变量是没有序的,无所谓谁先谁后,而数组中的各元素是有排列顺序的。

例如,求 100 个学生的平均成绩及超过平均成绩的人数。如果用一般变量来表示成绩,需要用 100 个变量,如:mark1、mark2、…、mark100,而用一个数组来表示则为 mark(1 To 100);在这个数组中包含有 100 个元素,分别记录 100 个学生的成绩。在 VB 中,把一组具有相同名字、不同下标的下标变量称为数组,其一般形式为:S(n)。其中 S 称为数组名,n 是下标;一个数组中可以有若干个下标变量(也称为数组元素),下标用来指出某个数组元素在数组中的位置,如 S(6)表示 S 数组中的第 7 个元素(数组下标一般从 0 开始)。一个数组如果只用一个下标就可以确定元素在数组中的位置,则称这个数组为一维数组,当然也可以说具有一个下标的元素所构成的数组为一维数组,由两个或多个下标的元素所组成的数组称为二维数组或多维数组,数组中下标的个数称为数组的维数。

VB 中,可以声明任何基本数据类型的数组(包括用户自定义类型),但是一个数组中的所有元素应该具有相同的数据类型,只有当数据类型为 Variant 型时,各个元素的数据类型才可以不同。

7.1.2 数组的声明

1. 数组的声明

数组必须先声明后使用,对数组进行声明应该包括声明数组名、维数、大小、类型以及作用域等(有关作用域的问题将在第 8 章详细介绍),数组声明的一般格式为:

```
Dim 数组名(<维数定义>)  [As 类型]
```

说明:

(1) 数组的命名规则与简单变量的命名规则一样。

(2) "维数定义"指定数组的维数及各维的范围,其详细格式如下:

```
[<下标下界 1> To ]<下标上界 1>[,[<下标下界 2> To ]<下标上界 2>] …
```

例如:

```
Dim a( 2 To 4 ) As Integer      '3 个元素,下标范围为 2～4
Dim b( 5 To 12 ) As String      '8 个元素,下标范围为 5～12
```

特别注意:"Dim x(5) As Integer"这种声明数组的形式,下标范围可能从 0 或 1 开始,取决于语句出现在程序通用部分的 Option Base 语句的参数设定,当 Option Base 后面为 0 时,下标下界从 0 开始,否则从 1 开始,当程序中无 Option Base 语句时,系统默认下标下界从 0 开始。

(3) 下标的上、下界不得超过长整型数据类型的范围(−2 147 483 648～2 147 483 647)。

(4) 二维数组或多维数组中,各维之间用逗号分隔,例如:

```
Dim a(1 To 3, 1 To 4) As Double
Dim x(4, 5, 6) As Integer
```

(5) 维数定义形式中的上、下界必须是常数。

2. 数组元素和下标

数组声明后,仅仅表示系统会在内存分配一段连续的存储空间来存放数组。程序中在对数组进行操作时,一般是针对某个数组元素进行的。数组元素是带有下标的变量,是数组的一个成员,其一般形式为:

```
数组名(下标 1 [,下标 2, …])
```

如 A(2)、B(2+2,1)、C(1 * 2,3,1)、D(i)都是合法的数组元素。

下标表示顺序号,每个数组元素有一个唯一的顺序号。下标可以是常数、数值型变量、算术表达式甚至可以是一个数组元素。下标中如含有变量,使用前该变量应提前赋值。多个下标之间应该由逗号分隔。

例如,设有下面的数组定义:

```
Dim  A(10) As Integer ,B(10) As Integer
```

则下面的语句都是正确的：

```
A(1) = A(2) + B(1) + 5          '取数组元素运算
A(i) = B(i)                     '下标使用变量
B(i + 1) = A(i + 2)             '下标使用表达式
```

另外，下标值应该为整数，否则计算机将对下标自动取整。比如 a(3.2)将被视为 a(3)，a(−3.7)将被视为 a(−4)。

3. 数组的维数和维界

标志一个数组元素所需的下标个数称为数组的维数。VB 中有一维数组、二维数组以及两个以上下标的多维数组。例如，a(5)为一维数组，x(3,3)为二维数组，b(4,5,6)为三维数组。

在 VB 中，理论上数组的维数最多可以达到 60 维。

下标的取值范围称为数组在这一维的界。在 VB 中，维界不得超过 Long 数据类型的范围。我们把下标所取的最大值称为上界，最小值称为下界(默认为 0)。数组的下标在上下界内是连续的。对某一维而言，其下标不能超出维界声明的范围，否则会出现"下标越界"错误。

在数组声明语句中的维数说明中，如果明确指出维界，则声明的是静态数组；否则声明的是动态数组。

4. 数组的数据类型和大小

数组的数据类型由数组声明语句中的"As 类型"决定，可以是整型、长整型、单精度型、双精度型、货币型、字节型、字符串型、布尔型、日期型、对象型，如果声明时省略"As 类型"子句，则数组的数据类型默认为 Variant 类型。

数组中元素的个数称为数组的大小，数组的大小与它的数据类型无关。数组的大小为每一维大小的乘积，而某一维的大小为：上界−下界+1。如声明数组 a 为 Dim a(−1 To 3, 1 To 4) As Double，则数组 a 中的元素个数为(3−(−1)+1) ∗ (4−1+1)＝20。

5. 数组的引用

数组的引用通常是指对数组元素的引用。在引用数组元素时，数组名、数据类型和维数必须和定义时一致。另外，还要注意区分数组的声明和数组元素，例如下面的程序片段：

```
Dim x(8) As Integer
Dim Temp As Integer
...
Temp = x(8)
```

尽管有两个 x(8)，但是 Dim 语句中的 x(8)不是数组元素，而是说明由它声明的数组 x 的下标最大值为 8；而赋值语句"Temp ＝ x(8)"中的 x(8)是一个数组元素。

6. 数组和简单变量的比较

(1) 输入的简单变量越多，程序就越长，程序本身占用的内存空间就越大。

（2）在一个程序中使用的简单变量个数有限，对大批量数据，简单变量就不能表示了。

（3）简单变量的存储位置呈松散状态，数组却占据着一片连续的存储区域。

（4）在程序结构上，简单变量不适合使用循环的办法来解决。

总之，简单变量适合于处理一个或几个变量的情况，每个简单变量只能存储一个数据，各简单变量之间没有固定的联系。而数组反映的是大批数据间的顺序和联系，体现的是数据间更复杂的结构，因此数组适用于处理大批量数据之间的比较、排序和检索。

7. 数组的分类

（1）根据数组的数据类型可分为整型、长整型、单精度型、双精度型、货币型、字节型、字符串型、布尔型、日期型、对象型（也可叫控件数组）和可变数组 Variant 型。

（2）根据数组的作用域可分为公用数组、模块数组和局部数组。

（3）根据数组的生命期和存放方式可分为静止数组和活动数组。

（4）根据数组的元素个数是否变化分为静态数组和动态数组。

7.2　一维数组的操作与应用

7.2.1　一维数组的基本操作

在建立（声明）一个数组之后，就可以使用数组了。使用数组就是对数组元素进行各种操作，例如赋值、表达式运算、输入或输出等。我们先来学习一维数组的基本操作。

数组元素赋初值也称数组元素的初始化。数组元素的值可以在设计阶段通过赋值语句得到，也可以在运行阶段通过 InputBox 函数得到。在数组元素较多的情况下，一般需要使用 For 循环语句。

（1）通过赋值语句初始化数组

```
For i = 1 To 10     'a 数组的每个元素值为 1
    a(i) = 1
Next i
```

（2）通过 InputBox 函数初始化数组

```
For i = 1 To 10      ' 输入 10 个数,并存入到数组 a 中
    a(i) = Val(InputBox("输入 a(" & i & ") 的值"))
Next i
```

（3）求数组中最大元素及所在下标

求最大值的算法是一个常用的算法，它的算法思想为：总是假设一组数中第一个元素为最大值，并将其值赋给一个变量 max，然后依次访问数组中其后的每一个元素，并与变量 max 比较，凡是遇到比 max 大的元素，就将其值赋给 max，接着比较下一个元素，遵循上述原则，直到所有元素访问完，最后变量 max 的值一定是所有元素中最大的。其算法流程图

如图 7-1 所示。

完整程序如下：

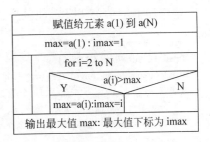

图 7-1　求最大值的 N-S 流程图

```
Option Base 1
Private Sub Form_Click()
    Dim Max As Integer, iMax As Integer, a(10)
    For i = 1 To 10    '输入 10 个数,并存入到数组 a 中
        a(i) = Val(InputBox("输入 a(" & i & ") 的值"))
    Next i
    Max = a(1): iMax = 1
    For i = 2 To 10
        If a(i) > Max Then
            Max = a(i)
            iMax = i
        End If
    Next i
    Print "a(" & iMax & ") = "; a(iMax)
End Sub
```

请大家思考求最小值的算法。

（4）将数组元素倒置（将数组中的第一个元素的值与最后一个元素的值交换，第二个元素的值与倒数第二个元素值交换，依次类推，如图 7-2 所示）

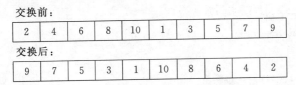

图 7-2　数组元素倒置

主要程序段如下：

```
For   i = 1 To  10\2
    t = a(i)
    a(i) = a(10 - i + 1)
    a(10 - i + 1) = t
Next  i
```

请思考一下：为什么循环变量的终值是 10\2，若改为 10 会是什么结果？

7.2.2　一维数组的应用

1. 遍历数组元素

所谓的遍历数组元素就是算法中将会引用到数组中每一个元素。这也是在实际工作中经常遇到的算法。一维数组的遍历通常是通过单重循环实现的。

【例 7.1】　输入某小组 10 个同学的成绩，计算总分和平均分（保留小数点后一位）。

分析：使用 Inputbox() 函数给数组元素赋初值，并且要访问到数组中的每一个元素。

程序如下：

```
Option Base 1
Private Sub Form_Click()
Dim a!(10), sum!, ave!
For i = 1 To 10       '输入 10 个数,并存入到数组 a 中
    a(i) = Val(InputBox("输入 a(" & i & ") 的值"))
    sum = sum + a(i)
  Next i
ave = sum / 10
Print "总分: " & sum
Print "平均分: " & Format(ave, "＃＃.0")
End Sub
```

程序中,先通过 Dim 语句为数组 a 定义维数及下标范围,也即为数组安排一块连续的内存存储区,但这并不意味着内存里该数组已建立了应有的内容,本例中数组元素值的获得是通过 InputBox()函数来实现的,共循环了 10 次,输入的 10 个数依次赋值给下标变量 a(1)~a(10),数组元素有了初值后就可以按要求进行数据的处理了。

【例 7.2】 输入一个整数,判断其在不在一个整数数组中。

分析：只要依次将数组元素的值与输入的数相比较,有相同的情况就可以断定该数在数组中,若比较完所有元素都没有相同的情况,就得出不在数组中的结论。

程序如下：

```
Private Sub Form_Click()
Dim a(1 To 10)   As Integer
Dim x %
For i = 1 To 10
  a(i) = i + 3          '初始化数组
  Next i
x = InputBox("input number")
For i = 1 To 10         '查找
  If a(i) = x Then
    Print "found !"
    Exit For
    End If
Next i
If i > 10 Then Print "no  found!"   '没找到
End Sub
```

程序中,一旦找到与变量 x 值相同的元素,For 循环就会终止,最坏的结果在最后一个元素那里确定 x 的存在。而 x 若没有在数组中,一定是把所有元素都比较了一遍,同时也就意味着 For 循环是一个完整的从循环变量的初值到超过终值的循环过程,利用这个特点,把没找到 x 的情况也做出了处理。

其实,也可以用二分法(折半法)实现例 7.2 中数据的查找。折半查找法也称对半查找法,这是一种效率较高的查找方法。对于大型数组,它的查找速度比顺序查找法快得多。在采用折半查找法之前,要求将数组按查找关键字排序,其主要算法描述如下。

首先保证数组有序。然后从数组中间开始比较,判别中间的那个元素是不是要找的数

据,若是,则查找成功,否则判断被查找的数据是在数组的前半部分还是在后半部分,若在该数组的前半部分,则从前半部分的中间继续查找,否则从后半部分的中间继续查找;照此进行下去,不断缩小查找范围至最后,因找到或找不到而停止查找。

对于 n 个数据,若用变量 Top、Bott 分别表示每次"折半"的首位置和末位置,则中间位置 M 为:

$$M = Int((Top + Bott)/2)$$

这样就将[Top,Bott]分成两段,即[Top,M−1]和[M+1,Bott],若要找的数据小于由 M 指示的数据,则该数据在[Top,M−1]范围内,反之,则在[M+1,Bott]范围内。二分法查找的程序代码编写请读者自己完成。

2. 分类统计

【例 7.3】 统计一段文本中各个字母(不区分大小写)出现的次数,运行界面如图 7-3 所示。

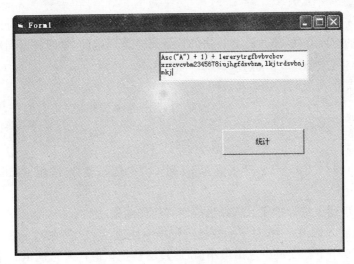

图 7-3 统计字母出现次数

分析:统计 26 个字母在文本中出现次数时,首先要确定的是程序中一定会用到一个有 26 个元素的数组;其次要考虑的是怎么将一段文本拆分成一个个的字符,显然可以用 For…Next 结构与 Mid( )函数配合来实现;第三点要思考的是:怎么判断某字符是字母,可以通过比较 ASCII 码来实现。

(1)设置界面

设置命令按钮 Command1 的 Caption 属性值为"统计",设置文本框 Text1 的 Multiline 属性值为"True"。

(2)程序代码

```
Private Sub Command1_Click()
  Dim a(26) As Integer
  st = Len(Text1.Text)
  For i = 1 To st
```

```
    ch = Mid(Text1.Text, i, 1)
    If (ch >= "a" And ch <= "z") Or (ch >= "A" And ch <= "Z") Then
        ch = UCase(ch)
        a(Asc(ch) - Asc("A") + 1) = a(Asc(ch) - Asc("A") + 1) + 1
    End If
Next i
For i = 1 To 26
 Print Chr(65 + i - 1); "出现了"; a(i); " 次"
Next i
End Sub
```

程序中语句"a(Asc(ch)-Asc("A")+1)=a(Asc(ch)-Asc("A")+1)+1"巧妙地将各种字母出现的次数与其 ASCII 码跟 ASC("A")的差值做了关联。

3. 排序

数据的排序就是将一批数据由小到大(升序)或由大到小(降序)进行排列。排序是计算机程序设计中的重要算法,不过这些算法的设计思想是固定的,学习时做到理解并掌握这些算法就可以了。常用的排序算法有选择法和冒泡法。

(1) 选择法排序

【例 7.4】　随机产生十个 10～100 的整数,用"选择法排序"将它们按从小到大的顺序输出。

分析:

① 利用 Int(91 * Rnd+10)产生值为 10 到 100 的随机整数,使用 Randomize 得到不同的随机数序列。

② 按值从小到大进行排序。选择法排序算法详细描述如下:

将 10 个数放入数组 a 中,对下标变量进行排序处理:a(1), a(2), a(3),…,a(10)。

(a) 从这 10 个下标变量中选出最小值,通过交换把该值存入元素 a(1)中。

(b) 除 a(1)之外(a(1)已存放最小值),从其余 9 个下标变量中选出最小值(即 10 个数中的次小值),通过交换把该值存入 a(2)中。

(c) 选出 a(3)～a(10)中的最小值,通过交换,把该值存入 a(3)中。

(d) 重复上述处理,至 a(8),可使 a(1)～a(8)按从小到大排列。

(e) 第 9 次处理,选出 a(9)及 a(10)中的最小值,通过交换把该值存入 a(9)中,此时 a(10)存放的就是最大值。

其主要程序段如下:

```
For i = 1 To n - 1
    p = i
    For j = i + 1 To n
        If a(p) > a(j) Then p = j
    Next j
    t = a(i): a(i) = a(p): a(p) = t
Next i
```

设有 n 个数,存放在数组 a(1),…,a(n)中,选择法排序算法 N-S 流程图如图 7-4 所示。

主要算法思想如下:

① 第 1 遍:从中选出最小的数,与第 1 个数交换位置。

② 第 2 遍:除第 1 个数外,其余 n−1 个数中选最小的数,与第 2 个数交换位置。

③ 依次类推,选择了 n−1 次后,这个数列已按升序排列。

(2) 冒泡法排序(升序)

冒泡法排序算法思想:通过两两比较将大数交换到后面。其算法 N-S 流程图如图 7-5 所示。

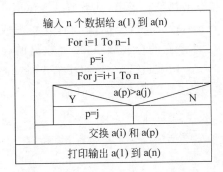

图 7-4 选择法排序算法 N-S 流程图

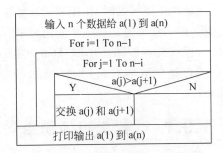

图 7-5 冒泡法算法 N-S 流程图

主要算法思想如下:

① 第 1 遍:将每相邻两个数比较,大数交换到后面,经 n−1 次两两相邻比较后,最大的数已交换到最后一个位置。

② 第 2 遍:将前 n−1 个数(最大的数已在最后)按上法比较,经 n−2 次两两相邻比较后得次大的数。

③ 依次类推,n 个数共进行 n−1 遍比较,在第 j 遍中要进行 n−j 次两两比较。

其主要程序代码如下:

```
For i = 1 To n - 1
  For j = 1 To n - i
    If a(j) > a(j + 1) Then
      t = a(j): a(j) = a(j + 1): a(j + 1) = t
    End If
  Next j
Next i
```

7.3 二维数组的操作与应用

一个数组可以是一维的,也可以是多维的。当需要表示平面中一个点的坐标、需要处理数学中的矩阵问题或者许多可以转换为二维表形式的数据时都会用到二维数组;当需要表示空间中的一个点时,就需要用到三维数组。这些多维数组的定义格式为:

Dim 数组名([下界 To]上界[,[下界 To]上界],[下界 To][,…])[As 类型名]

多维数组的定义格式与一维数组基本上是一致的,只是多加几个上界和下界,其元素个数的计算在前面已经介绍过,这里不再赘述。

现举例如下:

```
Dim a(1 To 3,1 To 3) As Integer
Dim b(5, 9) As String
Dim b(4, 3)
```

这三行语句分别定义了一个二维数组,第一行定义指定了二维数组的上下界及类型;第二行定义只指定了二维数组的类型,使用默认的下界(这取决于程序通用部分的 Option Base 语句中的参数 N);最后一行二维数组的下界和类型都没有指定,其类型是变体型的。

在处理矩阵问题时,往往把二维数组中的第一个下标看成是行坐标,第二个下标看成是列坐标,但二维数组是在一维的内存中存储的,这时要注意它的存放顺序,二维数组的存储是按行序优先存放的。比如"Dim a(1 To 3,1 To 3) As Integer"这个数组中有 9 个元素,它们的存储顺序为 a(1,1),a(1,2),a(1,3),a(2,1),a(2,2),a(2,3),a(3,1),a(3,2),a(3,3)。

7.3.1　二维数组的初始化与输出

前面介绍了一维数组的基本操作一般是要用到单重循环,二维数组的基本操作往往会采用双重循环,其中外循环用来控制行号,内循环用来控制列号,如下程序就可以完成二维数组的赋值与输出:

```
Private Sub Form_Click( )
Dim a(1 To 3, 1 To 4)  As Integer
Dim i%, j%
 For i = 1 To 3          '二维数组的初始化
     For j = 1 To 4
      a(i, j) = i + j
     Next j
  Next i
For i = 1 To 3          '二维数组的输出
     For j = 1 To 4
     Print a(i, j);
     Next j
     Print
  Next i
End Sub
```

程序中分别用了两个双重循环来完成二维数组的输入与输出,笔者建议大家在用二维数组处理问题时,尽量把程序分为二维数组的初始化、二维数组的处理和二维数组的输出三部分,这样便于程序的阅读与理解。

7.3.2　二维数组的应用

1. 矩阵的转置

矩阵的转置就是将矩阵中每个元素的行、列号交换形成一个新的矩阵。通常矩阵的转置会因矩阵的行、列数不同产生两种算法,当矩阵中的行、列号相同时,这类矩阵我们称其为方阵,假设有方阵 Dim a(1 To 4,1 To 4),求其转置矩阵的程序代码如下:

```
Option Base 1
Private Sub Form_Click()
Dim a%(4, 4)                '矩阵的初始化
 For i = 1 To 4
  For j = 1 To 4
   a(i, j) = i * 5
  Next j
 Next i
For i = 1 To 4             '转置前矩阵的输出
 For j = 1 To 4
  Print a(i, j);
 Next j
  Print
Next i
For i = 2 To 4             '矩阵的转置
  For j = 1 To i - 1
   Temp = a(i, j)
   a(i, j) = a(j, i)
   a(j, i) = Temp
  Next j
Next i
For i = 1 To 4             '转置后矩阵的输出
  For j = 1 To 4
  Print a(i, j);
  Next j
  Print
Next i
End Sub
```

　　程序中的矩阵的转置利用的是两个变量值的交换算法。大家思考一下转置时一共交换了几个元素?

　　当矩阵中的行数与列数不一致时,就不能采用上述算法了,而且也不能只使用一个二维数组来存放转置前后的矩阵。设转置前 a 是一个 $m \times n$ 的矩阵,转置后 b 是一个 $n \times m$ 的矩阵,将 a 转置得到 b 的主要程序代码如下:

```
For i = 1 To m
For j = 1 To n
        b(j, i) = a(i, j)
Next j
Next i
```

　　程序中的转置利用的是两个数组值的引用。大家思考一下:为什么语句"b(j,i)＝a(i,j)"不能写成"b(i,j) ＝ a(j,i)"?

2. 矩阵的相乘

　　数学中两个矩阵能够相乘的必要条件是:前一个矩阵的列数等于后一个矩阵的行数。

例如,A 为 n×k 的矩阵,B 为 k×m 的矩阵,则 A×B 的结果矩阵 C 为 n×m 矩阵,C 矩阵中每一个元素的值是一个累加值,累加公式为 $C(i,j) = \sum a(i, p) * b(p,j)$,其中 p 从 1 变化到 k,实现算法的程序如下:

```
Dim a%(1 To 2, 1 To 3), b%(1 To 3, 1 To 2), c%(1 To 2, 1 To 2), i%, j%
 n = 1
  For i = 1 To 2            '矩阵 a,b 的初始化
   For j = 1 To 3
    a(i, j) = 5 * n
    b(j, i) = 5 * n
    n = n + 1
   Next j
  Next i
  For i = 1 To 2            '求 C 矩阵中每一个元素
    For j = 1 To 2
     c(i, j) = 0           '每一次累加的初始值
      For k = 1 To 3
       c(i, j) = c(i, j) + a(i, k) * b(k, j)
      Next k
      Print c(i, j),
    Next j
     Print
    Next i
End Sub
```

程序中 C 矩阵的每一个元素的值都是通过累加得到的,并且累加器的初值都为 0。

7.4　多维数组

多维数组定义的语法格式如下:

Dim 数组名([<下界>] To <上界>,[<下界> To]<上界>,…) [As <数据类型>]

例如:

```
Dim  a(5,5,5) As  Integer        '声明 a 是三维数组
Dim  b(2,6,10,5) As  Integer     '声明 b 是四维数组
```

多维数组在使用时显然会用到更复杂的循环结构嵌套,我们一般只用到三维数组。

7.5　动态数组

VB 中动态数组的使用非常灵活、方便,可以在任何时候改变数组的大小,它有助于系统有效地管理内存。例如,我们可以在短时间内使用一个大数组,然后,在不使用这个数组时,将它曾经占有的内存空间释放给系统,提高内存的利用效率。

7.5.1　动态数组的定义与使用

定义动态数组,就是给数组赋以一个空维数表,这样就将数组声明为动态数组了,如

Dim a( )。但任何一个声明过的动态数组,只要想在程序中引用它的数组元素,就一定先要用 ReDim 语句重新确定其大小,否则系统会报错。

ReDim 语句作为一个可执行语句,可以多次使用,并且只能出现在过程中。它的语法格式如下:

```
ReDim   [Preserve]   数组名(维界定义)[As   数据类型]
```

ReDim 语句不仅可以确定或改变动态数组的大小,还可以定义新的数组,除非是Variant 类型变量所包含的数组,ReDim 一般不能改变原来动态数组的数据类型。读者应该还记得静态数组声明时上界只能是常量,而动态数组 ReDim 语句中的上界既可以是常量,也可以是有了确定值的变量。如下程序代码:

```
Dim x As Integer
 Dim a( )As String
 …
 ReDim a(x )
 …
 x = x + 3
 ReDim a(x)
```

这段代码首先定义了一个整型变量 x 和一个字符型的动态数组,之后经过一系列操作后,使变量 x 得到另一个值,再使用"ReDim a(x)"指定数组的长度,最后根据需要再一次改变数组的大小。

ReDim 语句格式中的关键字 Preserve 省略时,可以重新定义动态数组的维数与各维的上、下界,此时,执行 ReDim 语句,存储在当前数组中的值会全部丢失,重新定义的数组元素被赋予该原数组类型的初始值;若保留 Preserve,则原数组中的元素值会被保留,并且该动态数组只能被改变最后一维的上界,否则报错。若重新定义的数组比原数组小,则系统从原数组存储空间的尾部向前释放多余的存储单元;若重新定义的数组比原数组大,则系统从原数组存储空间的尾部向后增加存储单元,新增元素被赋予该数组类型的初始值。我们来看一个例子:

```
Private Sub Form_Click()
        Dim a() As Integer
        Show
        ReDim a(800)
        k = 0
        For x = 200 To 600 Step 3
           If x Mod 8 = 0 Then
               k = k + 1
               a(k) = x
           End If
        Next x
        ReDim Preserve a(k)
        For i = 1 To k
         Print a(i)
         Next i
   End Sub
```

程序中两次通过 ReDim 语句来改变动态数组 a 的大小,最终将 200 到 600 之间 8 的倍数存放在了数组 a 中。最后一个 ReDim 语句中"Preserve"子句不仅有效地舍弃了原数组中无用的元素,并且保存了有用的值,若没有"Preserve"子句,那么数组中的元素 a(i)(i=1,2,3,…,k)的值全是 0。

另外,在 VB 6.0 中,提供了 Array( )函数来实现动态数组直接对动态数组的赋值。例如:

```
Private Sub Form_Click()
Dim a() As Variant, b() As Variant, i%
a = Array(1, 2, 3, 4, 5)
ReDim b(Ubound(a))
b = a
 For i = 0 To 4
   Print a(i);
 Next i
 End Sub
```

程序执行后,数组 b 中的元素与数组 a 中的元素值相同,有关 Array( )函数的使用将在 7.5.2 节详细介绍。

注意:Ubound(a)的作用是求数组 a 的上界,有关这个函数的使用将在 7.5.2 节介绍。

程序中的动态数组 b 也可以直接通过 ReDim 语句和赋值语句将自己的所有元素进行初始化,等价于下面的程序:

```
For i = 0 To Ubound(a)
        b(i) = a(i)
Next i
```

当不需要再使用某个动态数组时,我们可以使用数组刷新语句"Erase"删除该数组,释放该数组占用的内存空间,其语句格式为:

```
Erase   数组名 [,数组名] …
```

Erase 语句中只给出数组名就可以了,Erase 不仅可以释放动态数组占据的内存空间,还可以对静态数组重新初始化,表 7-1 给出了 Erase 语句对不同类型静态数组重新初始化的结果。

表 7-1   Erase 语句对静态数组的影响

数 组 类 型	Erase 语句对数组元素的影响
数值型数组	将每个元素置为 0
字符串数组(变长)	将每个元素设为 0 长度字符串
字符串数组(定长)	将每个元素置为 0
Variant 数组	将每个元素置为 Empty
用户自定义数组	将每个元素作为单独的变量来设置
对象数组	将每个元素置为 Nothing

7.5.2　与数组相关的函数

1．Array 函数

Array 函数可方便地对数组整体赋值,但它只能给声明为 Variant 类型的变量或仅由括号括起的动态数组赋值。赋值后的数组大小由赋值的个数决定,下界的规定同静态数组相同。Array( )函数的语法格式为:

动态数组名或变体类型的变量 = Array(数组元素值)

例如,要将 1,2,3,4,5,6,7 这些值赋值给数组 a,可使用下面的方法赋值:

方法一:

```
Dim a( )
A = Array(1,2,3,4,5,6,7)
```

方法二:

```
Dim a
A = Array(1,2,3,4,5,6,7)
```

注意:

- 赋值号左边的数组只能声明为 Variant 类型的动态数组或 Variant 类型的简单变量。
- 赋值号两边的数据类型必须一致。
- 如果赋值号左边是一个动态数组,则赋值时系统自动将动态数组 ReDim 成右边同样大小的数组。

2．求数组的上界 Ubound( )函数和下界 Lbound( )函数

Ubound( )函数和 Lbound( )函数,分别用来确定数组某一维的上界和下界值。使用形式如下:

```
Ubound(<数组名>[, <N>])
Lbound(<数组名> [, <N>])
```

其中:<N>是可选的参数;一般是整型常量或变量。指定返回哪一维的上界。1 表示第一维,2 表示第二维,依此类推。如果省略,默认是 1。

7.6　For Each…Next 循环语句

有时在访问数组时,可能不知道数组中元素的数目,VB 提供了 For Each…Next 循环语句对数组中的所有数组元素进行访问,它所重复执行的次数是由数组中元素的个数确定的。这个结构与前面的循环语句 For…Next 类似,都是用来执行指定重复次数的循环。但 For Each…Next 语句专门作用于数组或对象集合中的每一个成员。其语法格式如下:

```
For  Each  成员  In  数组名
        循环体
        [Exit For]
Next   成员
```

"成员"是一个 Variant 类型的变量,它实际上代表数组中每一个元素。请看下面的程序:

```
Private Sub Form_Click()
    Dim a(1 To 10) As Long, sum As Long, t As Long
    Dim n As Integer
    Show
    t = 1
    For n = 1 To 10            '数组初始化
      t = t * n
      a(n) = t
    Next n
    sum = 0
    For Each x In a            '求各数组元素之和
        sum = sum + x
    Next x
    Print "1! + 2! + 3! + … +10! = "; sum
End Sub
```

该程序中第一个循环结构是用来给数组元素赋初值的,第二个结构就是 For Each…
Next 循环语句,用来引用数组中每一个元素的值完成累加,求出 1!+2!+3!+…+10!
的值。

7.7　控件数组

在 VB 中,用户还可以建立控件数组。控件数组是指相同类型的一组控件,它们具有同
一个控件名称,控件数组中各控件通过索引号来区分。控件数组中的对象共用相同的事件
过程,如果一个窗体中有多个相同类型的控件,并且有类似的操作,使用控件数组会使程序
简化,便于程序的设计与维护。

7.7.1　控件数组的建立

建立控件数组的方法有两种,一种方法是通过属性窗口设置 Name 属性,另一种方法是
通过复制与粘贴操作。

1. 用属性窗口创建

首先把要建立为控件数组的同一类型控件放置到窗体中,然后在属性窗口中将它们的
Name 属性设置为相同的。例如,将第一个控件的 Name 属性设置为 lab,将第二个控件的
Name 属性也设置为 lab 时,系统会弹出消息框,询问用户是否建立控件数组,单击"是"按钮
即可创建一个控件数组。再将其他控件的"名称"属性设置为 lab 时,系统不再弹出消息框,
而是自动将它们设置为控件数组的成员。

控件数组的第一个元素的索引号(Index)为 0,第二个为 1,依次类推。例如,为窗体中的 4 个命令按钮建立一个控件数组,从图 7-6 所示的属性窗口中可以看出,控件数组名为 Command1,索引号分别为 0、1、2 和 3。

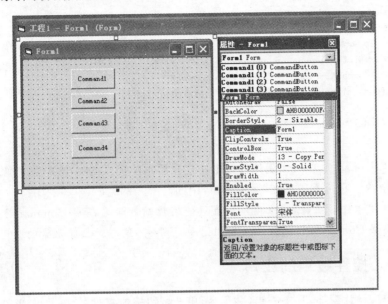

图 7-6　控件数组 Command1

这样创建的控件数组,各控件的索引号是系统自动分配的,用户也可以通过更改控件的 Index 属性来自行设置控件的索引号。

注意:控件数组中的控件必须是同一类型的,例如,全都是文本框控件或全都是命令按钮控件。如果用户将一个其他类型控件的"名称"属性设置为控件数组的名称,则系统弹出提示框,提示控件类型不符的消息框。

2.通过复制粘贴控件创建

通过在窗体上复制与粘贴控件,也可以建立控件数组。用这种方法建立控件数组的步骤如下。

(1)在窗体上画出控件,进行属性设置,这是建立的第一个元素。

(2)选中该控件,复制、粘贴若干次,建立所需个数的控件数组元素。当进行第一次复制、粘贴时,系统会弹出消息框,询问用户是否建立控件数组,回答"是"即可。以后粘贴的控件就直接成为控件数组中的一个元素。

与第一种方法相比,要引起用户注意的是,这样粘贴出来的控件数组不仅 Name 属性相同,连控件的 Caption 属性都会相同,比如 Caption 属性或 Text 属性的内容也是一样的。

3.控件数组的引用

由于控件数组中的控件共用相同的事件过程,所以用户在编程时须通过 Index 来区别不同的控件。

例如,设窗体上有若干个以 Command1 命名的命令按钮数组,现要求:单击其中一个

按钮后,该按钮不可用,而其他按钮均可用。程序代码如下:

```
Private Sub Command1_Click(Index As Integer)
Dim i As Integer    '计数器
Dim comNum As Integer
comNum = 0
For i = 0 To Command1.Count - 1
comNum = comNum + 1
If comNum > Command1.Count - 1 Then comNum = 0
Command1(comNum).Enabled = True      '让所有按钮可用
Next i
Command1(Index).Enabled = False      '让被单击按钮不可用
End Sub
```

程序中 Command1.Count 是控件数组在建立后系统提供的一个属性,用来记录控件数组中元素的个数。它是不显示在"属性窗口"中的。

注意:使用控件数组时,对象名不能直接使用控制数组名,如:Command1.Enabled = False,而要写成 Command1(Index).Enabled = False。这与对数组元素的引用是类似的。

7.7.2　控件数组的应用

【例 7.5】　设计窗体,其中一组(共 5 个)单选按钮构成控件数组,要求当单击某个单选按钮时,能够改变文本框中文字的大小。其界面如图 7-7 所示。

图 7-7　控件数组的应用

1.设计程序界面

(1) 设计控件数组 Option1,其中包含 5 个单选按钮对象。具体操作方法如下:

① 画出第一个单选按钮控件,名称采用默认的 Option1。此时该控件处于选定状态。

② 单击工具栏上的"复制"按钮(或按 Ctrl+C)。

③ 单击工具栏上的"粘贴"按钮(或按 Ctrl+V),系统弹出一个如图 7-8 所示的对话框。

④ 单击"是"按钮,建立起控件数组中的第一个元素,其 Index 属性为 1,而已画出的第一个控件的 Index 属性值为 0。通过鼠标拖放可以调整新控件的位置。

⑤ 继续单击"粘贴"按钮(或按 Ctrl+V)和调整控件位置,可得到控件数组中的其他三个控件,其 Index 属性值分别为 2,3 和 4(即从上而下为 0,1,2,3,4)。

⑥ 设置控件数组各元素(从上而下)的 Caption 属性分别为 10,14,18,24 和 28。

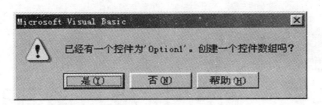

图 7-8 询问是否建立控件数组

（2）建立一个文本框 Text1，其 Text 属性设置为"控件数组的使用"。再建立一个标签 label1，其 Caption 属性为"字号控制"。

2. 编写程序代码

```
Private Sub Form_Load()                    '初始加载窗体
        Option1(0).Value = True            '选定第一个单选按钮
        Text1.FontSize = 10                '设定文本框中的字号
End Sub
Private Sub Option1_Click(Index As Integer) '单击单选按钮
        Select Case Index                  '系统自动返回 Index 值
            Case 0
                Text1.FontSize = 10
            Case 1
                Text1.FontSize = 14
            Case 2
                Text1.FontSize = 18
            Case 3
                Text1.FontSize = 24
            Case 4
                Text1.FontSize = 28
        End Select
 End Sub
```

通过这个程序可以看出，有了控件数组，编程更简洁。

第 **8** 章

子过程与函数过程

8.1 Visual Basic 程序的组成

VB 是结构化程序设计语言,这种语言的特点就是将一个复杂的问题采用"分而治之"的策略——模块化,把一个较大的程序划分成若干个模块,每个模块只完成一个或者若干个功能;每个模块的代码中又分为相互独立的过程,每个过程完成一个具体特定的任务。故 VB 是典型的模块化程序设计语言,它的程序模块结构组成如图 8-1 所示。

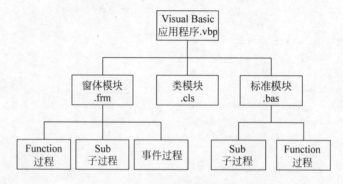

图 8-1   VB 程序模块组成

VB 将程序代码存储在 3 类不同的模块中:窗体模块、标准模块(简称模块)和类模块,在 VB 集成开发环境中的表示如图 8-2 所示。在这 3 类模块中都可以包含常量和变量的声明以及用户自定义的子过程(Sub)、函数过程(Function)。它们形成了工程的一种模块层次结构,可以较好地组织工程,同时也便于代码的维护。通过 VB 集成开发环境的工程资源管理器窗口可以清楚地看到 VB 工程中的所有的模块层次结构,如图 8-2 所示。

图 8-2   VB 工程的模块结构

过程是构成程序逻辑部件的基本单位,将程序分割成较小的逻辑部件可以简化程序设计任务,结构化设计就是建立在这个思路之上的。

VB 中的过程有两类:一类是内部函数过程和事件过程,另一类是用户自己定义的过程。还可以根据过程是否有返回值,将用户自己定义的过程分为子程序(Sub 子过程)和函数过程(Function 过程);Sub 子过程没有返回值,被称做子过程;Function 过程一般都有返回值,被称做函数过程。

8.2 Sub 子过程

8.2.1 Sub 子过程的建立

在 VB 中,Sub 子过程包括通用过程和事件过程,它们的定义语法格式是类似的,但是调用方式不同。如图 8-3 所示,通用过程往往是由程序中的语句调用,是公用的过程,它独立于事件过程之外,可供其他事件过程调用。事件过程往往是由用户事件触发。当发生某个事件时,就会执行对应于该事件的事件过程。

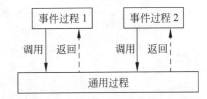

图 8-3 通用过程和事件过程调用方式对比

1. 事件过程

VB 中的某个控件对象的某个事件发生时,便会自动调用该控件相应的事件过程。事件过程是系统定义的,用户不能增加和删除事件过程。事件过程是附加在窗体和控件上的,通常总是处于空闲状态,直到响应用户引发的事件或系统引发的事件才被调用。窗体或控件的事件过程名,往往是由控件的实际名字(Name 属性规定的)、下划线"_"和事件名组合而成,事件过程的代码形式如下:

```
Private Sub <控件名>_<事件名> ([<形参表>])
     [<语句组>]
End Sub
```

例如,一个名为 Command1 的命令按钮被单击时所调用的事件过程是 Command1 _ Click。特别要注意的是:窗体的事件过程有一些特殊,窗体虽然也属于控件,但它的事件过程的命名规则却和一般控件有所不同。窗体事件名是单词"Form"、下划线和事件名的组合。无论窗体的 Name(名称)属性是什么,窗体的事件名都是以"Form"开始的。如果正在使用多重窗体(Multiple Document Interface,MDI),则事件过程定义为"MDIForm _ 事件名"。

除此之外,在使用事件过程时还要注意以下几点:

(1)事件过程名是由 VB 系统规定的,因此在编写某一个控件或对象的事件过程代码前,要先设置它的 Name 属性。用户自己可以在代码编辑器窗口中直接编写事件过程,但在代码窗口中不要随意改变事件或对象名称,如果想改变对象名称,则应该通过属性窗口来改变。如果编写代码后再改变控件或对象的 Name 属性,也必须同时更改事件过程的名字,否则控件或对象会因失去与代码的联系而被当作一个通用过程。

(2)创建事件过程的方法:在代码窗口的"通用"列表框中选择控件,再到"声明"下拉列表中选择事件过程。

2. 通用过程

通用过程是不与任何特定的事件相联系的,只能由其他过程来调用。它一般是由用户根据需要自己建立的,其作用是可以把一些公共语句放在一个过程中,提供给其他过程来调用,由此提高代码利用率,并使其更便于维护。通用过程可以放入标准模块、类模块和窗体模块中。通用过程又分为 Sub 过程(子过程)与 Function(函数)过程。

1) Sub 子过程的创建

创建 Sub 子过程有两种方法。

(1) 在代码窗口中输入

把光标定位在已有过程的外边,按如下格式输入:

```
[Private|Public][Static] Sub 过程名 [(形参列表)]
    语句块
    [Exit Sub]        '退出过程
End Sub
```

说明:

① Sub 过程以 Sub 开头,以 End Sub 结束,在 Sub 和 End Sub 之间是描述过程操作的语句块,称为"过程体"。过程体只有在过程被调用时才能够被执行。

② Sub 过程可以出现在标准模块、类模块和窗体模块中。如果省略 Sub 前的类型说明符,默认为 Public(公用的)类型的,那就意味着在一个应用程序中可以随时调用 Public 类型的 Sub 过程。公用的 Sub 过程若定义在窗体模块中,从窗体模块的外部调用窗体中的公用过程,必须用窗体的名字作为调用前缀。公用的 Sub 过程若定义在标准模块中,并且整个应用程序中该过程名是唯一的,则调用时不必加模块名;如果有同名的过程,则在本模块内调用时可以不加模块名,而在其他模块中调用时必须加模块名。

③ 如果 Sub 前的类型说明符选用 Private,则该子过程为局部的(私有的),只有该子过程所在模块中的程序才能调用它。

④ 如果使用 Static(静态)关键字(有关 Static 类型将在 8.6 节详细介绍),则该过程中的所有局部变量的存储空间只分配一次,且这些变量的值在整个程序运行期间都存在;如果省略 Static,过程每次被调用时,重新为其变量分配存储空间,当该过程结束时释放其变量的存储空间。

⑤ "过程名"使用与变量名相同的命名规则,长度不得超过 255 个字符。一个过程只能有一个唯一的过程名。

⑥ "形参列表"完整的名字为"形式参数列表",为可选项,省略时,称为无参数过程;当 Sub 包含有参数时,称为有参数过程,其参数称为形式参数,简称形参,即它并不代表一个实际存在的变量,也没有固定的空间和值,只有在调用此过程时,它才被一个确定的值或空间地址(变量)所代替。形式参数的名字并不重要,重要的是其所表示的关系和调用时所给定的实际参数。

⑦ "形参列表"的作用类似于变量声明,"形参列表"指明了从调用过程传递给通用过程的变量个数和类型(也就是实参传给形参的内容),各变量名之间用逗号分隔,其格式为:

```
[ByRef] 变量 [As 数据类型]        '按地址传递
ByVal 变量 [As 数据类型]          '按值传递
```

ByVal 不能省略,若程序中没说明传递方式,系统默认按地址传递。另外,省略数据类型时,变量的类型默认为 Variant 类型,也允许使用类型说明符来说明变量。

⑧ 在过程体内,不能再定义过程,即过程定义不可嵌套。但是,过程体内可以调用其他 Sub 过程或 Function 过程。

⑨ End Sub 标志着 Sub 过程的结束。当程序执行到 End Sub 时,将退出该过程,并立即返回到调用过程语句的下面语句去执行。此外,在过程体内可以用一个或者多个 Exit Sub 语句提前退出本过程。

注意:输入过程首行(语法格式中的第 1 行)并按下回车键后,系统将自动给出过程末行代码。

【例 8.1】 定义一个求阶乘的子过程 jc,其功能是求整数 n 的阶乘。

```
Sub jc(ByRef n As Integer)
  m = 1
For I = 1 To n
  m = m * I
  Next
 Print m
End Sub
```

(2) 使用"添加过程"对话框

打开要添加过程的代码编辑窗口后,从"工具"菜单中选择"添加过程"命令,系统弹出一个对话框,如图 8-4 所示。输入"名称"(命名规则同变量名),选择过程类型以及使用范围。最后单击"确定"按钮,就会在代码窗口建立起一个过程模板,在代码窗口完善它,从而建立自己的子过程。

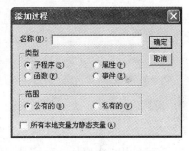

图 8-4 "添加过程"对话框

2) 通用子过程的调用

主调程序在执行到包含有 Sub 过程的语句时,会开始调用 Sub 过程,程序的执行转到以 Sub 开始,以 End Sub 结束的程序,当然这个过程中还会完成实参与形参的传递。调用 Sub 过程有两种形式:

(1) 使用 Call 语句

Call <过程名>([<实参表>])

(2) 直接使用过程名

<过程名> [<实参表>]

说明:

- "实参表"是传送给 Sub 子过程的常数、变量或表达式。实参与实参之间用逗号隔开。
- 当用 Call 语句调用 Sub 过程时,其过程名后必须加括号,若有参数,则参数必须放在括号之内;若省略 Call 关键字,则过程名后不能加括号,若有参数,则参数直接跟在过程名之后,参数与过程名之间用空格隔开,参数与参数之间用逗号分隔。

当要调用例 8.1 中的 jc 过程时,我们先把主调过程确定,代码如下:

```
Private Sub Form_Click()
  n% = InputBox("")
 Call jc(n)
 End Sub
```

当然,也可以把调用语句改为:jc n。

一般情况下,形参和实参是按位置关系对应传递信息的,形参和实参中的变量可以同名也可以不同名。另外,子过程不能随着过程名带回值,即 Sub 过程无返回值。若想使其运行结束带回一个或多个运算值,可以通过按地址传递的参数完成。

8.2.2　函数过程

在 VB 中,函数过程与 Sub 子过程的不同之处在于:Function 过程可返回一个值到调用的过程,这个值我们称为函数值,它是由一个"特殊的变量"记忆的,这个变量就是以函数名为名字的变量,因此用户需要在函数名后面,加上对其返回值类型的定义和说明。函数过程与子过程的建立非常相似。

1. 定义函数过程的语法格式

```
[Private|Public][Static] Function 函数名 (形参表)[As 类型]
语句块
[Exit Function]
[<函数名>=<表达式>]
End Function
```

说明:

- "As 类型"子句指定了 Function 过程返回值的类型,可以是 Integer,Long,Single,Double,Currency,String 或 Boolean。如果没有 As 子句,默认的数据类型为Variant。
- "表达式"的值是函数返回的结果,在语法格式中通过赋值语句将其赋给"函数名"。一般来说,函数过程体中,至少有一个"函数名 = 表达式"的语句。该语句的作用是让函数名带着获得的值返回调用过程;如果省略这种形式的赋值语句,则返回一个函数值规定类型的默认值。

【例 8.2】　改写例 8.1 计算任意整数 n 的阶乘为 Function 过程。

```
Function jc(n As Integer) As Long
  jc = 1
  For I = 1 To n
    jc = jc * I
  Next  I
End Function
Private Sub Form_Click()
  n% = InputBox("")
  Print jc(n)
End Sub
```

2．函数过程的调用

（1）直接调用

可以像使用 VB 内部函数一样来调用 Function 函数过程，让它出现在表达式中，例如：

```
Print jc(n)  或  mjc = jc(m) + jc(n)
```

（2）Call 语句调用

```
Call  jc(n)
```

这时，我们就忽视了函数 jc 的函数值，只是调用一个过程。

（3）无参函数的调用

调用无参函数时，不发生形实结合，得到一个固定的值。

```
Function F2( )
F2 = "Welcome  to  VB!"
End Function
```

我们可以在立即窗口中，调用：Debug.Print F2。

8.3 参数传递

当 Sub 子过程或函数过程被其他过程调用时，常常要发生数据交换，通常是由主调过程将数据传递给被调过程进行处理，这种数据的传递称为参数传递。其实就是实际参数与形式参数之间发生的信息传递。这是过程调用中最关键的一个环节，所以这一节将深入详细地介绍这两个参数之间数据传递的"内幕"。

8.3.1 形参和实参

形式参数（简称形参）是在 Sub、Function 过程的定义中出现的"变量名"或"数组名( )"。形参在过程被调用之前，并没有得到系统分配的内存空间，只是说明该形参将以何种方式接收来自调用语句的实参传递的数据信息，并且在过程中被引用。形参列表中的各参数之间是用逗号分隔的。

实参是出现在调用 Sub、Function 过程的语句中的参数。实参列表中的各项也用逗号隔开，实参可以是常数、变量、表达式或只跟左右括号的数组名（不能有维界）等；在主调过程调用时，实参将它们按一定的规则传递给形参，完成形参与实参的结合，然后用实参执行被调用的 Sub 子过程或函数过程。

8.3.2 形参和实参的传递方式

在调用过程时，实参被代入形参中的各变量处进行"形实结合"，形实结合是按位置结合的，即第一个实参与第一个形参结合，第二个实参与第二个形参结合，依此类推。

【例 8.3】 "形实结合"的例子。

```
Private Sub Form_Load()
Dim a(3), x%
Show
Call fax(x, "english", a)
Print x
End Sub
Sub fax(x%, st1$, b())
    y = 1: n = Ubound(b)
    st1 = UCase(st1)
    For i = 1 To n
    b(i) = i
    Print b(i)
    Next
End Sub
```

观察程序中的子过程调用语句和定义语句,可以看到:

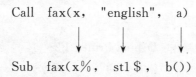

$$Call \quad fax(x, \quad "english", \quad a)$$

$$Sub \quad fax(x\%, \quad st1\$, \quad b())$$

形参列表和实参列表中的对应变量名可以不同,但实参和形参的个数(不考虑可选参数)、顺序以及数据类型必须相符。所谓类型相符,分两种情况:对于变量参数,实参和形参类型相同;对于值参数(常量做实参),则要求实参对形参赋值相容。"形实结合"时的形参与实参形态对应关系如表 8-1 所示。

表 8-1 "形实结合"时的形参与实参形态对应关系

形　参	实　参
变量	变量、常量、表达式、数组元素、对象
数组	数组

1. 按值传递

VB 中一般要求,形参与实参在位置、类型、个数上要一一对应,实参与形参的传递方式有两种:传值方式(ByVal)和传地址方式(ByRef)。在过程定义语句的形参列表中,使用ByVal 关键字指明的参数为按值传递参数。按值传递参数时,调用子过程会给形参分配一个临时的内存单元,然后将实参的值复制到这个临时单元中去。这样,主调过程的实参与被调过程的形参各有自己的存储单元,当被调过程的形参在过程中改变时不会影响主调过程的实参。

按值传递时,形参是一个真正的局部变量,实参向形参传递是单向的,如果在被调用的过程中改变了形参值,则只是局部的临时单元中的值发生变化,不会影响到实参变量本身。当被调过程结束返回主调过程时,VB 将释放形参的临时内存单元,也意味着本次调用结束。

【例 8.4】　编写程序,要求调用 jh 过程交换两个变量的值。

我们定义的交换过程 jh 程序代码如下:

```
Sub jh(ByVal x As Integer, ByVal y As Integer)
     Dim T%
     T = x: x = y: y = T
 End Sub
```

事件过程的程序代码如下:

```
Private Sub Command1_Click()
     Dim A As Integer, B As Integer
     A = 3: B = 5
     Print "交换前的 A 和 B"; A, B
     Call jh(A, B)
     Print "交换后的 A 和 B"; A, B
End Sub
```

运行结果显示出调用子过程前后,主调过程中变量 A、B 的值都分别为 3 和 5。这从子过程定义格式中可以很清楚地看出,形参变量 x、y 在子过程被调用后,会获得自己独立的临时存储单元,并分别记忆相应实参传递过来的值(这就是按值传递的实际内幕),子过程被调用后,使得形参 x、y 临时单元中的值发生了交换,但这样的交换并未影响到实参变量 A、B,所以主调过程中实参 A、B 的值保持不变。

2. 按地址传递

如果在定义子过程时,形参前没有 ByVal 关键字指明,或者用到了 ByRef 关键字,这个时候实参传递给形参的将是地址,也就是所说的按地址传递参数。

按地址传递又称为引用,是指把实参变量的内存地址传递给形参,这样一来,形参和实参拥有相同的存储地址,即:形参、实参共享同一段存储单元。因此,在被调过程中若改变了形参的值,则相应实参的值也被改变。也就是说,形参也能把自己的改变影响到实参,这种现象往往会在程序中产生副作用。如果把上例中的定义过程更改为:

```
Sub   jh (x As Integer, y As Integer)
  Dim T%
  T = x : x = y : y = T
End Sub
```

则再执行单击命令按钮的事件过程:

```
Private Sub Command1_Click()
     Dim A As Integer, B As Integer
     A = 3: B = 5
     Print "交换前的 A 和 B"; A, B
     Call jh(A, B)
     Print "交换后的 A 和 B"; A, B
   End Sub
```

可以看到运行结果为：

交换前的 A 和 B   3   5
交换后的 A 和 B   5   3

综上所述可知传地址比传值更能节省内存和提高内存的使用效率。因为实参和形参拥有的是同一个地址，系统不必为保存形参的值而再分配内存空间。在传地址方式中，形参不是一个真正的局部变量，可能对程序的执行产生不必要的干扰。而在传值方式中，形参是一个真正的局部变量，调用这样的过程后，不会对整个程序产生干扰。

3. 选择参数传递方式的原则

传地址与传值，对于整型数来说，可能效率不明显，但对字符串来说，传地址与传值的区别就比较大了。这是因为字符串的长度是不确定的，当字符串对内存单元需求比较大时，按值传递显然会增加更多的内存开支。那么究竟何时用传值方式，何时用传地址方式，没有硬性规定，下面几条规则可供参考。

（1）对于整型、长整型、单精度、双精度、货币型等，如果不希望过程修改实参的值，则应为相应的形参加上 ByVal 关键字，使其按值传递。而为了提高效率，字符串、数组等应通过传地址方式传递。另外，用户定义的类型和控件只能通过地址传递。

注意：如果实参表中的某个数值常数的类型与 Sub 子过程或函数过程形参表列中相应的形参类型不一致，则这个常数被强制变为相应形参的类型。

（2）如果没有把握，最好能用传值方式来传递所有变量（字符串、数组和记录型变量除外），一般在编写完程序并能正确运行后，再把部分参数改为传地址方式，以加快运行速度。这样，即使在删除一些 ByVal 后程序不能正确运行，也很容易查出出错位置。

（3）函数过程可以用函数名返回值，但只能返回一个值；Sub 子过程不能随过程名带回值，但可以通过传地址变量带回值，并可以返回多个值。

8.3.3   数组参数的传递

VB 允许程序中把数组作为实参传递给被调过程。不过用数组作为参数传递时，不同于普通变量，要注意以下几点：

- 形参列表中的形参数组以数组名后跟一对空括号出现。
- 实参也必须是数组，其数据类型与形参一致，实参列表中的数组名后不需要括号。
- 实参只能按地址传递，形参与实参共用同一段内存单元。

另外，在被调用过程中不能用 Dim 语句对形参数组进行声明，一般通过函数 Lbound 和 Ubound 来得到形参数组的上、下界，否则会产生"重复声明"的编译错误。但是在使用动态数组时，可以用 ReDim 语句改变形参数组的维数，重新定义数组的大小。当返回调用过程时，对应的实参数组的维数也随之发生变化。

【**例 8.5**】 调用一个函数过程，求数组各元素的平均值。

```
Option Base 1
Private Function Ave(stu() As Single) As Single
   Dim S As Integer, F As Integer
   Dim Aver As Single, Sum As Single, n As Integer
```

```
    S = Lbound(stu)
    F = Ubound(stu)
   Sum = 0: n = 0
    For i = S To F
      Sum = Sum + stu(i)
      n = n + 1
    Next i
   Ave = Sum / n
End Function
```

编写一个事件过程来调用函数过程 Ave(),程序代码如下:

```
Private Sub Command1_Click()
        Dim b(4) As Single
        b(1) = 26
        b(2) = 12
        b(3) = 345
        b(4) = 128
        c = Ave(b)
        Print c
End Sub
```

程序执行后,单击命令按钮,输出结果为 127.75。这是因为上面程序中的形参数组 stu 与实参数组 b 在函数调用后,共用了同一段内存空间,其实就是同一个数组有两个名字。所以要是这时在函数过程或 Sub 子过程中改变形参数组 stu 中元素的值,也就意味着修改了实参数组 b 中元素的值。

如果要传递数组中的某一元素,则在调用语句中只须直接写上该数组元素,就如同使用普通变量一样。例如 Call test(5,b(3))。

【例 8.6】 已知一个数组 a(m To n)中各元素的值是从小到大排列的,其中有一个元素的值为 b。编程实现用折半查找算法求出这个元素的下标。

分析:对于这个问题,最容易想到的方法就是"顺序查找法"。顺序查找法是从数组的第一个元素开始逐个地比较,虽然编程简单,但是执行效率却很低。在一个有 k 个元素的数组中查找一个值,平均需要进行 k/2 次比较。如果数组中有 15 个元素,则平均比较 7.5 次。

相比之下,折半查找法是比较高效的查找方法。

折半查找的思路是:先拿被查找数与数组中间的元素进行比较,如果被查找数大于元素值,则说明被查找数位于数组中的后面一半元素中。如果被查找数小于数组中间元素值,则说明被查找数位于数组中的前面一半元素中。接下来,只考虑数组中可能包含被查找数的那一半元素。拿剩下这些元素的中间元素与被查找数进行比较,然后根据比较结果,再去掉那些不可能包含被查找值的一半元素。这样,不断地减少查找范围,直到最后只剩下一个数组元素,那么这个元素就是被查找的元素。当然,也不排除某次比较时,中间的元素正好是被查找元素。最糟糕的是:也许我们都找得超出了原先可能的范围还没找到适当的值,这说明要找的值不在数组中。使用折半法查找时应该注意的是:如果数组中(或中间过程中)的元素个数是偶数,就没有一个元素正好位于中间,这时取中间偏前或中间偏后的元素来与被查找值进行比较也不会影响查找结果的正确性。使用折半法查找时有一个重要前提:被查找的数组应该是有序的。

　　下面的函数 Search2 使用折半查找的方法从数组 a 中查找与 b 值相等的元素,并返回它的下标。

```
Function Search2(a( ) As Integer, b As Integer) As Integer
  Dim m, n, int1 As Integer
  m = Lbound(A)
  n = Ubound(A)
  Do
    int1 = (m + n) \ 2        ' 找到中间元素的下标
    If b < a(int1) Then       ' 被查找值位于前半部分
      n = int1 - 1
    ElseIf b > a(int1) Then   ' 被查找值位于后半部分
      m = int1 + 1
    Else                      ' 被查找值恰好是中间元素
      Search2 = int1
      Exit Function
    End If
    If m = n Then             '只剩 1 个元素
      Search2 = m
      Exit Function
    End If
  Loop
End Function
```

　　思考:当被查找值正好是数组的第一个或最后一个元素时,函数 Search2 能否正确执行?

　　虽然使用“折半查找法”的编程稍微复杂一些,但是它的查找效率比“顺序查找”高得多。在 k 个元素中查找一个值,进行比较的次数不会超过 $(\log_2 k)+1$。如果 k 为 15,则折半查找的次数不会超过 4 次。当 k 的值很大时,折半查找的优势就更能体现出来了。

　　折半查找的局限在于:查找前,数组中的元素必须是排好序了的(递增或递减)。否则,折半查找就无能为力了,只能尝试其他的查找方法,比如顺序查找法。

8.3.4　记录型参数的传递

　　记录型也称为用户自定义类型,传送记录实际上是传送记录类型的变量。其使用的一般步骤如下。

　　(1) 定义记录类型。例如:

```
Type Store
  ID As String * 6
  Nam As String * 8
  Salary As Currency
End Type
```

　　(2) 定义记录类型变量。例如:

```
Dim Varstock As Store
```

（3）调用子过程，把记录型变量传递给过程。如在事件过程中：

Call teststore (Varstore)

（4）定义过程。注意形参的类型应该为记录型。例如：

Sub teststore(storeVar as Store)
　…
End Sub

注意：传递单个记录元素时，必须把记录元素放在实参表中，写成：

记录型变量名 . 元素名

此时，形参可以是与元素类型一致的变量。例如：

Call teststore (Varstore. Nam, Varstore. Salary)

子过程语句如下：

Sub teststore (Desc As String, Gz As Currency)
　…
End Sub

8.3.5　对象参数的传递

VB 中，对象也可以作为实参向子过程传递参数。在调用含有对象的子过程时，对象参数只能通过传地址方式传递。

传递对象时，形参表列中的形参的类型通常为"Form"、"Control"或为某一具体的控件类型（比如 Form、Label、CommandButton 等）。

【例 8.7】　如图 8-5 所示界面，完成下面的程序，要求实现：单击按钮，在文本框中出现"显示按钮"；若单击窗体，文本框中出现"显示标签"。

程序代码如下：

```
Private Sub Command1_Click()
    textshow【1】
End Sub
Sub textshow(x As【2】)
    Text1. Text = x. Caption
End Sub
Private Sub Form_Click()
    textshow【3】
End Sub
```

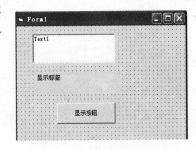

图 8-5　例 8.7 程序界面

在子过程中，形参变量 x 是出现在对象名的位置的，这就意味着对象做了形参，它的类型是什么呢，显然不是窗体，那么能不能确定为某一种类型呢？不能，因为程序中两次事件过程调用子过程时传递的对象显然是不同的，这种情况下形参的类型就确定为 Control，空【2】处应填写 Control；根据题目描述，空【1】处应填写 Command1，空【3】处应填写 Label1。

在用对象作为参数时，必须考虑到作为实参的对象是否具有通用过程中所列出的控件的属性。为此 VB 提供了一个 TypeOf 语句来进行测试，其格式为：

```
[If |ElseIf]TypeOf 控件名称 Is 控件类型
```

该语句放在子过程中，用来判断控件的类型。控件名称指的是控件参数（形参）的名字，即 As Control 前面的参数名。"控件类型"就是代表各种控件的关键字，如 Form、Label、CommandButton、TextBox、Timer 等。

8.3.6 可选参数与可变参数

一般情况下，一个过程中的形式参数是固定的，调用时提供的实参个数也是固定的。实际上 VB 提供了非常灵活和安全的参数传递方式，允许用户使用可选参数和可变参数，支持向过程传递可选的参数或任意数量的参数。

1. 可选参数

在过程中，由 Optional 关键字声明的参数称为可选参数。

在过程中可以通过 IsMissing 函数测试调用时是否传送了可选参数值，如果没有向可选参数传送实参值，则返回 True，否则返回 False。

【例 8.8】 编写一个求两个数或三个数乘积的过程。

分析：因为是否进行三个数相乘不确定，所以可将第三个参数定义为可选的。

定义的过程如下：

```
Sub Div(x As Integer, y As Integer, Optional z)
  N = x * y
  If Not IsMissing(z) Then
    N = N * z
  End If
  Print "n = "; N
End Sub
```

假设在窗体上有一个命令按钮，单击该按钮分别求两个数或三个数的乘积。

```
Private Sub Command1_Click()
        Dim A%, B%, C%
        A = 2: B = 5: C = 6
        Div A, B
        Div A, B, C
End Sub
```

注意：可选参数必须放在形参列表的最后，而且类型必须是 Variant。

2. 可变参数

在 VB 中，可变参数是在过程中通过 ParamArray 命令定义的，其格式为：

```
Sub 过程名 (ParamArray 数组名( ))
    …
End Sub
```

这里的"数组名( )"是一个形式参数,只有名字和括号,没有下界。其类型为 Variant。利用可变参数,可以实现调用过程时传递任意一个数据,并且还可以传递不同类型的数据。

【**例 8.9**】 编写一个求积函数。实现求任意一个数值的乘积。

```
Function multi(ParamArray Num( ))
    n = 1
    For Each x In Num
        n = n * x
    Next x
    multi = n
End Function
Private Sub Command1_Click()
    Print multi(3, 9)
    Print multi(3, 4, 5, 6)
End Sub
```

程序运行结果为:

```
27
360
```

8.4 Sub Main 过程

在一个含有多个窗体或多个工程的应用程序中,默认情况下,应用程序中的第一个窗体被指定为启动窗体。应用程序开始运行时,此窗体就被显示出来。如果想在应用程序启动时显示别的窗体,那么就得改变启动窗体。有时候也许要应用程序启动时不加载任何窗体,例如,可能想先运行装入数据文件的代码,然后再根据数据文件的内容决定显示几个不同窗体中的哪一个。要做到这一点,可在标准模块中创建一个特殊的子过程,在 VB 中,这样的子过程称为启动过程,也称之为 Sub Main 过程。

例如,可以根据用户登录时间来确定先显示哪个窗体,程序如下:

```
Sub Main( )
  If hour(time)>12   Then
      Form1.Show
  Else
    Form2.Show
  End If
End Sub
```

当工程中含有 Sub Main 过程时,应用程序装载窗体之前总是先执行 Sub Main 过程。

Sub Main 过程位于标准模块中,而且一个工程只能有一个 Sub Main 过程。设置 Sub Main 过程为启动对象的方法是:从"工程"菜单中选取"工程属性"命令,在其"通用"选项卡的"启动对象"下拉列表框中选定 Sub Main,如图 8-6 所示。

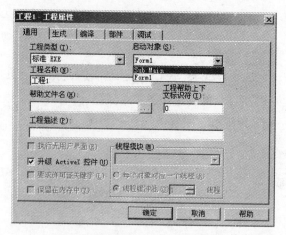

图 8-6　设置 Sub Main 为启动对象

8.5　嵌套与递归

8.5.1　嵌套调用

VB 中子过程的定义是相互平行和独立的,也就是说在定义过程时,一个过程内不能包含另一个过程。虽然不允许嵌套定义子过程,但 VB 允许程序嵌套调用子过程,即:主程序可以调用子过程,在子过程中还可以调用另外的子过程,这种程序结构称为过程的嵌套,示例如图 8-7 所示。

图 8-7(图中的数字表示执行顺序)清楚地表示,主调过程或子过程遇到调用子过程语句就转去执行子过程,而本程序的余下的部分需等到子过程返回后才能得以继续执行。

【例 8.10】　求组合数公式的计算结果。

分析:由于组合数 $C_n^m = \dfrac{n!}{m!\,(n-m)!}$,如果求组合数用一个函数过程 Comb 来实现,则该过程中需要调用求阶乘 $n!$ 的函数过程 Fact。输入两个数 m,n,通过控件事件过程调用 Comb 函数,计算组合数据的结果。用户界面如图 8-8 所示。

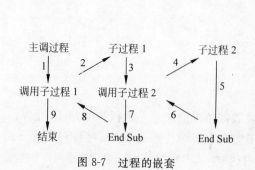

图 8-7　过程的嵌套

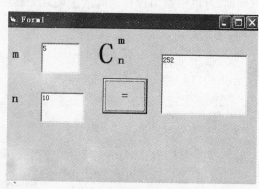

图 8-8　求组合数

求 n 的阶乘函数过程 Fact 的代码为：

```
Private Function Fact(n As Integer) As Long
   Dim f As Long
   f = 1
   For i = 1 To n
     f = f * i
   Next i
   Fact = f
End Function
```

求组合数的函数过程 Comb 的代码为：

```
Private Function Comb(x As Integer, y As Integer) As Long
 Comb = Fact(x) / (Fact(y) * Fact(x - y))
End Function
```

等号按钮 Command1 的 Click 事件代码为：

```
Private Sub Command1_Click()
   Dim n As Integer, m As Integer
   m = Val(Text1.Text)
   n = Val(Text2.Text)
   If m >= n Then
     MsgBox "请重新输入数据,并应保证 n > m!"
     Exit Sub
   End If
Text3.Text = Val(Comb(n, m))
End Sub
```

8.5.2　递归调用

VB 中也允许过程进行递归调用。递归调用分为两种类型,一种是直接递归,即在过程中调用过程本身;另一种是间接递归,即间接地调用一个过程,例如第一个过程调用了第二个过程,第二个过程又回过头来调用第一个过程。

采用递归方法来解决问题时,必须符合以下两个条件。

(1) 可以把要解决的问题转化为一个新的问题,而这个新的问题的解决方法仍与原问题的解法相同。

(2) 有一个明确的结束递归的条件(终止条件),否则过程将永远"递归"下去。

【例 8.11】　用递归的方法计算 $n!$。

分析：自然数 n 的阶乘可以递归定义为：

$$n! = \begin{cases} 1 & n = 1 \\ n = n \times (n-1)! & n > 1 \end{cases}$$

递归结束的条件为：$n=1$ 时,$n! =1$。

求阶乘的递归过程 Fac 的代码为：

```
Private Function Fac(n As Integer) As Long
```

```
    If n > 1 Then
        Fac = n * Fac(n - 1)        '递归调用
    Else
        Fac = 1
    End If
End Function
```

窗体的 Click 事件代码为：

```
Private Sub Form_Click()
    Dim n As Integer, m As Long
    n = InputBox("输入 N")
  If n < 0 Then Exit Sub
    m = Fac(n)
    Print n; "! = "; m
End Sub
```

当 $n>0$ 时，在过程 Fac 中调用 Fac 过程，参数为 $n-1$，这种操作一直持续到 $n=1$ 为止。例如，当 $n=5$ 时，求 Fac(5) 的值变为求 $5\times$Fac(4)；求 Fac(4) 的值又变为求 $4\times$Fac(3)，依此类推，当 $n=1$ 时，Fac 的值为 1，到达递归终点；然后再逐层返回，算出 Fac(2) 及 Fac(3)、Fac(4)、Fac(5) 的值，Fac(5) 的结果为 $5\times4\times3\times2\times1$。递归调用过程如图 8-9 所示。

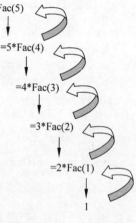

图 8-9 求 5! 的递归过程

注意：递归调用的执行并不是一下就能得到结果，而是不断地调用，直到递归终点，然后逐层返回，最后才能得到结果。所以递推与回归这两个过程是不可分割的。

【**例 8.12**】 用递归调用计算两个正整数的最大公约数。

分析：计算两个正整数的最大公约数的递归终点为 m Mod $n=0$，递归公式为：

$$gys(m,n) = \begin{cases} n, & m \text{ Mod } n = 0 \\ gys(n, m \text{ Mod } n), & m \text{ Mod } n \neq 0 \end{cases}$$

程序代码如下：

```
Private Sub Form_Load()
    Show
    m = Val(InputBox("输入 m 的值"))
    n = Val(InputBox("输入 n 的值"))
    Print m; "和"; n; "的最大公约数是: "; gys(n, m)
End Sub
Private Function gys(n, m)
  p = n Mod m
    If  p = 0  Then                          '终止条件
        gys = m
    Else
        gys = gys(m, p)                      'm→n,p→m,再调用
    End If
End  Function
```

递归算法设计简单,但消耗的上机时间和占据的内存空间比非递归大。一般来说,递归调用过程对于求阶乘、级数、指数运算特别有效。

8.6 变量与过程的作用域

VB 的应用程序由若干个过程组成,这些过程一般保存在窗体文件(.frm)或标准模块文件(.bas)中。而变量在程序中是必不可少的。变量、过程可被访问的范围是不同的,这取决于它们的定义形式,前面我们将问题简单化了,本节把它补充起来。变量和过程可被访问的范围被称为变量和过程的作用域。

8.6.1 过程的作用域

过程的作用域就是过程能够被调用的范围,我们定义过程时通常会用以下完整形式:

[Public|Private] Sub 子过程名([形参列表])

    …

End Sub

通用子过程和函数过程既可写在窗体模块中也可写在标准模块中,在定义时可选用关键字 Private(局部)和 Public(全局)来设置它们能被调用的范围。过程的作用域分为模块级和全局级两种。

1. 模块级过程

如果在 Sub 或 Function 前加关键字 Private,则该过程是模块级过程,它只能被本模块中的其他过程所调用,其作用域为本模块。

2. 全局级过程

如果在 Sub 或 Function 前加关键字 Public(可以省略),则该过程是全局级过程,可被整个应用程序里所有模块中定义的其他过程所调用,其作用域为整个应用程序。

在工程的任何地方都能调用其他模块中的全局过程。调用其他模块中子过程的技巧,取决于该过程是在窗体模块中、类模块中还是标准模块中(本书只讨论窗体模块和标准模块)。

(1)调用窗体中的全局级过程

所有窗体模块的外部调用必须指向包含此过程的窗体模块。如果在窗体模块 Frm1 中包含 Sub1 过程,则使用下面的语句调用 Frm1 中的 Sub1 过程:

Call Frm1.Sub1(Arguments)

(2)调用标准模块中的全局级过程

如果被调用的过程名唯一,则不必在调用时加模块名。无论在模块内还是在模块外,最终总会调用到这个唯一过程。如果两个以上的模块都包含同名的过程,那必须要用模块名来限定了。如果在同一模块内调用一个全局级过程,则会运行该模块内的过程。例如,对于

Mod1 和 Mod2 模块中都有名为 FSub1 的过程,从 Mod2 中调用 FSub1 则运行 Mod2 中的 FSub1 过程,而不是 Mod1 中的 FSub1 过程。如果从其他模块调用全局级过程则必须指定所属模块名。例如,若在 Mod1 中调用 Mod2 的 FSub1 过程,就要用语句"Mod2. FSub1 ([实参])"实现。

有关过程作用域的使用规则参见附录6。

3. 应用举例

在应用程序中包括两个窗体(Form1、Form2)和一个标准模块 Module1。在 Form1 窗体中定义了一个计算矩形面积的全局级函数过程,在标准模块 Module1 中定义了一个计算矩形周长的全局级函数过程。

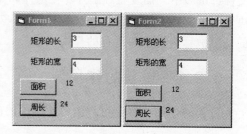

图 8-10   不同窗体对过程的调用

【例 8.13】 运用不同的模块完成计算矩形的面积和周长的计算,运行结果如图 8-10 所示。

在 Form1. frm 窗体文件中定义如下代码:

```
Private Sub Command1_Click(Index As Integer)        '单击 Form1 的命令按钮
    Dim a As Single, b As Single
    a = Val(Text1(0).Text)
    b = Val(Text1(1).Text)
    n = Index
    If n = 0 Then
        Label2(0).Caption = mianji(a, b)
    Else
        Label2(1).Caption = zhouchang(a, b)
    End If
End Sub


Public Function mianji(x As Single, y As Single) As Single   '计算矩形的面积
    mianji = x * y
End Function

Private Sub Form_Click()                            '单击窗体 Form1,显示 Form2
    Form2.Show
End Sub
```

在 Form2. frm 窗体文件中定义如下代码:

```
Private Sub Command1_Click(Index As Integer)        '单击 Form2 中的命令按钮
    Dim a As Single, b As Single
    a = Val(Text1(0).Text)
    b = Val(Text1(1).Text)
    n = Index
    If n = 0 Then
        Label2(0).Caption = Form1.mianji(a, b)
    Else
```

```
        Label2(1).Caption = zhouchang(a, b)
    End If
End Sub
```

在 Module1.bas 标准模块中定义如下代码：

```
Public Function zhouchang(x As Single, y As Single) As Single        '计算周长
    zhouchang = (x + y) * 2
End Function
```

程序运行后，先出现窗体 Form1，我们在文本框中分别输入长和宽的数值，分别单击两个命令按钮，可以通过调用函数过程分别计算出长方形的面积和周长。这时周长的计算是调用了标准模块中的全局级函数 zhouchang。单击窗体 Form1，窗体 Form2 显示出来，成为活动窗体，此时在窗体 Form2 的文本框中分别输入长和宽的数值，分别单击 Form2 上的两个命令按钮也可计算出长方形的面积与周长，不过这次调用时，由于全局级函数 mianji 是在窗体 Form1 的模块中定义的，所以要用形式"Form1.mianji(a, b)"来调用。

程序调试成功后要记得将程序中所有的模块进行保存，并尽量把所有模块都保存在同一个目录下，下次打开程序时，只要打开工程文件，就可以把该工程中相关的文件都加载进来了。

8.6.2　变量的作用域

变量的作用域是指变量能被某一过程识别的范围。当一个应用程序中出现多个过程或函数时，在它们各自的子程序中都可以定义自己的变量，但这些变量并不可以在应用程序中到处使用，变量的作用域同子过程的作用域一样仍然取决于它们的定义形式。

事实上，只要用到变量，就应该考虑变量的作用域。在 VB 中，变量可以在过程或模块中被声明，根据声明变量的位置，变量分为三类：过程级变量（局部变量）、窗体/模块级变量（私有变量）和全局级变量。

1. 过程级变量

在一个过程内部使用 Dim 或关键字 Static 声明变量时，只有该过程内部的代码才能访问或改变该变量的值。这类变量称为过程级变量，过程级变量的作用范围限制在该过程内部。过程级变量声明格式如下：

Dim| Static 变量名 As 数据类型

例如：

```
Dim a As Integer, b As Single
Static s1 As String
```

如果在过程中未作声明而直接使用某个变量，则该变量也被当成过程级变量，也称为内部变量或局部变量。

用 Static 声明的变量称之为静态变量，这种变量在应用程序的整个运行过程中一直存在。而用 Dim 声明的变量被称为动态变量，这种变量只在过程执行时存在，退出过程后，这

类变量就会从内存中消失。

【例8.14】 静态变量与动态变量的区别。

```
Private Sub Form_Click()
  Dim x%
  x = x + 1
  Print x
End Sub
```

运行程序,单击窗体若干次,程序输出的变量 x 的值都是 1。若将上面的程序修改为:

```
Private Sub Form_Click()
  Static x%
  x = x + 1
  Print x
End Sub
```

运行程序,单击窗体若干次,程序输出的变量 x 的值记录的却是累计单击窗体的次数,由此我们得出结论:在一个程序没有结束运行前,静态变量的值是可以一直继承延续的。

Static 还可以出现在子过程名前,说明该子过程中的所有内部变量都是静态的。

【例8.15】 Static 出现在子过程前应用举例。

```
Private Sub Form_Click()
  Dim y%
  Call sub1(y)
  Print y
End Sub
Static Sub sub1(x%)
  Dim n%
  n = n + 1
  Print "n = "; n
  x = n + x
End Sub
```

程序中,子过程 sub1 前的 Static 关键字约束了子过程中的内部变量 n 为静态的,即便变量 n 是用 Dim 声明的,它却拥有静态变量的特点——值的继承性,所以三次单击窗体后,程序的运行结果如图 8-11 所示。

图 8-11　Static 子过程中的内部变量为静态变量

过程级变量属于局部变量,只能在声明该变量的过程内有效,即局部变量的作用域仅限于它们自己所在的过程,使用局部变量的程序比仅使用全局级变量的程序更具有通用性。

在编写一个较复杂的程序时,可能有多个过程或函数。在书写过程(函数)说明时,往往而且应该把注意力集中在一个相对独立的子过程内。其中所用到的变量名如果都是局部的,则无论怎样处理都不会影响到外界。如果用到非局部变量,其值一经改变就会影响到外界,考虑不周时容易引起麻烦,所以,为安全起见,过程(函数)体内应尽可能用局部变量。

2. 窗体/模块级变量

在"通用声明"段中用 Dim 语句或用 Private 语句声明的变量,可被本窗体/模块中的任何过程访问。但其他模块却不能访问该变量。如:

```
Private s As String
Dim a As Integer, b As Single
```

在下面的程序中,变量 n 是一个窗体/模块级的变量:

```
Dim n%
Private Sub Form_Load()        '窗体加载时 n = 10
     n = 10
End Sub
Private Sub Form_Click()        '单击窗体则显示 n 的取值
     Print "n = "; n
End Sub
```

程序运行后,单击窗体,输出:n=10。模块级变量可以被模块中的任何过程引用。

3. 全局级变量

全局级变量是在应用程序的所有模块的所有过程中都能使用的变量。它的作用范围是整个应用程序。全局级变量的声明方法是在模块的通用声明段中使用关键字 Public 来声明变量。全局变量的值在整个应用程序中始终不会消失和重新初始化,只有当整个应用程序执行结束时,才会消失。例如:

```
Public a As Integer,b As single
```

把 a、b 定义为全局级变量。

把变量定义为全局级变量虽然很方便,但这样会增加变量在程序中被无意修改的机会,因此,如果有更好的处理变量的方法,就不要声明全局级变量。

三类变量的声明及使用规则参考附录 F。

8.6.3 关于多个变量同名问题

1. 全局级变量同名

同全局级过程的引用相似,引用在不同过程中定义的全局级变量时,在全局级变量前加上它被声明的模块名就不会出现问题。特别是在不同模块中的全局级变量使用同一名字时,必须通过同时引用模块名和变量名在代码中区分它们。例如,如果在 Frm1 和 Mod1 中都声明了一个全局级变量 SglY,则把它们分别作为 Frm1.SglY 和 Mod1.SglY 来引用便不会混淆。

2. 全局级变量、窗体/模块级变量与局部变量同名

若在一过程中定义与全局级变量同名的局部变量,就应该特别引起注意。VB 规定:在过程中,如果定义了与模块级变量或全局级变量同名的过程级变量,则在该过程内不能引用同名的模块级变量或全局级变量。这种现象我们称为变量作用域的"屏蔽"规则,即:作用域大的变量若同作用域小的变量同名,则前者在后者的作用范围内不起作用,也就是被"屏蔽"了。

【例 8.16】 同名变量使用比较,程序界面如图 8-12 所示。

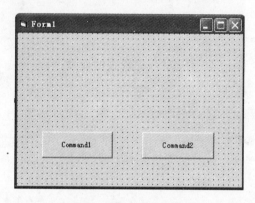

图 8-12   例 8.16 程序界面

程序代码如下:

```
Public Temp As Integer          '定义全局级变量
Private y As Single             '定义模块级变量
Private Sub Form_Load()
    Dim y As Single             '定义局部变量
    Temp = 1                    '将全局级变量 Temp 的值设置成 1
    y = 4.5                     '将局部变量 y 的值设置成 4.5
End Sub
Private Sub Command1_Click()    '单击 Command1
Dim Temp As Integer             '定义局部变量
Temp = 2                        '将局部变量 Temp 的值设置成 2
    Print "temp = "; Temp
    Print "temp = "; Form1.Temp
    Print "y = "; y             '输出模块级变量 y 的值
End Sub
Private Sub Command2_Click()
    Print "temp = "; Temp       '输出全局级变量 Temp 的值
End Sub
```

程序运行后,先单击命令按钮 Command1,再单击命令按钮 Command2,得到运行结果如图 8-13 所示。

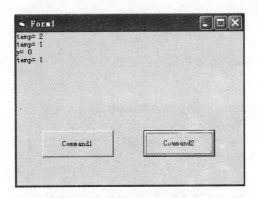

图 8-13 例 8.16 运行结果

8.7 过程应用

【例 8.17】 求 2～100 以内的质数。

程序代码如下：

```
Private Sub Command1_Click()
Cls
Dim m As Integer
 For m = 2 To 100
     If isPrime(m) Then
       Print m,
     End If
  Next m
End Sub
Function isPrime(n As Integer) As Boolean
Dim i As Integer
isPrime = True
For i = 2 To n - 1
    If n Mod i = 0 Then
        isPrime = False
      Exit For
    End If
Next
End Function
```

本例中，将 isPrime 这个功能单独作为函数过程，达到了代码重用的目的。

【例 8.18】 编写一求和函数 FunSum，然后在窗体上添加 Command2 按钮，单击该按钮则调用该函数求下列 y 值。

$$y = \frac{(1+2+3)+(1+2+3+4)+(1+2+3+4+5)}{(1+2+3+4+5+6)+(1+2+3+4+5+6+7)}$$

程序代码如下：

```
Function FunSum(ByVal n As Integer) As Integer
```

```
    s = 0
    For i = 1 To n
      s = s + i
    Next i
    FunSum = s
  End Function
  Private Sub Command2_Click()        '单击 Command2 计算 y 的值
    Dim y!
    y = (FunSum(3) + FunSum(4) + FunSum(5)) / (FunSum(6) + FunSum(7))
    Print "y = "; y
  End Sub
```

【例 8.19】 编写一个测试函数 Isprime。其功能是判断参数 N 是否为素数,若是则返回 True,若否则返回 False;然后在窗体上添加一个命令按钮,单击该按钮 Command1,调用 Isprime 函数,显示小于 500 的最大素数。

```
  Function Isprime(ByVal n As Integer) As Boolean
    m = Int(Sqr(n))
    For i = 2 To m
      If n Mod i = 0 Then Exit For
    Next
    If i > m Then
      Isprime = True
    Else
      Isprime = False
    End If
  End Function
  Private Sub Command1_Click()
    Dim mx %
    mx = 1
    For i = 3 To 1000
      If Isprime(i) Then
        If i > mx Then mx = i
      End If
    Next
    Print "max = "; mx
  End Sub
```

【例 8.20】 编写一程序,用矩形法求定积分 $\int_a^b f(x)\mathrm{d}x$。主调程序用调用函数过程,求得 $\int_1^3 \frac{e^x+1}{\log(x)+1}\mathrm{d}x$ 定积分,并画出积分面积图。

程序界面及运行结果如图 8-14 所示。

分析:在 VB 中,是用近似计算方法来解决定积分计算问题的。常用的方法有矩形法、梯形法、抛物线法等。按照积分划分的区间,又有定长和不定长的实现方法。下面用定长的矩形法计算

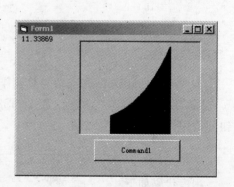

图 8-14　程序界面及运行结果

$\int_a^b f(x)\mathrm{d}x$ 的积分。

积分思路：将积分区间 n 等分，小区间的长度为 $h=(b-a)/n$，第 i 块小矩形面积近似为 $A_i=f(x_i)*h$，积分的结果为所有小面积的和，公式为：

$$S=\int_a^b f(x)\mathrm{d}x\approx\sum_{i=1}^n f(x_i)*h$$

其中 n 越大，求出的面积值越接近于积分的值。

程序代码如下：

```
Public Function trapez(ByVal a!, ByVal b!, ByVal n%) As Single   '求积分
 Dim sum!, h!, x!
 h = (b - a) / n       '将区间[a,b]分成n等分
 sum = 0
 For i = 1 To n        '求出 ∑(i=1 到 n) f(x_i)
  x = a + i * h
  sum = sum + f(x)
 Next i
 trapez = sum * h      '求出 ∑(i=1 到 n) f(x_i)*h 赋给函数名 trapez
End Function
Private Sub Command1_Click()
 Print trapez(1, 3, 30)        '打印 trapez 积分值
End Sub
Public Function f(ByVal x!)
 f = (Exp(x) + 1) / (Log(x) + 1)
' 对不同的被积函数在此处做对应的改动
End Function
Private Sub Picture1_Click()
  Picture1.Scale (0, 40) - (4, 0)
  For x = 1 To 3 Step 0.01
    y = x * x * x + 2 * x + 5
    Picture1.Line (x, y) - (x, 0)
  Next x
End Sub
```

其中 Picture1_Click( ) 过程实现的是画出积分面积图。

【例 8.21】 编写一程序，实现一个 r 进制整数转换成十进制整数的值。

分析：这是一个数制转换问题，一个 r 进制整数转换成十进制整数的思路是：对该数的每一位上的数字乘以对应位的权值，最后进行十进制相加求总，这样便转换成十进制数。

程序代码如下：

```
Option Explicit
 Function RTranD(ByVal StrNum$, ByVal r%) As Integer
    Dim sum As Long
    Dim i, n As Integer
```

```vb
        Dim num, num1 As Integer
        n = Len(StrNum)
        For i = n To 1 Step -1                ' 对 StrNum 从右向左取出每一位数码值
            num = Mid(StrNum, 1, 1)
            If Asc(num) > 57 Then
                Select Case UCase(num)
' 如果数码中含有除 0~9 以外的数码值"A"~"Z",要对应地转换成数值 10~15
                    Case "A"
                     num1 = 10
                    Case "B"
                     num1 = 11
                    Case "C"
                     num1 = 12
                    Case "D"
                     num1 = 13
                    Case "E"
                     num1 = 14
                    Case "F"
                     num1 = 15
                End Select
            End If
        If num <> 0 Then
        ' 每一位数码与该位置上的权值进行相乘以后再进行十进制相加
            sum = sum + num * r ^ (i - 1)
        End If
        If i <> 1 Then
            StrNum = Mid(StrNum, 2)
        End If
        Next i
        RTranD = sum
    End Function
Private Sub Command1_Click()
    Dim m0 $ , r0 % , i%
    Dim flag As Integer
   If Val(Text1) < 0 Then
        flag = 1
        m0 = Trim(Mid(Text1, 2))
   Else
        m0 = Trim(Text1)
End If
    r0 = Trim(Val(Text2.Text))
    If r0 < 2 Or r0 > 16 Then
        i = MsgBox("输入的 r 进制数超出范围", vbRetryCancel)
        If i = vbRetry Then
          Text2.Text = ""
          Text2.SetFocus
        Else
          End
```

```
        End If
      End If
    Label1.Caption = r0 & "进制数" & "转换成十进制"
    If flag = 1 Then
        Text3.Text = - RTranD(m0, r0)
      Else
        Text3.Text = RTranD(m0, r0)
    End If
End Sub
```

程序运行结果及界面如图 8-15 所示。

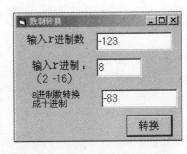

图 8-15 例 8.21 程序运行界面

思考 1：编写一个程序，将二进制字符串转换成十进制，要考虑到二进制数中的小数部分和负数。

思路提示：首先对二进制字符串查找小数点的位置，如果为零，则表明该二进制数是一个整数，这种情况转换起来很简单；如果非零则是一个带有小数的二进制数。只要将该二进制数以小数点为分界点，对该数用 Mid 函数进行字符串截取，左边的字符串以二进制整数方式进行转换，右边的字符串以小数方式进行转换。最后两个数进行十进制相加，就得到转换后的十进制数。

思考 2：编写程序，实现将一个十进制的整数转换成二至十六进制数的字符串。

思路提示：一个十进制的整数 Num 转换成 r 进制的方法是，将 Num 不断除以 r 取余数，直到商为零为止，要注意最后得到的余数在最高位。

分析：在第 4 章中已经介绍过选择法、冒泡法排序的思想，它们的共同特点是在欲排序的数组元素全部输入后，再进行排序。而插入法排序是每输入一个数，马上插入到数组中合适的位置，使得非空的数组在元素个数增加的过程中总是有序的。在插入法排序中，涉及到查找、数组内数的移动和元素插入等算法。

【例 8.22】 插入法排序。

插入排序法的思路是：若数组中已有 n 个有序数，则当输入某数 x 时：

(1) 找出 x 所在数组中的位置 j。

(2) 从位置 j 开始将 $n-j+1$ 个数依次往后移，使位置为 j 的元素空出。

(3) 将数 x 放入数组中应占的位置 j，一个数插入完成。

程序代码如下：

```
Dim n As Integer
Private Sub text1_keypress(keyascii As Integer)
  Static bb!(1 To 20)
  Dim i%
  If n = 20 Then
    MsgBox "数据太多!", 1, "警告"
    End
  End If
  If keyascii = 13 Then
```

```
        n = n + 1
        insert bb( ), Val(Text1)
        Picture2.Print Text1.Text            '打印刚输入的数
        For i = 1 To n
          Picture1.Print bb(i);              '打印插入后的有序数
        Next i
        Picture1.Print
        Text1.Text = ""
      End If
    End Sub
    Sub insert(a() As Single, ByVal x!)
      Dim i&, j%
      j = 1
      Do While j < n And x > a(j)            '查找 x 应插入的位置 j
        j = j + 1
      Loop
      For i = n − 1 To j Step − 1            'n−j 个元素往后移
        a(i + 1) = a(i)
      Next i
      a(j) = x                               'x 插入数组中的第 j 个位置
    End Sub
```

插入排序运行结果及界面如图 8-16 所示。

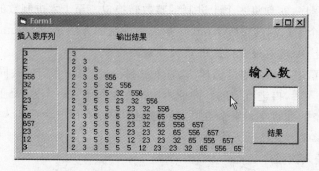

图 8-16　插入排序运行界面

思考：请将第 4 章的选择法和冒泡法排序程序用本章的子过程来完成排序功能，运用数组作为传递参数。

【例 8.23】　牛顿切线法求方程的根。

分析：对方程 $f(x)$ 给定一个初值 x_0 作为方程的近似根，经过若干次迭代后，得到方程较高精度的近似根。牛顿切线法迭代公式为：

$$x_{i+1} = x_i - \frac{f(x_i)}{f'(x_i)}$$

其中：$f'(x_i)$ 是 $f(x_i)$ 在 x_i 的导数，当 $|x_{i+1} - x_i| \leqslant \varepsilon$ 时，x_{i+1} 就是方程的近似解。

从图 8-17 中可以看出，牛顿切线法的实质是逐步以切线与 x 轴的交点来作为曲线与 x 轴交点的近似值。本例中，方程 $f(x)$ 是 $2x^3 - 3x^2 - 8x + 10 = 0$。

牛顿切线法求根流程图如图 8-18 所示。

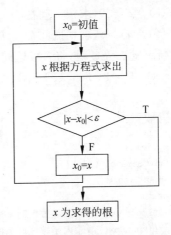

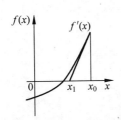

图 8-17 牛顿切线法求根图

图 8-18 牛顿切线法迭代流程图

程序代码如下：

```
Option Explicit
Private Sub Command1_Click()
  Dim root#
  Call NewTon_Root(3#, root, 0.00001)
  Print root     '显示求得的高次方程根
End Sub
Public Sub NewTon_Root(ByVal x0#, x1#, ByVal eps#)
  Dim fx#, f1x#
  Do
    fx = 2 * x0 * x0 * x0 − 3 * x0 * x0 − 8 * x0 + 10
    f1x = 9 * x0 * x0 − 8 * x0 − 5
    x1 = x0 − fx / f1x          '求得 x_{i+1} = x_i − f(x_i)/f'(x_i)
    If  Abs(x1 − x0) < eps Then Exit Do
    x0 = x1
  Loop
End Sub
```

思考：对于本例中方程求得的近似根，若要求类似的最高次数为 4 次的方程的根，如何编写程序？提示：见例 8.24 二分法的分析。

【**例 8.24**】 用二分法求根。运行结果如图 8-19 所示。

分析：在二分法查找的过程中，不断缩小求根的区间。即若方程 $f(x)$ 在 $[a,b]$ 区间有一个根，则 $f(a)$ 与 $f(b)$ 的符号必然相反，求根算法如下：

（1）取 a 与 b 的中点，即 $c=(a+b)/2$，将求根区间分成两半 $[a,c]$ 和 $[c,b]$。

（2）判断根在哪个区间，有三种情况：

① $|f(c)| \leqslant \varepsilon$ 或 $|c-a| \leqslant \varepsilon$，$c$ 为求得的根，结束。

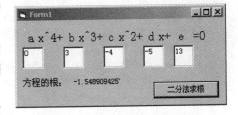

图 8-19 程序界面及运行结果

② 若 $f(c)f(a)<0$,求根区间在$[a,c]$,并令 $b=c$,转①。

③ 若 $f(c)f(a)>0$,求根区间在$[c,b]$,并令 $c=a$,转①。

这样不断重复二分过程,将含根区间缩小一半,直到$|f(c)|\leqslant\varepsilon$。

其中 Text1、Text2、Text3、Text4、Text5 文本框分别存放方程的各系数 a、b、c、d、e 的值。

程序代码如下:

```
Option Explicit
Private Sub Command1_Click()
  Dim a, b As Single
  Dim root#
  a = Val(InputBox("请输入函数区间 a 的值"))
  b = Val(InputBox("请输入函数区间 b 的值"))
  Do While f(a) * f(b) > 0
    MsgBox "函数在这个区间没有根,请重新输入"
    a = Val(InputBox("请输入函数区间 a 的值"))
    b = Val(InputBox("请输入函数区间 b 的值"))
  Loop
  Call Dich_Root(a, b, root, 0.00001)
  Label1.Caption = root       '显示求得的高次方程根
End Sub
'运用二分法在区间[xa,xb]进行求根
Public Sub Dich_Root(ByVal xa!, xb!, root#, ByVal eps#)
  Dim fa#, fb#, fc#
  Dim xc As Double
  fa = f(xa)
  xc = (xa + xb) / 2       '求出中点位置
  fc = f(xc)
  Do While Abs(fc) >= eps
    If fa * fc < 0 Then    '说明根在[xa,xc]之间
      xb = xc              '缩小求根的范围
    Else
      xa = xc              '说明根在[xc,xb]之间
    End If
    xc = (xa + xb) / 2
    fa = f(xa)
    fc = f(xc)
  Loop
  root = xc                '将求根结果赋给函数名 root
End Sub
Private Function f(ByVal x As Single) As Double    '方程表达式函数
  f = Val(Text1) * x ^ 4 + Val(Text2) * x ^ 3 + Val(Text3) * x ^ 2 + _
Val(Text4) * x + Val(Text5)
End Function
```

【例 8.25】 求 999 以内的完全数。所谓完全数是指这样的自然数:它的各个约数(不包括该数自身)之和等于该数自身。如 $28=1+2+4+7+14$ 就是一个完全数。

程序代码如下:

```
Private Sub Command1_Click()
Dim n As Integer
For n = 1 To 999
   If n = divsum(n) Then Print n
Next
End Sub
Function divsum(n As Integer)
 Dim i As Integer
 Dim s As Integer
 s = 0
 For i = 1 To n - 1
   If n Mod i = 0 Then s = s + i
 Next
 divsum = s
End Function
```

该程序两次用到穷举法；在主程序中，为了找到满足条件的数，对 1～999 之间的所有数进行试验和判断，如符合条件，则显示出来，用了一次；定义了求约数和的函数 divsum，在函数中，由于事先不知道谁是约数，于是从 1～$n-1$ 都进行判断，也是个穷举，检验是否满足条件，若满足，就加入总和中。

8.8 Shell 函数

在 VB 中，不仅可以调用过程、函数，而且还可以直接调用各种应用程序。也就是说，凡是能在 Windows 下运行的应用程序，基本上都可以在 Visual Basic 应用程序中被调用。

调用应用程序的功能是通过 Shell 函数实现的，其调用格式为：

变量 = Shell(<文件标识字符串> [,窗口类型])

其中，"文件标识字符串"是必选项，可以是字符串常数，也可以是字符串变量，表示要执行的应用程序的文件名（包括盘符、路径）。注意，必须是可执行文件，其扩展名为.exe、.com、.bat 或.pif。

"窗口类型"为可选参数。它规定了执行应用程序时窗口的大小和样式。它有 6 种取值，如表 8-2 所示。

表 8-2 "窗口类型"取值

符 号 常 量	值	窗 口 类 型
vbHide	0	窗口隐藏,有焦点
vbNormalFocus	1	正常窗口,有焦点
vbMinimizedFocus	2	图标,有焦点
vbMaximizedFocus	3	最大化窗口,有焦点
vbNormalNoFocus	4	窗口被还原,无焦点
vbMinimizedNoFocus	6	图标,无焦点

【**例 8.26**】　在窗体上添加两个命令按钮 Command1、Command2，标题分别为"记事本"、"计算器"。程序运行后，单击"记事本"按钮，打开 Windows 的记事本程序；单击"计算器"按钮，则打开 Windows 自带的计算器程序。程序界面如图 8-20 所示。（记事本和计算器文件一般放在 C:\Windows 下，文件名分别为 Notepad. exe 和 Calc. exe）

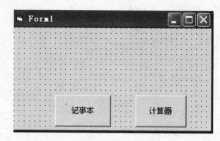

图 8-20　例 8.26 运行界面

程序代码如下：

```
Private Sub Command1_Click()
    x = Shell("c:\windows\notepad.exe", 1)
    Print x
End Sub
Private Sub Command2_Click()
    x = Shell("calc.exe", 1)
    Print x
End Sub
```

说明：

* 如果 Shell 函数成功地执行了所要执行的文件，则会返回程序的任务标识（Task ID）。ID 是一个唯一的标识，用来指明正在运行的程序。
* Shell 函数是以异步方式来执行其他应用程序的。即用 Shell 启动的程序可能还没有执行完，就已经执行 Shell 函数之后的语句。

第9章
键盘与鼠标事件

VB 中的很多控件都能响应键盘和鼠标事件,键盘事件是由于用户按下或释放键盘上的某个键时所触发的事件,而鼠标事件则是用来处理按下或放开鼠标的某个键,或者与鼠标光标的移动和位置有关的操作。

9.1 键盘事件

9.1.1 KeyPress 事件

键盘的 KeyPress 事件是当用户按下或松开一个键盘按键时触发的事件过程,该事件可用于窗体、复选框、组合框、命令按钮、列表框、图片框、文本框、滚动条及与文件有关的控件。严格地说,当按下某个键时,所触发的 KeyPress 事件是属于具有输入焦点(Focus)的那个控件的。在任一时刻,输入焦点只能位于某一个控件上,如果窗体上没有活动的或可见的控件,则输入焦点位于窗体上。当一个控件或窗体拥有输入焦点时,该控件或窗体将接收从键盘上输入的信息。例如,当一个文本框拥有输入焦点时,则从键盘上输入的任何字符都将在该文本框中显示。

键盘的 KeyPress 事件语法格式为:

```
Private Sub 对象名_KeyPress(KeyAscii As Integer)
    [过程体]
End Sub
```

说明:

- KeyPress 事件过程带有一个参数,这个参数有两种形式。第一种形式是 Index As Integer,只用于控件数组;第二种形式是 KeyAscii As Integer,用于单个控件。上面列出的是第二种形式。
- KeyPress 事件用来识别按键的 ASCII 码。参数 KeyAscii 是一个预定义的变量,执行 KeyPress 事件过程时,KeyAscii 是按键产生出的字符所对应的 ASCII 码。例如,按下字母"A"键,KeyAscii 的值为 65;按下"a"键,KeyAscii 的值为 97;如果按下"0"键,则 KeyPress 的值为 48。

KeyPress 事件过程在截取用户输入的击键时是非常有用的,它可以测试击键的有效性、限制字符输入或在输入时对其进行格式化处理。改变 KeyAscii 的值可以改变所显示的字符。

KeyPress 事件不显示键盘的物理状态，只传递一个字符。它将每个字符的大、小写形式作为不同的键代码，即作为两种不同的字符。

使用 Chr(KeyAscii) 函数可以将 KeyAscii 参数转变为一个字符；使用 KeyAscii＝Asc(字符)表达式可以将一个字符转变为 ANSI 数字。

【例 9.1】 用户向文本框 Text1 中输入非数字字符时，计算机响铃。

程序代码如下：

```
Private Sub Text1_KeyPress(KeyAscii As Integer)
  If KeyAscii < Asc("0") Or KeyAscii > Asc("9") Then
    Beep                                        '计算机系统响铃
    KeyAscii = 0                                'Null字元,TextBox不显示任何输入
  End If
End Sub
```

该过程用来控制文本框中的输入值，它只允许输入"0"～"9"的数字，并在文本框中显示。如果输入其他字符，则响铃（Beep），并通过语句"KeyAscii ＝ 0"消除该字符。

在 KeyPress 过程中，程序也可以修改 KeyAscii 变量的值。如果进行了修改，则可在控件中输出修改后的字符，而不是用户输入的字符。例如：

```
Private Sub Text1_KeyPress(KeyAscii As Integer)
  If KeyAscii >= Asc("A") And KeyAscii <= Asc("Z") Then
      KeyAscii = 42
  End If
End Sub
```

运行上面的程序，如果输入的字符是大写字母，则用星号"＊"（ASCII 码为 42）代替。如果从键盘上输入"WORD123END"，则在文本框中显示"＊＊＊123＊＊＊"。利用类似的操作，可以编写口令程序，如用户可以设计模仿 QQ 的登录界面。

注意：默认情况下，控件的键盘事件优先于窗体的键盘事件。如果希望窗体先于其他控件触发键盘事件，则必须把窗体的 KeyPreview 属性设置为 True，否则不能激活窗体的键盘事件。

【例 9.2】 在窗体上放一文本框 Text1，编写一事件过程，保证在该文本框内只能输入字母，且无论大小写，都要转换成大写字母显示。

程序代码如下：

```
Private Sub Text1_KeyPress(KeyAscii As Integer)
Dim str $
  If KeyAscii < 65 Or KeyAscii > 122 Then       '判断为非字母
    Beep
    KeyAscii = 0
  ElseIf KeyAscii >= 65 And KeyAscii <= 90 Then  '判断为大写字母
      Text1 = Text1 + Chr(KeyAscii)
  Else
      str = UCase(Chr(KeyAscii))                 '判断为小写字母
      KeyAscii = 0                               '不显示小写字母
      Text1 = Text1 + str
  End If
End Sub
```

程序运行后,若用户在文本框输入的不是字母字符,计算机会响铃,并不会显示这个字符;若输入的为大写字母,则直接显示在文本框中;若输入的为小写字母,则转换为大写字母后显示在文本框中,小写字母是没有被文本框显示的,所以将输入字符的 KeyAscii 置为 0。这是一个常用的屏蔽不需要字符的重要手段。

9.1.2　KeyDown 和 KeyUp 事件

KeyDown 和 KeyUp 事件与 KeyPress 事件不同,KeyPress 事件并不反映键盘的直接状态,它反馈的是按键所产生的字母的 ASCII 码,而 KeyDown 和 KeyUp 事件返回的是键盘的直接状态,也就是用户到底按下了哪个键。

KeyDown 和 KeyUp 事件过程语法格式为:

```
Private Sub 对象名_KeyDown(KeyCode As Integer, Shift As Integer)
      [过程体]
End Sub
Private Sub 对象名_KeyUp(KeyCode As Integer, Shift As Integer)
      [过程体]
End Sub
```

我们可以看到:KeyDown 和 KeyUp 事件的参数返回的是 KeyCode(“键”码),而 KeyPress 事件返回的是“字符”的 ASCII 码。例如,当按字母键“A”时,KeyDown 所得到的 KeyCode 码 41H,与字母键“a”是相同的,因为这两个字符都是由同一个键产生的,键码相同,而对 KeyPress 来说,由于得到的字符不同,也就意味着所得到的 ASCII 码不一样。

KeyDown 和 KeyUp 事件的参数也有两种形式,其中 Index As Integer 只用于控件数组,而 KeyCode As Integer,Shift As Integer 用于单个控件。

KeyDown 和 KeyUp 事件都有两个参数,即 KeyCode 和 Shift。

说明:

- KeyCode 反馈的是按键的键码,也就是键盘上所标字符的 ASCII 码,当按键为字母键时,无论大小写字母,则其键码均为大写字母的 ASCII 码,即 KeyCode 值相同。
- Shift 参数记录的是转换键的状态。VB 中有三个转换键,分别为:Shift、Ctrl 和 Alt 键。这三个键分别以二进制形式表示,每个键有 3 位,即 Shift 键为 001,Ctrl 键为 010,Alt 键为 100。表 9-1 给出了 Shift 参数值与转换键状态之间的对应关系。

表 9-1　Shift 参数值与转换键状态的对应关系

按 键 状 态	Shift 二进制值	Shift 十进制值
没有按下转换键	000	0
按下 Shift 键	001	1
按下 Ctrl 键	010	2
按下 Ctrl+Shift 键	011	3
按下 Alt 键	100	4
按下 Alt+Shift 键	101	5
按下 Alt+Ctrl 键	110	6
按下 Alt+Ctrl+Shift 键	111	7

【例 9.3】 在窗体上按下某个键,会在标签 Label1 中显示按键的键码值;松开按键则标签内容清空。

(1) 设计界面(如图 9-1 所示)

(2) 编写程序代码

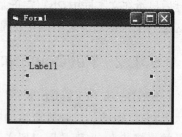

图 9-1　标签显示按键的 ASCII 值

```
Private Sub Form_KeyDown(KeyCode As Integer, Shift As
Integer)
    Label1.Caption = str(KeyCode)
End Sub
Private Sub Form_KeyUp(KeyCode As Integer, Shift As
Integer)
    Label1.Caption = ""
End Sub
```

程序运行后,用户只要按下的是 ASCII 码字符,在标签上就会显示出该字符键的键码。松开键位,则 Label1 没有内容显示。通过这个程序,用户还可以观察一下键盘上哪些键位是没有对应 ASCII 码的。

9.2　鼠标事件

鼠标事件我们在前面的学习中已经接触到了,比如当某些控件获得焦点时,在其上单击鼠标左键能触发 Click 事件,双击鼠标左键能够触发 DblClick 事件等,除此之外,VB 还提供了有关鼠标的其他事件过程,如移动鼠标、按下或放开鼠标按钮而触发的事件,这些事件适用于窗体和大多数控件,包括复选框、命令按钮、单选按钮、框架、目录框、图像框、标签、列表框等。

鼠标事件中三个常用事件为:MouseDown(按下鼠标按钮时发生)事件、MouseUp(释放鼠标按钮时发生)事件和 MouseMove(移动鼠标时发生)事件。

9.2.1　MouseDown 事件和 MouseUp 事件

MouseDown 事件和 MouseUp 事件的语法格式为:

```
Private Sub 对象_MouseDown([Index As Integer,] Button As Integer, _
            Shift As Integer, x As Single, y As Single)
    [过程体]
End Sub
Private Sub 对象_MouseUp([Index As Integer,] Button As Integer, _
            Shift As Integer, x As Single, y As Single)
    [过程体]
End Sub
```

说明:

① "Index As Integer"只用于控件数组。

② "Button"参数返回一个整数(包括三个取值:1,2,4),表示鼠标的按键状态:

1——vbLeftButton　表示按下或松开了鼠标左键

2——vbRightButton 表示按下或松开了鼠标右键

4——vbMiddleButton 表示按下或松开了鼠标中键

③ "Shift"参数返回一个整数值,它代表了鼠标按下或释放时,键盘上转换键 Shift、Ctrl 和 Alt 的状态。其取值与键盘按键按下和释放时的 Shift 参数一致,包括 0~7 共 8 个取值,详见表 9-1。

④ "x、y"参数用来返回或设置鼠标光标的当前位置。

【例 9.4】 利用 Move 方法移动窗体上的命令按钮。要求:程序运行后,在窗体上按下鼠标左键,则命令按钮的左上角被移到当前鼠标光标所在的位置;按下 Shift 键,再按鼠标左键,则命令按钮的中心被移到当前鼠标光标所在的位置,界面如图 9-2 所示。

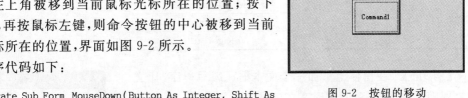

程序代码如下:

图 9-2 按钮的移动

```
Private Sub Form_MouseDown(Button As Integer, Shift As
Integer, X As Single, Y As Single)
    If Button = 1 Then
        Command1.Move X, Y
    End If
  If Button = 1 And Shift = 1 Then
    Command1.Move (X - Command1.Width / 2), (Y - Command1.Height / 2)
  End If
End Sub
```

9.2.2 MouseMove 事件

MouseMove 事件的语法格式如下:

```
Private Sub 对象_MouseMove([Index As Integer,] Button As Integer,_
    Shift As Integer, x As Single, y As Single)
        [过程体]
End Sub
```

说明:

- 除"Button"参数外,其余参数的含义与 MouseDown 和 MouseUp 事件的同名参数完全相同。
- MouseMove 事件过程中的 Button 参数也是返回一个整数,但它可以指示出鼠标的所有按键状态,比如是按了一个键还是同时按了两个或三个键,如表 9-2 所示。

表 9-2 MouseMove 事件过程中的 Button 参数取值

二进制	十进制	常　　数	作　　用
000	0		未按任何键
001	1	vbLeftButton	按下鼠标左键
010	2	vbRightButton	按下鼠标右键

续表

二进制	十进制	常　数	作　用
011	3	vbLeftButton ＋vbRightButton	同时按下鼠标左右键
100	4	vbMiddleButton	按下鼠标中键
101	5	vbMiddleButton ＋vbLeftButton	同时按下鼠标中键和左键
110	6	vbMiddleButton ＋vbRightButton	同时按下鼠标中键和右键
111	7	vbMiddleButton ＋vbLeftButton ＋vbRightButton	同时按下鼠标三个键

【例 9.5】　在窗体上添加一个文本框。编写程序,让文本框跟随鼠标光标移动,同时在文本框中显示当前鼠标光标所在的位置。运行结果如图 9-3 所示。

程序代码如下:

```
Private Sub Form_MouseMove(Button As Integer, _
Shift As Integer, x As Single, y As Single)
  Text1.Text = " " & x & " , " & y: Text1.Move x, y
End Sub
```

图 9-3　文本框显示鼠标光标位置

说明:

- Button 和 Shift 参数又叫"位域参数"。当使用二进制计数法时,占用 16 个二进制位,每一位代表一个状态或条件,如图 9-4 所示。其中,一般我们称最左侧的三位为最明显位,而称最右侧的三位为最不明显位。Button 和 Shift 参数都采用最不明显位作为判断不同状态的依据。Shift 参数的使用同键盘事件。

			…	中/Alt	右/Ctrl	左/Shift
最明显位					最不明显位	

图 9-4　位域参数示图

注意:有些鼠标只有两个键,或者虽然有 3 个键,但 Windows 鼠标驱动程序不能识别中间键。在这种情况下,与中间键有关的 Button 参数值(4,5,6,7)都不能使用。

- 对于 MouseDown 和 MouseUp 事件来说,Button 参数只能判断是否按下或释放某一个键,不能检查是否同时按下或释放两个或三个键;对于 MouseMove 事件来说,可以通过 Button 参数判断是否按下或释放某一个、某两个、某三个键。Button 参数值与按键状态的关系见表 9-2。
- 为了提高程序的可读性,可以把三个键定义为以下三个符号常量:

```
Const Left_Button = 1
Const Right_Button = 2
Const Middle_Button = 4
```

通常我们会利用 Button 参数,把三个鼠标事件结合起来使用。了解了鼠标的这三个事件后就会发现,Windows 中"画笔"软件里的绘图就是利用这样简单的原理来绘图的,下面的程序代码就可以实现用鼠标当作画笔在窗体上绘画的功能:

```
Dim Draw As Integer
                    '按下鼠标键时获取光标当前位置
Sub Form_MouseDown(Button As Integer, Shift As Integer, X As Single, Y As Single)
    Draw = True
    CurrentX = X
    CurrentY = Y
End Sub
    '移动鼠标时画线
Sub Form_MouseMove(Button As Integer, Shift As Integer, X As Single, Y As Single)
If Draw = True Then Line - (X, Y)
End Sub
    '释放鼠标时结束画线
Sub Form_MouseUp(Button As Integer, Shift As Integer, X As Single, Y As Single)
    Draw = False
End Sub
```

程序运行结果如图 9-5 所示。

图 9-5　VB 窗体模拟画笔

9.3　鼠标光标形状的使用

1. 常规约定

在 Windows 中,鼠标光标的应用有一些约定俗成的规则。为了与 Windows 环境相适应,在 VB 应用程序中也应遵守以下这些规则。

(1) 表示用户当前可用的功能,如"I"形鼠标光标(属性值 3)表示插入文本;十字形光标(属性值 2)表示画线或圆,或者表示选择可视对象以进行复制或存取。

(2) 表示程序状态的用户可视线索,如沙漏鼠标(属性值 11)表示程序忙,一段时间后将权力交给用户。

(3) 当坐标(X,Y)值为 0 时,改变鼠标光标形状。

2．设置鼠标光标的形状

VB 中可通过修改 MousePointer 属性来设置鼠标光标的形状。这个属性可以在属性窗口中设置，也可以在程序代码中设置。

（1）在程序代码中设置 MousePointer 属性，格式为：

```
对象.MousePointer = 设置值
```

（2）在属性窗口中设置 MousePointer 属性。单击属性窗口中的 MousePointer 属性，然后单击设置框右端的下拉箭头，将下拉显示出 MousePointer 的 15 个属性值，单击某个属性值，即可把该值设置为当前活动对象的属性。

3．自定义鼠标光标的形状

如果把 MousePointer 属性设置为 99，则可通过 MouseIcon 属性定义自己的鼠标光标，有以下两种方法。

（1）如果在属性窗口中定义，可首先选择所需要的对象，再把 MousePointer 属性设置为"99-Custom"，然后设置 MouseIcon 属性，把一个图标文件赋给该属性。

（2）如果在程序代码中设置，则可先把 MousePointer 属性设置为 99，然后再用 LoadPicture 函数把一个图标文件赋给 MouseIcon 属性。例如：

```
Form1.MousePointer = 99
Form1.MouseIcon = LoadPicture("c:\123.ico")
```

注意：与屏幕对象（Screen）一起使用时，鼠标光标的形状在屏幕的任何位置都不会改变，不论鼠标光标移到窗体还是控件内，鼠标形状都不会改变。超出程序窗口后，鼠标形状将变为默认箭头。如果设置"Screen.MousePointer＝0"，则可激活窗体或控件的属性所设定的局部鼠标光标的形状。

9.4　拖放操作

一般情况下，按下鼠标左键并移动对象的操作称为拖动（Dragging）；到达目的地后释放鼠标左键的操作称为放下（Dropping）。拖动和放下两个操作构成了拖放（DragDrop）操作。

拖放操作的一般过程是：首先把鼠标光标移到一个控件对象上，按下鼠标左键，然后移动鼠标，该对象将随着鼠标的拖动而在窗体上移动，松开鼠标后，对象即在新位置被放下。由此可见，在实现拖放操作之前，首先应明确"源"和"目标"。通常把原位置的被拖对象叫做"源"对象，而源对象放下或经过的对象称为"目标"对象。源对象可以是除了菜单（Menu）、通用对话框（CommonDialog）、计时器（Timer）、线（Line）和形状（Shape）以外的其他控件；目标对象可以是窗体或控件。

在拖放过程中，源对象将会触发鼠标事件，目标对象则会响应拖放（DragDrop）事件或拖动经过（DragOver）事件。

在拖动的过程中,被拖动的对象会变为灰色。

9.4.1 有关拖放操作的属性和方法

1. DragMode 属性

DragMode 属性决定了拖放操作是手动方式还是自动方式。其属性值的设置如表 9-3 所示。若是手动方式,必须用 Drag 方法来让程序知道拖曳已经开始,或用 Drag 方法让程序知道拖曳结束了。若是自动方式,则计算机会自动识别拖曳的开始及结束。这说明手动方式更具有灵活性,而自动方式则简单一些。

表 9-3 DragMode 属性值说明

属性值	意　　义
0(默认)	手动方式,需使用 Drag 方法初始化源控件的拖动操作
1	自动方式,单击源控件就可以自动初始化拖动操作

2. DragIcon 属性

DragIcon 属性用于设置拖放操作中显示光标图标。在程序运行期间,可用赋值方式或 LoadPicture 函数给出 DragIcon 属性。例如:

```
Image1.DragIcon = Image2.DragIcon
Image1.DragIcon = LoadPicture("C:\VB\123.ICO")
```

3. Drag 方法

Drag 方法的语法格式如下:

对象名.Drag 整数

其中,"对象名"决定了被拖动的控件,"整数"指出了执行的动作,整数值与执行操作的对应关系如表 9-4 所示。不管控件的 DragMode 属性如何设置,都可以用 Drag 方法来手动启动或停止一个拖放过程。

表 9-4 Drag 方法"整数"参数说明

整数值	执行动作	整数值	执行动作
0	取消拖动	2	放下控件
1	开始拖动控件		

当然,除了 Drag 方法,Move 方法也可以实现拖放操作,在这里就不赘述了。

9.4.2 有关拖放操作的事件

1. DragDrop 事件

拖动对象时总是要放下的,如果拖动的控件放在了另一个窗体或控件上,就引发了后者的 DragDrop 事件。DragDrop 事件的语法格式为：

```
Private Sub Form_DragDrop (Source As Control, X As Single, Y As Single)
    ［过程体］
End Sub
```

其中，Source 参数指明了被拖动的对象，Control 类型的变量就是说明这个变量代表一个控件，也就是控件的名字，但在传递这个参数时不必打上引号。X、Y 参数表明鼠标光标所在的位置。

2. DragOver 事件

在拖放操作进行之中，被拖动的控件可能会从其他控件上空飘过，或者在目标控件上空盘旋一下，这时，就引发了在被拖动控件下方的控件的 DragOver 事件，这时它可以修改被拖动控件的 DragIcon 属性，使它可以表明是否允许控件停放。DragOver 事件的语法格式为：

```
Private Sub Form_DragOver(Source As Control, X As Single, Y As Single, State As Integer)
    ［过程体］
End Sub
```

其中，Source、X、Y 参数的意义与 DragDrop 的同名参数意义相同。State 参数表明被拖动的控件相对于它飘过的控件的迁移状态。State 值为 1 时，表示鼠标光标正进入目标对象的区域；State 值为 2 时，表示鼠标光标正退出目标对象的区域；State 值为 3 时，表示鼠标光标正位于目标对象的区域之内。

第10章
菜单、通用对话框与多重窗体

在 Windows 环境下操作一个软件,最直观、方便的手段莫过于对窗体、对话框、菜单、工具栏等部件进行操作。窗体是在 Windows 中建立直观应用程序的基础,窗体的设计已在前面做过介绍,本章主要介绍菜单、通用对话框以及多重窗体在 VB 中的使用方法。

10.1 菜单概述

菜单是应用程序为用户提供的可以实现各种操作的命令列表。菜单可以按应用程序的功能把命令分组,使用户能够很方便、直观地访问这些不同类别的命令。在菜单中,功能类似的命令放在同一个子菜单中,功能相差较大的命令放在不同的子菜单中,由此组成了一个个的子菜单,并用菜单栏中的各项来代表它们。

菜单具有直观、操作简单的优势,其主要作用有两个:一是提供人机对话的界面,让使用者可以方便地选择应用系统的各种功能;二是管理应用系统,控制系统中各种功能模块的运行。

10.1.1 菜单的类型

在实际应用中,菜单一般分为两种:下拉式菜单和弹出式菜单(鼠标右键单击后所显示的快捷菜单就是弹出式菜单)。

1. 下拉式菜单

下拉式菜单是一种典型的窗口式菜单。通常以菜单栏的形式出现在窗体标题栏的下面。它一般包含有一个主菜单,主菜单又包括若干个菜单项,每一菜单项又可能会"下拉"出下一级子菜单,这样自上而下在屏幕上逐级下拉,用一个个窗口的形式弹出在屏幕上,供用户选择,等操作完毕,即从屏幕上消失,并恢复原来的屏幕状态。如图 10-1 所示是 VB 中的下拉式菜单。

下拉式菜单的优点如下:

- 整体感强,操作一目了然,界面友好、直观,使用方便,易于学习和掌握。
- 具有导航功能。在下拉式菜单中,用户能方便地选择所需要的操作,随时可以灵活地转向另一功能,实现在各个菜单的功能间跳转。
- 占用屏幕空间小,通常只占用屏幕(窗体)最上面一行,在必要时下拉出一个子菜单。

这样可以使屏幕(窗体)有较大的空间来显示各种处理过程。

2. 弹出式菜单

弹出式菜单是一种小型的菜单,它可以在窗体的某个地方显示出来,对程序事件作出响应,通常用于对窗体中与某个特定区域有关的操作或选项进行控制。与下拉式菜单不同,弹出式菜单不需要在窗口顶部下拉打开,而是通过单击鼠标右键,在窗体的任意位置打开,因而使用方便,具有更大的灵活性。

弹出式菜单是独立于菜单栏而显示在窗体上的浮动式菜单,其菜单项取决于鼠标右键按下时鼠标光标所处的位置,通常包含的是对该对象最常用的操作,因此,弹出式菜单又称为"上下文菜单"或"快捷菜单",如图 10-2 所示的就是在窗体上右击鼠标后弹出的一个"快捷菜单"。

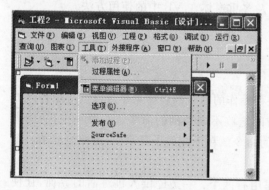

图 10-1　下拉式菜单

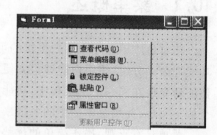

图 10-2　弹出式菜单

10.1.2　菜单系统的组成

菜单系统一般包含有一个主菜单,又称为顶层菜单,其中包括若干个菜单项。每一项又可"下拉"出下一级菜单,称为子菜单,菜单中包含的子菜单、菜单命令或分隔条统称为菜单项,如图 10-3 所示。

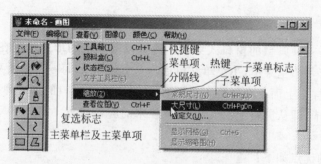

图 10-3　窗体的菜单界面元素

一般来说,菜单系统由以下几个部分组成。

(1) 主菜单栏及主菜单项。应用程序的菜单都位于菜单栏上,在窗体标题栏的下面,由若干个菜单标题组成。

（2）菜单标题。也叫菜单名，是应用程序的第一层菜单，位于菜单栏上，是用以表示菜单的一个字符序列。

（3）菜单项。菜单中的某一项称为菜单项。

（4）子菜单。从某个菜单项中级联出来的另外一个菜单。有子菜单的菜单项右边带有一个三角符号。

（5）分隔线。分隔线是在菜单项之间的一条水平直线，用于修饰菜单，它也看作是一个菜单项。

（6）复选菜单。复选菜单也是一个菜单项，可以标记该菜单项是否被选择，如果被选择则在菜单项的左边加上一个对钩。

在 VB 中设计菜单时，把每个菜单项（主菜单或子菜单）看作是一个图形对象，即控件，并具备与某些控件相同的外观与行为属性；在设计状态或运行状态，都可以设置菜单项的标题（Caption）、名称（Name）、有效性（Enabled）、可见性（Visible）、复选（Checked）等属性。

菜单控件只触发一个事件，即 Click 事件，当用鼠标或键盘选中某菜单控件时，将调用该对象的 Click 事件过程。

10.2　菜单编辑器与菜单编辑

对于可视化语言，应用程序中菜单系统的设计都可以在"菜单编辑器"窗口内完成，也可以利用应用程序向导来生成。

10.2.1　设计菜单的步骤

VB 中设计菜单的操作步骤如下。

（1）建立窗体，添加控件。

（2）打开"菜单编辑器"窗口。

（3）设置各菜单项属性。

（4）为相应的菜单命令添加事件过程。

其中，进入"菜单编辑器"窗口共有 4 种方式。

（1）执行"工具"菜单中的"菜单编辑器"命令。

（2）单击工具栏中的"菜单编辑器"按钮。

（3）使用快捷键 Ctrl＋E。

（4）右击须建立菜单系统的窗体，在弹出的快捷菜单中单击"菜单编辑器"命令。

注意：只有当某个窗体为活动窗体时，才能用上面的方法打开"菜单编辑器"。

10.2.2　"菜单编辑器"窗口组成

打开后的"菜单编辑器"窗口如图 10-4 所示。该窗口分三部分：数据区、编辑区和菜单项显示区。

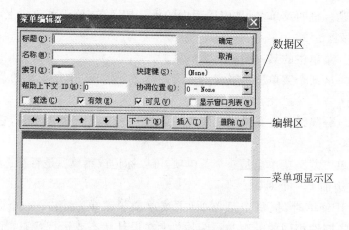

图 10-4 "菜单编辑器"窗口

1. 数据区

数据区用来创建或修改菜单项、设置菜单控件的属性、输入或修改菜单项、设置属性。数据区分为若干栏,各栏的作用如下。

(1)"标题"文本框

该文本框用来定义菜单控件的标题,相当于设置该控件的 Caption 属性。输入的文本将显示在下面的菜单控件列表框中及设计的菜单中。

如果希望某一字符成为该菜单项的访问键(热键),可在标题中该字母前面加上一个"&"字符。例如,输入"新建(&N)",显示为"新建(N)",如图 10-5所示。

如果希望在菜单中创建分隔条,只要在"标题"文本框中输入一个减号"—"即可。

对于菜单,按住"Alt+热键",可打开相应的菜单;对于菜单命令,打开菜单后,再按"热键",即可选定该控件,触发其 Click 事件。

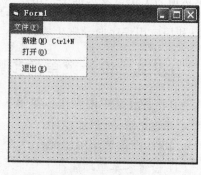

图 10-5 为菜单项设置热键

(2)"名称"文本框

"名称"文本框用于输入各菜单控件名称,相当于设置控件的 Name 属性。控件名是在代码编辑时访问菜单的标识,是必选项,即使对分隔条也必须定义名称。

为了提高程序代码的可读性和易维护性,建议用菜单名前缀"Mnu"来标识菜单控件,下一级菜单控件的名称在上一级的名称后附加自己的名称。例如,用"MnuFile"表示"文件"菜单,用"MnuFilenew"代表文件菜单下的"新建"命令等。

(3)"索引"文本框

"索引"文本框用于输入菜单控件数组的索引值(下标),建立控件数组。相当于设置控件的 Index 属性。

(4)"快捷键"下拉列表框

通过该下拉列表框,可为该菜单命令指定一个快捷键,默认情况下无快捷键(None)。

VB的"菜单编辑器"提供给程序员的快捷键包括 Ctrl＋A～Ctrl＋Z,F1～F12,Ctrl＋F1～Ctrl＋F12,Shift＋F1～Shift＋F12,Shift＋Ctrl＋F1～Shift＋Ctrl＋F12,Ctrl＋Ins,Shift＋Ins,Ctrl＋Del,Shift＋Del,Alt＋Bksp。其中没有包括 Alt＋A～Alt＋Z,它们被用来作为顶层菜单的热键。VB 6.0 规定顶层菜单不能加快捷键。

（5）"帮助上下文 ID"文本框

可以在此输入一个数值,该数值用来在帮助文件(用 HelpFile 属性设置)中特定的页数或与该菜单上下文相关的帮助文件中查找相应的帮助主题。

（6）"协调位置"下拉列表框

设置一个值,决定当窗体的链接对象(由另一个应用程序创建和管理,然后再将它链接到 VB 应用程序中的对象)或内嵌对象(由其他应用程序创建,然后嵌入到 VB 应用程序中的对象)活动而且显示菜单时,是否显示用户设置的最上层菜单控件。该列表有 4 个选项:

0（None）——（默认值）窗体的菜单不在菜单栏中显示。

1（Left）——窗体的菜单在菜单栏的左边位置显示。

2（Middle）——窗体的菜单在菜单栏的中间位置显示。

3（Right）——窗体的菜单在菜单栏的右边位置显示。

注意:只有顶层菜单可以设置为非零的协调位置(Negotiate Position)属性。

（7）"复选"复选框

用于设定菜单命令前面是否带复选标记,相当于设置该控件的 Checked 属性。该属性默认值为 False(复选框中不出现"√")。

（8）"有效"复选框

用来设置该菜单项的操作状态,相当于设置该控件的 Enabled 属性。默认值为 True(复选框中出现"√"),表示该菜单命令可响应 Click 事件。如果被设置为 False(去掉复选框中的"√"),则不能访问这一菜单项,该菜单项为无效菜单项,通常呈灰色显示。

（9）"可见"复选框

用于设定该菜单控件是否显示在菜单上,相当于设置控件的 Visible 属性。默认值为True,表示该菜单项"可见"。

注意:若顶层菜单项的"可见"复选框未被选中,则整个菜单都是不可见的。

（10）"显示窗口列表"复选框

该选项在多文档应用程序中有效,被设置为"On"(框内有"√")时,将显示当前打开的一系列子窗口。

注意:在窗体的菜单中,只能有一个菜单项的复选框被设置成选中。

说明:除了利用菜单编辑器设置菜单控件的属性外,在属性窗口中也可以设置菜单控件的属性,还可以在运行时通过代码修改菜单控件的属性。

2. 编辑区

在窗口的编辑区有 7 个按钮,用来对输入的菜单项进行简单的编辑,各按钮的作用如下。

◀单击一次,可把选定的菜单控件上移一级,相当于按 Alt＋L 键。

▶单击一次,可把选定的菜单控件下移一级,相当于按 Alt＋R 键。

　★ 单击一次，可把选定的菜单项上移一行，相当于按 Alt＋U 键。

　↓ 单击一次，可把选定的菜单项下移一行，相当于按 Alt＋B 键。

　下一个(N) 将选定光标移动到下一行。

　插入(I) 在列表框的当前选定行上方插入一行。

　删除(T) 删除当前选定行。

　　除了主菜单，VB 还允许用户创建多级子菜单，一共可以创建 5 级菜单。每一级在菜单项列表区呈 4 个点显示，称为内缩符号。所以，每上移一级，就会删除 4 个点；下移一级，就会增加 4 个点。最多可显示 20 个点。

3. 菜单项显示区

　　菜单项显示区位于"菜单编辑器"窗口的下部，输入的菜单项在这里显示出来，并通过内缩符号"…"表明菜单项的层次。条形光标所在的菜单项是"当前菜单项"。

　　说明：

　　(1)"菜单项"是一个总的名称，它包括 4 个方面的信息：菜单名（菜单标题）、菜单命令、分隔线和子菜单。

　　(2) 内缩符号由 4 个点组成，它表明菜单项所在的层次，一个内缩符号表示一层，最多可有 5 个内缩符号，即 20 个点。如果菜单项前面没有内缩符号，则该菜单为顶层菜单（下拉菜单名）或菜单命令，在输入这样的菜单项时，通常在后面加上一个叹号"!"。

　　(3) 除分隔线外，所有的菜单项都可以接收 Click 事件。

10.2.3　建立菜单

　　【例 10.1】　新建一工程，并在窗体上建立一个菜单，主菜单项为"项目"，名称为 mnuItem。它有两个子菜单项，其名称分别为 mnuAdd 和 mnuDel，标题分别为"添加项目"和"删除项目"，然后在窗体上添加一个列表框（List1），如图 10-6 所示。编写适当的菜单事件过程。程序运行后，如果执行"添加项目"命令，则从键盘上输入要添加的文本并加入到列表框中；如果执行"删除项目"命令，则从键盘上输入要删除的项目文本，并将其从列表框中删除掉。

　　(1) 新建工程，选择界面设计状态。

　　(2) 按以下步骤设计菜单。

　　① 打开菜单设计器，如图 10-7 所示。

　　② 在"标题"文本框中输入"项目(&P)"；在"名称"文本框中输入"mnuItem"。

　　③ 回车（执行下一个）；按 Alt＋R（下移一级），即时出现四个点。

　　④ 再在"标题"文本框中输入"添加项目(&A)…"；在"名称"文本框中输入"mnuAdd"；在"快捷键"下拉列表框中选择"Ctrl＋A"；回车。

　　⑤ 依次类推，创建"删除项目"菜单项，最后单击"确定"按钮，菜单设计完毕。

　　(3) 设计界面。在菜单下面添加两个 Line 控件（两条直线），一条为黑色，一条为白色。为了产生凹凸效果，将黑色直线的 Y1 和 Y2 属性设置为 0，白色直线的 Y1 和 Y2 属性设置为 10。在窗体上添加一个列表框（List1）。

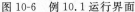

图 10-6　例 10.1 运行界面　　　　　　　图 10-7　设计菜单

(4) 编写菜单的 Click 事件过程。在窗体上单击"项目"菜单,然后单击下拉菜单中的"添加项目"菜单控件,打开代码窗口,编写该菜单控件的 Click 事件过程。

```
Private Sub mnuAdd_Click()
        Dim a As String
        a = InputBox("请输入添加的项目")
        List1.AddItem a
End Sub
```

同样,编写"删除项目"菜单控件的 Click 事件过程如下:

```
Private Sub mnuDel_Click()
      Dim b As String
      b = InputBox("请输入要删除的项目")
      For i = 1 To List1.ListCount - 1
         If List1.List(i) = b Then
              List1.RemoveItem i
         End If
      Next
End Sub
```

(5) 运行程序,单击"添加项目"菜单命令,或者按快捷键 Ctrl+A,执行该菜单的 Click 事件过程:首先打开一个"输入窗口",输入项目后,单击"确定"按钮,则输入的项目显示在列表框中。同样,单击"删除项目"菜单命令,或者直接按快捷键 Ctrl+D,则触发该菜单控件的 Click 事件;首先打开一个"输入窗口",输入要删除的项目文本后,单击"确定"按钮,则列表框中相应项目被删除。

值得注意的是当单击主菜单或子菜单时,系统自动显示其菜单项。所以,通常不需要编写主菜单或子菜单的 Click 事件过程。

10.2.4　增减菜单项

在实际应用中,往往需要菜单随着当前状态的不同而不同,即菜单项也能自动增减。在 VB 中,菜单项的增减可以通过控件数组来实现。和普通控件数组一样,通过下标(Index)

访问菜单数组中的元素。

【例10.2】 继例10.1,将"项目"菜单变成可动态增减的菜单。

(1) 打开菜单编辑器,添加一个分隔条,一个菜单控件数组的第一个元素,如图10-8所示。"标题"为空;名称为mnuapp;一个内缩符号"…";"可见"属性为False;"下标"为0。

图10-8　例10.2设计菜单

(2) 在窗体通用声明外定义如下变量,用作控件数组的下标。

```
Dim mnuNum As Integer
```

(3) 改写"添加项目"菜单项的程序代码为:

```
Private Sub mnuAdd_Click()
    Dim a As String
    a = InputBox("请输入添加的项目")
    List1.AddItem a
    mnuNum = mnuNum + 1
    Load mnuapp(mnuNum)
    mnuapp(mnuNum).Caption = a
    mnuapp(mnuNum).Visible = True
End Sub
```

(4) 改写"删除项目"菜单项程序代码为:

```
Private Sub mnuDel_Click()
    Dim b As String
    b = InputBox("请输入要删除的项目")
    For i = 0 To List1.ListCount - 1
        If List1.List(i) = b Then
            List1.RemoveItem i
            For j = i + 1 To mnuNum - 1
                mnuapp(j).Caption = mnuapp(j + 1).Caption
            Next
        End If
    Next
    Unload mnuapp(mnuNum)
    mnuNum = mnuNum - 1
End Sub
```

（5）编写控件数组的事件过程。如果添加的项目是一个应用程序文件名，则单击该文件名，则启动该程序。

```
Private Sub mnuapp_Click(Index As Integer)
        X = Shell(mnuapp(Index).Caption, 1)
End Sub
```

（6）运行程序，执行"添加项目"命令，从键盘输入一个项目，除了在列表框中显示该项目外，还将该项目作为一个动态菜单项显示在"项目"菜单中，如图 10-9 所示。

单击"calc. exe"菜单项，则启动 Windows 的计算器；单击"notepad. exe"，则启动 Windows 的记事本；单击"删除项目"菜单命令，并且从键盘输入一个项目，则系统自动将该项目从列表框和菜单中删除。

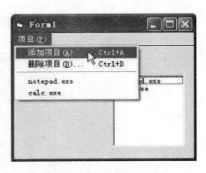

图 10-9　例 10.2 运行界面

10.3　弹出式菜单

弹出式菜单是显示在窗体上的浮动式菜单。其显示位置取决于鼠标单击时光标的位置。显示的菜单项应当是包含对当前位置最有用处的操作命令。因此，弹出式菜单又被称为快捷菜单，它为用户提供了一种访问上下文命令的高效方法。

10.3.1　创建弹出式菜单的方法

弹出式菜单设计的步骤如下。

（1）创建快捷菜单

创建快捷菜单的方法与创建下拉式菜单一样，通过菜单编辑器完成。但值得注意的是，如果要创建一个不显示在菜单栏中的弹出式菜单，在菜单编辑器中设计菜单时，需取消主菜单的"可见"属性（去掉"√"），但是，对主菜单下的菜单项不要进行这样的设置。另外，作为弹出式菜单的主菜单，必须含有至少一个菜单项。

（2）编写对象的右击事件过程

弹出式菜单通常是当用户在界面某个元素上单击鼠标右键时出现在窗体上的，所以还要编写对象的鼠标右击事件过程，并且在过程中调用 PopupMenu 方法，显示弹出式菜单。一般格式为：

```
Private Sub 对象_MouseDown(Button As Integer, Shift As Integer, X As Single, Y As Single)
        If Button = 2 Then                        ' 按下鼠标右键
            PopupMenu <主菜单名称>
        End If
End Sub
```

10.3.2　应用举例

【例 10.3】　创建一个快捷菜单，当用户右击列表框时，弹出快捷菜单，执行快捷菜单命令可以改变列表框中文本的字体大小。

（1）添加快捷菜单

首先打开窗体，然后打开菜单编辑器，在菜单编辑器中建立快捷菜单，如图10-10所示。其中8、12、16、22是一个菜单控件数组，数组名为 mnufontsize，下标分别为 0,1,2,3。

图 10-10　例 10.3 设计菜单

（2）编写对象鼠标事件过程。打开代码窗口，在"对象"框中选择 List1，在"过程"下拉列表框中选择 MouseDown 事件，编写以下代码：

```
Private Sub List1_MouseDown(Button As Integer, Shift As Integer, X As Single, Y As Single)
    If Button = 2 Then
     PopupMenu mnupopup
    End If
End Sub
```

（3）编写快捷菜单命令的事件过程。打开代码窗口，在"对象"框中选择 mnufontsize 菜单，在"过程"下拉列表框中选择 Click 事件，编写以下代码：

```
Private Sub mnufontsize_Click(Index As Integer)
        List1.FontSize = Val(mnufontsize(Index).Caption)
End Sub
```

（4）运行程序，右击列表框，从快捷菜单中选择一个字号，则列表框中的文本大小随之改变。

10.4　对话框

在 VB 中，对话框是一种特殊的窗口，它通过显示和获取信息与用户进行交流。一个对话框可以很简单，也可以很复杂，前面介绍的 MsgBox()和 InputBox()函数是系统提供的简单对话框，即信息框和输入框。但是如果要定义的对话框较复杂，将需要花费较多的时间和精力设计和书写代码。为此，VB 提供了通用对话框控件，可以它为模板来定义比较复杂的对话框（通用对话框）。

10.4.1 通用对话框控件

具体操作时,首先要把通用对话框控件加到工具箱中,按如下步骤操作。

(1) 执行"工程"菜单中的"部件"命令,打开"部件"对话框。

(2) 打开"控件"选项卡,如图 10-11 所示,在控件列表框中选择 Microsoft Common Dialog Control 6.0,在其前的复选框中打上"√"。

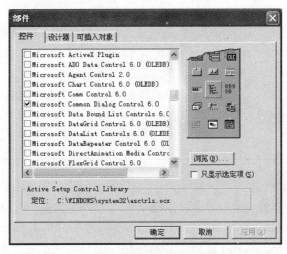

图 10-11 "部件"对话框的"控件"选项卡

(3) 单击"确定"按钮,通用对话框即被添加到工具箱中,如图 10-12 所示。在设计状态下,CommonDialog 控件以图标的形式显示在窗体上,其大小不能改变,在程序运行时,控件本身被隐藏。

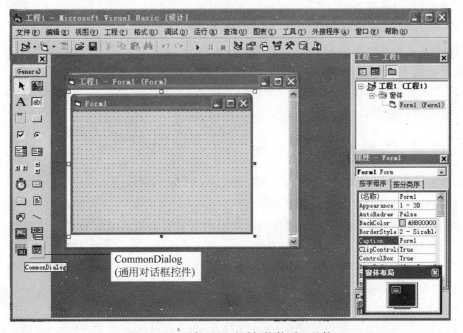

图 10-12 添加通用对话框控件到工具箱

通用对话框的默认名称（Name 属性）为 CommonDialogX（X 为 1,2,3,…）。

通用对话框控件为程序设计人员提供了几种不同类型的对话框，有"文件"对话框、"打印机"对话框、"字体"对话框、"颜色"对话框等。利用这些对话框，可以获取所需要的信息，例如打开文件、打印、存盘、选择颜色等。这些对话框与 Windows 本身及其商业程序具有相同的风格。对话框的类型可以通过 Action 属性设置，也可以使用说明性的 Show 方法来代替 Action 属性进行设置。Action 属性和 Show 方法如表 10-1 所示。

表 10-1   Action 属性和 Show 方法

Action 属性	Show 方法	说　　明
1	ShowOpen	显示"打开"对话框
2	ShowSave	显示"另存为"对话框
3	ShowColor	显示"颜色"对话框
4	ShowFont	显示"字体"对话框
5	ShowPrinter	显示"打印机"对话框
6	ShowHelp	显示"帮助"对话框

通用对话框具有以下主要共同属性。

（1）CancelError 属性：通用对话框里有一个"取消"按钮，用于向应用程序表示用户想取消当前操作。当 CancelError 属性设置为 True 时，若用户单击"取消"按钮，通用对话框自动将错误对象 Err. Number 设置为 32 755（cdlCancel）以便供程序判断。若 CancelError 属性设置为 False，则单击"取消"按钮时不产生错误信息。

（2）DialogTitle 属性：每个通用对话框都有默认的对话框标题，通过 DialogTitle 属性可由用户自行设计对话框标题上显示的内容。

（3）Flags 属性：通用对话框的 Flags 属性可以修改每个具体对话框的默认操作，其值可有三种形式，即符号常量、十六进制数和十进制数。

（4）HelpCommand 属性：指定 Help 的类型。

（5）HelpContext 属性：用来确定 Help ID 的内容，与 HelpCommand 属性一起使用，可指定显示的 Help 主题。

（6）HelpFile 和 HelpKey 属性：分别用来指定 Help 应用程序的 Help 文件名和 Help 主题能够识别的名字。

10.4.2　文件对话框的结构

文件对话框有打开（Open）文件对话框和保存（Save）文件对话框两种，如图 10-13 所示为文件"打开"对话框，在该对话框中，用户可以打开一个文件供程序调用。"保存"文件对话框也有类似的结构，可以指定一个文件名来保存当前文件。通用对话框用于文件操作时需要对下列属性进行设置。

（1）DefaultEXT：设置对话框中默认文件类型，即扩展名。该扩展名出现在"文件类型"下拉列表框内。如果在打开或保存的文件名中没有给出扩展名，将自动把 DefaultEXT 属性值作为其扩展名。

（2）DialogTitle：此属性用来设置对话框的标题。在默认情况下，"打开"对话框的标题

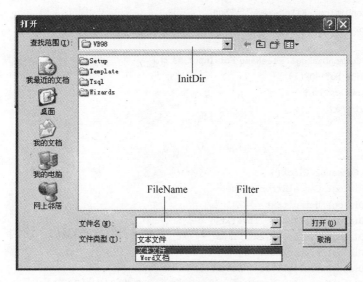

图 10-13 "打开"对话框

是"打开","保存"对话框的标题是"保存"。

（3）FileName：该属性值为字符串，用于设置和获取用户所选的文件名(包括路径名)。

（4）FileTitle：该属性用来指定对话框中所选择的文件名(不包括路径名)，该属性与 FileName 属性的区别是：FileName 属性用来指定完整的路径和文件名，而 FileTitle 只指定选择的文件名。

（5）Filter：该属性用来过滤文件类型，使文件列表框中显示指定的文件类型。可以在设计时设置该属性，也可以在代码中设置该属性。Filter 的属性值由一对或多对文本字符串组成，每对字符串间要用"|"隔开，格式为：

文件说明 1|文件类型 1|文件说明 2|文件类型 2

例如，要在"打开"对话框的"文件类型"列表框中显示如图 10-13 所示的文件类型，则 Filter 属性应设置为：

CommonDialog1.Filter = "文本文件｜＊.txt｜Word文档｜＊.doc"

（6）InitDir：该属性用来指定"打开"对话框中的初始目录。如果要显示当前目录，则该属性不需要设置。

【例 10.4】 编写程序，建立"打开"和"保存"对话框。

根据上述方法在窗体上画一个通用对话框，Name 属性取默认值，即 CommonDialog1，再建立两个命令按钮 Command1 和 Command2，然后编写两个事件过程：

```
Private Sub Command1_Click()
    CommonDialog1.FileName = ""
    CommonDialog1.Flags = vbOFNFileMustExist
    CommonDialog1.Filter = "All Files｜＊.＊｜(＊.exe)｜＊.exe｜(＊.TXT)｜＊.TXT"
    CommonDialog1.FilterIndex = 3
    CommonDialog1.DialogTitle = "Open File(＊.EXE)"
    CommonDialog1.Action = 1                    '"打开"对话框
```

```
      If CommonDialog1.FileName = "" Then
        MsgBox " No file Selected",37, " Checking"
      Else
        Open CommonDialog1.FileName For Input As #1
        Do While Not EOF(1)
          Input #1,a$
          Print a$
        Loop
      End If
    End Sub
  Private Sub Command2_Click()
    CommonDialog1.CancelError = True
    CommonDialog1.DefaultExt = "TXT"
    CommonDialog1.FileName = "lbw.txt"
    CommonDialog1.Filter = "Text files( *.txt) | *.TXT | ALL Files( *.* ) | *.*"
    CommonDialog1.FilterIndex = 1
    CommonDialog1.DialogTitle = "Save File As ( *.TXT) "
    CommonDialog1.Flags = vbOFNOverwritePrompt Or vbOFNPathMustExist
    CommonDialog1.Action = 2                    '"保存"对话框
  End Sub
```

Open 对话框并不能真正"打开"文件,而仅仅是用来提供一个窗口让用户选择一个文件,至于选择以后的处理,包括打开、显示等,Open 对话框是没有能力完成的,Command1_Click()事件过程里,程序代码的前半部分用来建立 Open 对话框,设置对话框的各种属性;"Else"之后的代码部分用来对用户选择的文件进行处理。

10.4.3 "颜色"对话框

当通用对话框的 Action 为 3,方法是 ShowColor 时,将会出现"颜色"对话框,如图 10-14 所示,在"颜色"对话框中提供了"基本颜色"和"自定义颜色"。

"颜色"对话框的两个重要属性:Color 属性和 Flags 属性。其中 Color 属性是"颜色"对话框最重要的属性,它返回或设置选定的颜色。当用户在调色板中设置了某种颜色时,该颜色值赋给 Color 属性。Flags 属性就是控制公共对话框样式的参数。对不同类型的通用对话框,其参数值是不一样的,我们只简单地介绍它在"颜色"对话框中的用法。

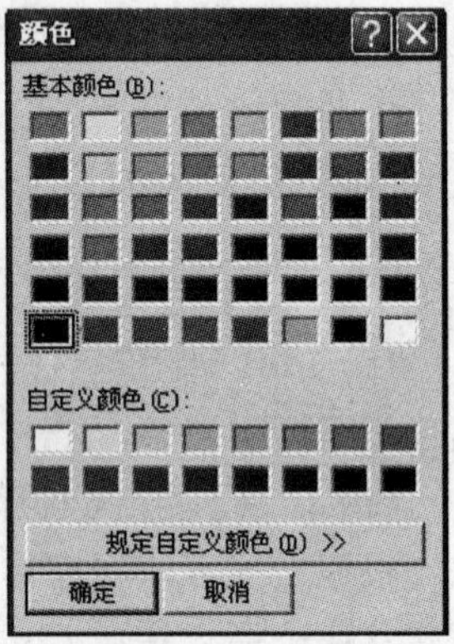

【例 10.5】 在例 10.4 的窗体上增加命令按钮 Command3,用于打开"颜色"对话框,通过"颜色"对话框设置窗体(Form1)的背景颜色。

程序代码如下:

图 10-14 "颜色"对话框

```
Private Sub Command3_Click()
    CommonDialog1.Flags = vbCCRGBinit
    CommonDialog1.Color = BackColor
    CommonDialog1.Action = 3
    Form1.BackColor = CommonDialog1.Color
End Sub
```

为了设置或读取 Color 属性,必须先将 Flags 属性设置为 1(vbCCRGBinit),Flags 属性的取值如表 10-2 所示。

表 10-2 "颜色"对话框的 Flags 属性取值

符号常量	十进制值	作 用
vbCCRGBinit	1	使得 Color 属性定义的颜色在首次显示对话框时随着显示出来
vbCCFullOpen	2	打开完整对话框,包括"用户自定义颜色"窗口
vbCCPreventFullOpen	4	禁止选择"规定自定义颜色"按钮
vbCCShowHelp	8	显示一个 Help 按钮

10.4.4 "字体"对话框

在 VB 中,字体通过"字体"对话框设置。利用通用对话框控件,可以建立一个"字体"对话框,并可以通过该对话框设置应用程序所需要的字体,"字体"对话框的主要属性如下。

(1) CancelError、DialogTitle、HelpCommand、HelpContext、HelpFile 和 HelpKey 属性见前面介绍。

(2) Flags 属性的取值见表 10-3。

表 10-3 "字体"对话框的 Flags 属性取值

常 数	十六进制值	描 述
vbCFANSIOnly	&H400	允许选择 Windows 字符集的字体。如该标志被设置,就不能选择仅含符号的字体
vbCFApply	&H200	对话框中的"应用"按钮有效
vbCFBoth	&H3	列出可用的打印机和屏幕字体
vbCFEffects	&H100	允许删除线、下划线,以及颜色效果
vbCFFixedPitchOnly	&H4000	对话框只能选择固定间距的字体
vbCFForceFontExist	&H10000	如果用户试图选择一个并不存在的字体或样式,显示错误信息框
vbCFHelpButton	&H4	对话框显示"帮助"按钮
vbCFLimitSize	&H2000	对话框只能在由 Min 和 Max 属性规定的范围内选择字体大小
vbCFNoFaceSel	&H80000	没有选择字体名称
vbCFNoSimulations	&H1000	不允许图形设备接口(GDI)字体模拟
vbCFNoSizeSel	&H200000	没有选择字体大小
vbCFNoStyleSel	&H100000	没有选择样式
vbCFNoVectorFonts	&H800	对话框不允许矢量字体选择
vbCFPrinterFonts	&H2	对话框只列出打印机支持的字体
vbCFScalableOnly	&H20000	对话框只允许选择可缩放的字体
vbCFScreenFonts	&H1	对话框只列出系统支持的屏幕字体
vbCFTTOnly	&H40000	对话框只允许选择 TrueType 型字体
vbCFWYSIWYG	&H8000	对话框只允许选择在打印机和屏幕上均可用的字体。如果该标志被设置,则 vbCFBoth 和 vbCFScalableOnly 标志也应该设置

(3) Max 和 Min 属性:字体大小用点来度量。在默认情况下,字体大小的范围为 1~2 048 个点,用 Max 和 Min 属性可以指定字体大小的范围(在 1~2 048 之间的整数)。但是

在设置 Max 和 Min 属性之前,必须把 Flags 属性设置为 &H2000(十进制数 8 192)。

（4）FontBold、FontItalic、FontName、FontSise、FontStrikeThru、FontUnderLine 等属性可以在"字体"对话框中选择,也可以通过程序代码赋值。

【例 10.6】 用"字体"对话框设置文本框中显示的字体。

在窗体上建立通用对话框 CommonDialog1、文本框 Text1 和命令按钮 Command1,如图 10-15 所示。

对 Command1 命令按钮编写 Click 事件代码如下:

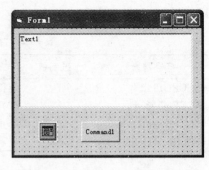

图 10-15　例 10.6 的设计界面

```
Private Sub Command1_Click()
CommonDialog1.Flags = cdlCFBoth or cdlCFEffects        '设置 Flags
    CommonDialog1.ShowFont
    If CommonDialog1.FontName >"" Then                  '如果选择了字体
        Text1.FontName = CommonDialog1.FontName
    End If                                              '下面设置文本框内的字体
    Text1.FontSize = CommonDialog1.FontSize
    Text1.FontBold = CommonDialog1.FontBold
    Text1.FontItalic = CommonDialog1.FontItalic
    Text1.FontStrikethru = CommonDialog1.FontStrikethru
    Text1.FontUnderline = CommonDialog1.FontUnderline
    Text1.ForeColor = CommonDialog1.Color
End Sub
```

上面的程序首先设置通用对话框的 Flags 的属性,从而可以得到如图 10-16 所示的"字体"对话框,程序运行结果如图 10-17 所示。

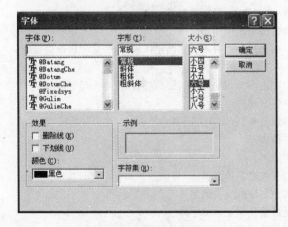

图 10-16　"字体"对话框

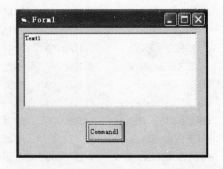

图 10-17　例 10.6 运行结果

10.4.5　"打印"对话框

"打印"对话框是当 Action 为 5 时的通用对话框,可以通过"打印"对话框的"名称"文本框选择打印机,通过"打印"对话框的"属性"按钮设置打印机的属性。"打印"对话框并不能处理打印工作,仅仅是一个供用户选择打印参数的界面,所选参数存于各属性中,再通过编写程序来实现打印机操作。"打印"对话框的主要属性如下。

（1）Copies 属性：指定要打印的文档的拷贝数。

（2）FromPage 和 ToPage 属性：指定要打印的文档的页范围。

（3）hDC 属性：分配给打印机的句柄,用来识别对象的设备环境,用于 API 调用。

（4）Max 和 Min 属性：用来限制 FromPage 和 ToPage 的范围,其中 Min 指定所允许的起始页码,Max 指定所允许的最后页码。

【例 10.7】 在窗体上创建一个通用对话框、一个文本框和一个命令按钮,建立"打印"对话框,打印文本框中的信息。

程序代码如下：

```
Private Sub Command1_Click()
    CommonDialog1.ShowPrinter
    For I = 1 To CommonDialog1.Copies
        Printer.Print Text1.Text
    Next i
    Printer.EndDoc
End Sub
```

程序执行后,弹出如图 10-18 所示的"打印"对话框。

图 10-18 "打印"对话框

10.4.6 "帮助"对话框

"帮助"对话框可以用于制作应用程序的联机帮助。"帮助"对话框本身不能建立应用程序的帮助文件,只能将已经创建好的帮助文件从磁盘中提取出来,并与界面连接起来,从而实现显示并搜索帮助信息的目的。创建帮助文件需要用"帮助"编辑器生成帮助文件。

"帮助"对话框涉及到的重要属性如下。

（1）HelpCommand：返回或设置所需要的联机 Help 帮助类型。

（2）HelpFile：指定 Help 文件的路径以及文件名称。从而找到帮助文件，再从中找到相应内容，显示在 Help 窗口中。

（3）HelpKey：该属性用于在帮助窗口中显示由该关键字指定的帮助信息。

（4）HelpContext：返回或设置所需要的 HelpTopic 的 Context ID，一般与 HelpCommand 属性（设置为 vbHelpContents）一起使用，指定要显示的 HelpTopic。

【例 10.8】 设计一个调用 VB. hlp 程序，程序代码如下：

```
Private Sub Command1_Click()
    CommonDialog1.HelpCommand = cdlHelpContents
    CommonDialog1.HelpFile = "C:\Windows\help\notepad"
    CommonDialog1.HelpKey = "dlakglk"
    CommonDialog1.ShowHelp
End Sub
```

10.5　多窗体

10.5.1　多窗体

当应用程序功能较强和分类较多，程序和用户的交互较频繁时，如果只用一个窗体和用户交互，一方面难以进行合乎美观原则的设计，另一方面分类工作很难，设计出来的界面不符合友好原则。这时最好使用多窗体程序设计，增强程序界面的友好性。

多窗体指的是应用中有多个窗体，它们之间没有绝对的从属关系。每个窗体的界面设计与单窗体的完全一样，只是在设计之前应先建立窗体，这可以通过"工程"菜单中的"添加窗体"命令实现。程序代码是针对每个窗体编写的，当然，应注意窗体之间存在的先后顺序和相互调用的关系。所以，多窗体实际上是单窗体的集合，而单窗体是多窗体程序设计的基础。

1. 多窗体程序设计步骤

一般说来，多窗体的设计基本分成以下几个步骤：

（1）分析应用要求，将其功能划分为不同的几部分。

（2）分别创建各个窗体、模块。

（3）在创建窗体时，除各窗体自身要完成的功能外，还要考虑窗体之间的调用关系。

（4）选择"工程"菜单下的"属性"命令，在"启动对象"中选择应用程序运行时首先执行的对象。

（5）运行应用程序，检验各窗体的运行情况。

2. 多窗体程序设计常用的方法

在单窗体程序设计中，所有的操作都在一个窗体中完成，不需要在多个窗体中切换。而在多窗体程序中需要打开、关闭、隐藏或显示指定的窗体，可以通过相应的语句和方法来实现。

在多窗体程序设计中经常用到下面 4 种方法：Load、Show、Hide 和 Unload。

（1）Load 方法

语法结构：

Load [窗体名称]

使用 Load 方法调用的窗体被存入内存，并不显示出来，同时会产生一个 Form_Load( )
事件。例如：

Load Form2　　　　　' 将 Form2 窗体存入内存

（2）Show 方法

语法结构：

[窗体名称].Show [模式]

Show 方法用于显示一个窗体。如果省略"窗体名称"，则显示当前窗体。参数"模式"
用来确定窗体的状态，可以取两种值，即 0 和 1（不是 False 和 True）。当"模式"值为 1（或常
量 vbModal）时，表示窗体是"模态型"窗体。在这种情况下，鼠标只在此窗体内起作用，不能
到其他窗体内操作，只有在关闭该窗体后才能对其他窗体进行操作。当"模式"值为 0（或省略
参数"模式"值）时，表示窗体为"非模态型"窗体，不用关闭该窗体就可以对其他窗体进行操作。

Show 方法兼有装入和显示窗体两种功能。也就是说，在执行 Show 方法时，如果窗体
不在内存中，则 Show 方法自动把窗体装入内存，然后再显示出来。例如：

Load Form2
Form2.Show　　　　　' 将 Form2 存于内存，并显示 Form2 窗体

（3）Hide 方法

语法结构：

[窗体名称].Hide

使用 Hide 方法会隐藏被调用的窗体，虽不在屏幕上显示，但仍在内存中（与 Unload 方
法不同），被调用的窗体中的属性已经处于无效的状态。例如：

Form1.Hide
Form2.Show　　　　　' 将 Form1 隐藏，并显示 Form2 窗体

（4）Unload 方法

语法结构：

Unload [窗体名称]

使用 Unload 方法会清除内存中指定的窗体，与此同时，窗体中的变量和属性等都会处
于无效的状态，在移去窗体的同时会产生一个 Form_QueryUnload()事件。例如：

Form1.Show
Unload Form2　　　　　' 显示 Form1 窗体，从内存中移去 Form2 窗体

在多窗体程序中，经常要用到关键字 Me，它代表的是程序代码所在的窗体。例如，假
定建立了一个窗体 Form1，则可通过下面的代码使该窗体隐藏：

```
Form1.Hide
```

它等价于代码"Me. Hide"。

这里应注意："Me. Hide"必须是 Form1 窗体或控件的事件过程中的代码。

【例 10.9】 编程实现在一个窗体中显示用户登录界面，如图 10-19 所示。单击命令按钮"登录"后，在第二个窗体中显示第一个窗体中用户输入的内容，并在第二个窗体上输出"欢迎学习 VISUAL BASIC!!"，如图 10-20 所示。

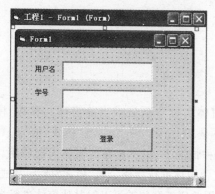

图 10-19　例 10.9 第一个窗体

图 10-20　例 10.9 第二个窗体

1. 设计界面

（1）窗体 Form1 中控件添加与属性设置（过程省略）。

（2）在"工程"菜单中选择"添加窗体"或者"工程资源管理器窗口"，单击鼠标右键后在快捷菜单中选择"添加窗体"，添加窗体 Form2。

2. 编写程序代码

（1）在"工程资源管理器窗口"中选中 Form1，在代码窗口输入如下程序：

```
Public x, y
Private Sub Command1_Click()
 x = Text1.Text
 y = Text2.Text
 Form1.Hide
 Load Form2
End Sub
```

（2）在"工程资源管理器窗口"中选中 Form2，在代码窗口输入如下程序：

```
Private Sub Form_Load()
Show
Form2.FontSize = Label1.FontSize
Print "你的用户名为："; Form1.x
Print "你的学号为："; Form1.y
Print "欢迎学习 VISUAL BASIC!!"
End Sub
```

（3）设置启动窗体。在"工程"菜单中找到"工程 1 属性"或者"工程资源管理器窗口"，在适当位置右击，在快捷菜单中选择"工程 1 属性"，出现如图 10-21 所示的"工程 1-工程属性"对话框,在"启动对象"下拉列表框中选择"Form1",单击"确定"按钮。这样程序开始运行后,首先显示的窗体为"Form1"。

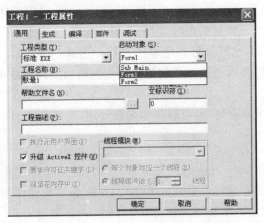

图 10-21　"工程 1-工程属性"对话框

注意:程序中用到 Public 类型的变量 x,y,这两个变量是在 Form1 的窗体模块中定义的,所以在窗体 Form2 窗体模块中的代码要使用它们时,一定要加上定义这两个变量的窗体名。

(4) 保存工程。当程序中有多个窗体时,为了保存多窗体程序,通常需要两步,一是保存程序中所有的模块;二是保存工程。

(5) 从工程中删除一个窗体。在程序设计中,当用户不再需要某个窗体时,可以用下面的方法从工程中删除该窗体:在"工程资源管理器窗口"中选中要删除的窗体,单击鼠标右键,从快捷菜单中选择"移除 xxx. frm"命令,即可将窗体从工程中删除。

特别说明:

- 装入多窗体程序和装入单窗体程序一样,只要打开工程文件,工程中包括的其他文件便会自动装入内存,而不用一一打开。
- 多窗体程序是在单窗体程序的基础上建立起来的。利用多窗体,可以把一个复杂的问题分解为若干个简单的问题。每个问题使用一个窗体完成,并且可以根据需要添加更多的窗体。
- 在多窗体程序设计过程中,工程资源管理器窗口是十分有用的。每个窗体作为一个文件保存,并显示在工程资源管理器窗口中。为了对某个窗体进行修改,必须在工程资源管理器窗口中找到该窗体,然后调出界面或代码进行编辑。
- 一般情况下,屏幕上某个时刻只能有一个窗体具有焦点,可以接收用户操作,所以为了提高执行速度,暂时不操作的窗体通常用 Hide 方法隐藏或直接用 Unload 语句卸载掉,以节省屏幕或内存空间。需要时,再用 Show 方法显示或加载。窗体显示时,其 Visible 属性为 True,隐藏时 Visible 属性为 False。因此,在程序中可以通过该属性检查一个窗体是否隐藏。

10.5.2　闲置循环与 Do Events 语句

VB 程序具有事件驱动的特点,即某事件发生时才执行相应的程序。如果程序在运行中没有任何事件发生,则应用程序处于"闲置"(Idle)状态。另一方面,当 VB 正在执行某一过程(即"忙碌"状态)时,将停止对其他事件的处理(如不再接受鼠标、键盘事件),直至这一过程处理完毕。

为了改变这种执行顺序,VB 提供了闲置循环(Idle Loop)和 DoEvents 语句。所谓闲置循环,就是当应用程序处于闲置状态时,用一个循环来执行其他操作。当执行闲置循环时,将占用全部 CPU 时间,不允许执行其他事件过程。为此,VB 提供了一个 DoEvents 语句,使得当执行闲置循环时,可以通过该语句把控制权交给周围环境使用,然后回到原程序继续执行。

DoEvents 既可以作为语句,也可以作为函数使用,一般格式为:

[窗体号 =]DoEvents[()]

当作为函数使用时,DoEvents 返回当前装入 VB 应用程序工作区的窗体号,也可将该返回值赋予已定义的变量,如 I=DoEvents()。当作为语句使用时,DoEvents 单独出现。下面给出一个简单的例题帮助理解闲置循环和 DoEvents 概念。

【例 10.10】　在窗体上创建一命令 Command1 按钮,编写如下事件过程:

```
Private Sub Command1_Click()
  For i = 1 To 20000
    x = DoEvents
    For j = 1 To 1000
    Next j
    Cls
    Print i
  Next i
End Sub
```

运行上面的程序,单击命令按钮 Command1,将在窗体的左上角显示"I"的值。当加入了"x=DoEvents"语句后,则在程序运行中,可以执行其他的操作(比如移动窗体位置、改变窗体大小);而如果没有该语句,则除非"I"的值显示至 20 000,否则不能进行其他的操作。

第11章

文 件

11.1 文件的基本概念

11.1.1 文件的概念

计算机中的文件是指一组相关信息的集合。文件内容可以是文本、图片、声音、视频、数据、程序等。文件都是存储在外存储器上的。计算机上有成千上万个文件,它们不是随意地存放在外存储器上的,为了分门别类地有序存放文件,操作系统把文件组织在若干目录中,Windows 系统中称之为文件夹,并采用多级层次式的树状结构来进行管理。用户或计算机系统可以通过"路径"获知文件在外存储器上的位置,一般来说,文件的"路径"是由查找文件所经过的文件夹组成的,包含文件所在的磁盘(或磁盘分区)。

那么在 VB 中,我们为什么要介绍文件这个概念呢,文件操作具有以下优势:

- 使用文件可以提高用户处理数据的效率。因为用户可以把程序要处理的数据事先存放在文件中,当程序需要处理数据时,便可执行相应的程序调用这些数据文件;并且经程序处理完毕的数据仍可保存到文件中,以便永久保留。
- 使用文件可以不受内存大小的限制:因为文件都是存放在外存储器上的。

11.1.2 文件的命名

计算机系统是以文件名为线索来管理文件的,通常文件名由两部分组成,即主文件名和扩展名。其中主文件名以字母或汉字开头(在 Windows 环境下,文件名的长度不超过 255 个字符);扩展名是可选的,它主要用来表示文件的类型,比如我们了解的".doc"是用来表示 Word 文档的,".jpg"是图片文件,".vbp"是工程文件等,扩展名的长度一般最多不超过 3 个字符。

下面的字符允许出现在主文件名和扩展名中:

- 英文 26 个字母(大小写均可)。
- 数字(0~9)。
- 特殊字符($ 、# 、% 、26 、amp 、; 、@ 、! 、% 、( ) 、- 、_ 、' 、^ 、~ 、/)。

计算机中完整的文件命名是由文件所在的位置(即路径)和文件名构成的。例如:"d:\我的文档\桌面\vb\123.doc";另外,文件名中的英文字母是不区分大小写的。

11.1.3　文件的结构

为了有效地存取数据,数据必须以某种特定的方式存放,这种特定的方式称为文件的结构。VB的数据文件由记录组成,记录由字段组成,字段又由字符组成。

1. 字符

字符是构成文件的最基本单位。字符可以是数字、字母、特殊符号或单一字节。这里说的字符一般为西文字符,一个西文字符用一个字节存放。如果是汉字字符,则包括汉字和全角字符,通常用两个字节存放,也就是说一个汉字字符相当于两个西文字符。一般把用一个字节存放的西文字符称为"半角"字符,而把汉字和用两个字节存放的字符称为"全角"字符。但VB支持双字节字符,在计算字符串长度时,一个西文字符和一个汉字都作为一个字符计算,只是它们所占的内存空间不一样。例如"VB程序设计"的长度为6,而所占的字节数为10。

2. 字段

字段也称域。字段由若干个字符组成,用来表示一项数据。例如:学号"2010000856"就是由10个字符组成的一个字段。而姓名"张三"也是一个字段,由两个汉字组成。

3. 记录

由一组相关的字段组成。例如在通讯录中,每个人的姓名、单位、地址、电话号码、邮政编码等构成一个记录。在VB中,是以记录为单位来进行数据处理的。

4. 文件

文件由记录构成,一个文件往往包含有一条以上的记录。

11.1.4　文件的分类

在计算机中,文件随着分类标准的不同可分为不同的类型。按照文件的存取方式及其组成结构来分,可以分为两种类型:顺序文件,随机文件;按照文件的数据编码方式来分,可以分为ASCII码文件和二进制文件;按照文件的数据性质来分,可以分为程序文件和数据文件。

1. 顺序文件

顺序文件结构较简单,文件中的记录一个接一个地存放。在这种文件中,只知道第一个记录的存放位置,其他记录的位置无从知道。当要查找某个数据时,只能从文件头开始,一个记录一个记录地顺序读取,直到找到为止。这种类型的文件组织比较简单,占用空间少,容易使用,但维护困难,适用于有一定规律且不经常修改的数据。

2. 随机文件

随机文件又称直接存取文件,简称直接文件。随机文件的每个记录都有一个记录号,在写入数据时只要指定记录号,就可以把数据直接存入指定位置。而在读取数据时,只要给出记录号,就可以直接读取。在记录文件中,可以同时进行读、写操作,所以能快速地查找和修改每个记录,不必为修改某个记录而像顺序文件那样,对整个文件进行读、写操作。其优点是数据存取较为灵活、方便,速度快,容易修改,主要缺点是占用空间较大,数据组织复杂。

3. ASCII 码文件

ASCII 码文件又称文本文件,它以 ASCII 码的形式保存文件,可用字处理软件建立和修改(尽量以纯文本文件格式保存)。

4. 二进制文件(Binary File)

二进制文件中的数据以二进制编码的形式存储。二进制文件不能用普通的字处理软件编辑,占用空间较小;在对二进制文件进行读写操作时,通常以字节为单位进行,可以从文件中的某一位置读写文件的内容。它允许程序按任何所需的方式组织和访问数据。二进制文件不能用普通的字处理软件编辑。

5. 程序文件

这种文件存放的是可以由计算机执行的程序,包括源文件和可执行文件。在 VB 中,扩展名为 .exe、.frm、.vbp、.vbg、.bas 和 .cls 等的文件都是程序文件。

6. 数据文件

数据文件用来存放普通的数据,例如学生的考试成绩、职工工资、商品库存等。这类数据必须通过程序来存取和管理。

另外,按照文件的特征属性来分,可以分为系统文件、隐藏文件、只读文件、普通文件和存档文件。本章主要介绍 VB 中是如何访问数据文件的。

11.2 Visual Basic 中数据文件的处理

11.2.1 数据文件的处理步骤

在 VB 中,对数据文件的操作一般按下述步骤进行。

(1)打开文件

在创建新文件或使用旧文件之前,必须先打开文件。打开文件的操作,会为这个文件在内存中准备一块读写时使用的缓冲区,并且声明文件在什么地方,叫什么名字,文件处理方式是怎样的等。

(2)访问文件

所谓访问文件,就是对文件进行读写操作。计算机中把从磁盘文件将数据送到内存的操作称为"读",也称为"取";从内存将数据保存到磁盘文件中去的操作称为"写",也称为"存"。在 VB 中,这些操作都是通过相应的读写语句完成的。

VB 中对文件的访问主要体现在对文件进行读写操作,不同结构的文件,VB 在访问时所用的语句不同,我们主要对顺序文件和随机文件的访问语句分别加以介绍。

(3) 关闭文件

打开的文件使用(读写)完后,必须关闭,否则可能会造成数据的破坏或丢失。关闭文件会把文件缓冲区中的数据全部写入磁盘,释放掉该文件缓冲区所占用的内存。

根据这样一个处理文件的顺序,我们来具体介绍一下 VB 中对文件访问的每一个环节所使用的语句。

11.2.2   文件的打开

在 VB 中,数据文件必须先打开才能被使用。通常使用 Open 语句完成打开文件的操作。Open 语句的语法格式为:

Open <文件名> For <方式> As [♯] <文件号> [Len = 记录长度][锁定][Access <存取类型>]

作用:打开或建立数据文件,为文件的输入输出操作分配缓冲区,并确定缓冲区所使用的存取方式(顺序或随机)。

说明:

① 语句中的 Open、For、Access、As、Len 为关键字。

②"文件名"为必选项,指定要打开的文件名,此时还应包含文件的路径。

③"方式"为必选项,指定文件的打开方式。在 VB 中,有 Append、Binary、Input、Output 和 Random 五种方式。其中,Output | Append 为顺序输出方式(存或写盘);Input 为顺序输入方式(读或取);Random 为随机输入输出方式;Binary 为二进制输入输出方式。如果未指定方式,VB 系统则以 Random(随机)访问方式打开文件。

④"文件号"为必选项,是一个整型表达式,其值在 1 到 511 之间。在文件操作中,各种语句和函数要通过文件号与文件发生关系。

⑤"锁定"为可选项,只在多用户或多进程中使用,用来限制其他用户或其他进程对打开的文件进行读写操作。它有以下 5 种取值。

- 默认:本进程可以多次打开文件进行读写,其他进程不能对该文件进行读写操作。
- Lock Shared:任何进程都可以对该文件进行读写操作。
- Lock Read:不允许其他进程读该文件,只在没有其他 Read 存取类型的进程访问该文件时,才允许这种锁定。
- Lock Write:不允许其他进程写该文件,只在没有其他 Write 存取类型的进程访问该文件时,才允许这种锁定。
- Lock Read Write:不允许其他进程读写该文件。

⑥"存取类型"为可选项,放在关键字 Access 后,用来指定访问文件的类型,有三种形式:Read(只读),Write(只写),Read Write(可读可写)。

⑦"记录长度"为可选项,是小于或等于 32 767(字节)的一个数。对于用随机方式打开的文件,该值就是记录长度,默认为 128 字节。对于顺序文件,该值是缓冲字符个数,即确定缓冲区的大小。缓冲区越大,占用内存空间越多,文件的输入输出操作越快,默认长度是 512 字节。"记录长度"对于二进制文件,将忽略 Len 子句。

文件被打开后,自动生成一个文件指针(隐含的),文件的读或写操作就从这个指针所指的位置开始。用不同方式打开的文件,其文件指针指向不同:每完成一次读写操作后,文件指针自动移到下一个读写操作的起始位置,移动量的大小由 Open 语句和读写语句中的参数共同决定。对于随机文件来说,其文件指针的最小移动单位是一个记录的长度;而顺序文件中文件指针的移动长度与它所读写的字符串的长度相同。

例如,打开或创建一个顺序文件使用的语句格式为:

```
Open "d:\Vb\12.txt" For Output As #1
```

表明将 d:\Vb\12.txt 打开后,让计算机往其中存储数据,其文件号为 1。

11.2.3 顺序文件的访问

在顺序文件中,记录的逻辑读写顺序与存储顺序一致,对文件的读或写操作只能一个记录一个记录地顺序进行。其中读操作是把文件中的数据读到内存,提供给程序使用,俗称"读(取)文件"。写操作是把内存中的数据输出到磁盘文件中,通常称为"写(存)文件"。对于顺序文件读操作和写操作不能同时进行,且打开方式也不相同。

1. 顺序文件的写操作

对一个顺序文件进行写操作时,文件的起始状态有两种:一是要向之进行写操作的文件根本就不存在,这时要进行写操作时,系统默认是进行创建文件的操作;二是向一个已经存在的顺序文件中写数据。不管哪一种情况,只要是对文件操作就要先执行 Open 语句,打开或创建一个顺序文件。

(1) 打开文件

打开文件用到的 Open 语句格式主要有几种。

① 替换式

```
Open <文件名> For Output As [#]<文件号>
```

功能:打开(或创建)一个文件,准备接收向文件中写入数据。此时,文件指针总是指向文件开头。

② 追加式

```
Open <文件名> For Append As [#]<文件号>
```

功能:打开(或创建)一个顺序文件,准备接收向文件中追加数据。此时文件指针是指向文件结尾位置。

③ 特别说明

- 在这两种格式的 Open 语句中,如果要打开的文件事先不存在,系统将先创建一个文件,然后打开它供用户写入数据。
- 用 Output 方式打开的文件,文件指针指向文件的开头,所以写入的新数据将替换原文件中的数据;用 Append 方式打开文件后,文件指针指向文件的末尾,所以写入的新数据将附加到原文件的后面。
- 用 Open 建立的顺序文件是 ASCII 文件,用户可以用文字编辑软件来查看、修改和建立,如记事本、写字板程序、Word 等程序均可完成这些操作。

- 同一个文件可以用几个不同的文件号打开,但是在打开之前必须先将文件关闭,才能重新打开该文件。

例如,对于"Open " d:\my1.txt" For Output As ♯1"语句,执行该语句后,如果 D 盘上没有 my1.txt 文件,则系统自动创建一个,并打开。如果执行完 close ♯1语句,再执行:

```
Open " d:\my1.txt" For Append As ♯2
```

则系统重新打开 my1.txt 文件,并允许向 my1.txt 文件中追加新数据。

(2) 写文件

顺序文件的写操作是指向打开的顺序文件中写记录,即把内存中的信息存到数据文件中。使用的语句有两个。

① Print♯语句

语法:

```
Print <♯ 文件号>,[Spc(n)|Tab(n);] [<表达式表>][, | ; ]
```

功能:从文件指针所在位置开始,按指定的输出格式将表达式表的值(数据项)写入文件号指定的顺序文件中。

说明:

- Print ♯语句与前面介绍的 Print 方法类似,只是 Print 方法写入的对象是窗体、图片框或打印机,而 Print ♯语句所写入的对象是顺序文件。
- Print ♯语句中的参数,包括 Spc 函数、Tab 函数、表达式表及尾部的分号、逗号等,其含义与 Print 方法中的相同。例如:

```
Print ♯1, X, Y, Z          '按标准打印格式将表达式 X、Y、Z 中的值写入 1 号文件中
Print ♯1, X; Y; Z          '按紧凑格式将表达式 X、Y、Z 中的值写入 1 号文件中
```

- "表达式表"中如果是数值数据,则数据前有符号位,后有空格;如果省略表达式表,此时将向文件中写入一个空行。例如:

```
Print ♯1,                  '向文件号为 1 的文件中写入一个空行
```

- 如果字符串本身含有逗号、分号和有意义的前后空格及回车或换行,则须用双引号作为分隔符(ASCII 码为 34),把字符串放在双引号中写入磁盘。

例如,执行语句"Print ♯1, "VB 程序设计"; Chr(34); "Visual Basic"; Chr(34); 46.85"后,写入文件中的数据为"VB 程序设计"Visual Basic" 46.85"。

【例 11.1】 编程实现把 100 以内 7 的倍数存到文件 my1.txt 中,my1.txt 存放在 D 盘根目录下。

程序代码如下:

```
Private Sub Form_Click()
Open "d:\my1.txt" For Output As ♯1
 For i = 1 To 100
  If i Mod 7 = 0 Then Print ♯1, i
 Next
Close ♯1
```

End Sub

程序运行后,窗体上没有输出,用记事本程序打开在 D 盘根目录下的 my1.txt,文件中的内容如图 11-1 所示。

② Write ♯语句

语法:

Write ♯<文件号>,[<输出表>][,]

功能:按预定格式把输出表中的数据写到顺序文件中。

说明:

- 输出表中可包含任意数目的字符串表达式和数值表达式,它们之间用逗号隔开。
- 当用 Write ♯语句向文件写数据时,数据在文件中以紧凑格式存放,并能自动在数据项之间插入逗号;如果数据项是字符串,还可以给字符串加上双引号。一旦最后一项被写入,就插入新的一行。
- 用 Write ♯语句写入的正数前面没有空格(不保留符号位)。

把例 11.1 中的"If i Mod 7 = 0 Then Print ♯1, i"换为"If i Mod 7 = 0 Then Write ♯1, i",其运行结果同图 11-1 所示;若换为"If i Mod 7 = 0 Then Write ♯1, i,"则程序的运行结果就变成了如图 11-2 所示的情形。由此了解到,在 Write ♯ 语句只要有逗号出现,数据文件中也会用逗号来分隔数据。

图 11-1　例 11.1 的执行结果

图 11-2　Write♯语句的执行结果

另外,Output 方式中的写操作对原文件是一个彻底的删除操作。因此,要想保存文件中原有的数据,向文件中写数据时就要用 Append 方式。例如,仍然向 my1.txt 中用"If i Mod 7 = 0 Then Write ♯1, i,"写数据,将例 11.1 中语句"Open "d:\my1.txt" For Output As ♯1"换为"Open "d:\my1.txt" For Append As ♯1",程序运行后,单击窗体,文件中的内容如图 11-3 所示,这时实现的就是在原有数据的末尾追加数据。

图 11-3　"Append"方式追加数据的执行结果

2. 顺序文件的读操作

计算机从顺序文件中读出的数据是不会随意处置的,

这些读出的数据总是赋给一个或多个变量来保存。而在对顺序文件进行读操作时，必须存在这样的前提：①该顺序文件一定要存在；②该文件已经用 Input 方式打开。然后才可以使用 Input # 语句、Line Input # 语句和 Input()函数读数据到程序指定的变量中。

读操作是指将数据从文件中读入到内存，并赋给指定变量的过程。VB 提供了两个语句和一个函数实现顺序文件的读操作。

（1）Input # 语句

格式：

Input #<文件号>,<变量表>

功能：在指定的文件中，从文件指针所指位置起，读取数据项并依次赋给变量表中的变量。

说明：

- "变量表"中各变量名之间用逗号分隔，变量可以是数值型，也可以是字符串型，并且数组元素也可以出现在变量表中。
- "变量表"中变量的个数和类型必须与写入数据的个数和类型相匹配。
- "变量表"中变量的类型将影响 Input # 语句读数据的方式，决定了该字段的开头和结尾形式：对于数值型变量，把遇到的第一个非空格、非回车和换行符作为数值的开始，再遇到一个或多个空格、逗号、回车换行符时则认为数值结束，空行和非数值型数据赋以 0 值；对字符串变量，当字符串以双引号开头时，把下一个双引号之前的字符串赋给变量，双引号不算在字符串内；当字符串不以双引号开头时，把遇到的第一个逗号作为数据项的结束；当字段位于记录的结束处时，把行结束符或回车换行符作为结尾，空行看作零长度的字符串。
- 该语句也能实现随机文件的读操作。

【例 11.2】 对一个顺序文件的写入与读出数据的实例。

程序代码如下：

```
Private Sub Form_Load()
Show
Open "d:\my2.txt" For Output As #1        '以写 Output 方式打开 my2.txt
a = 123: b$ = "ABCD"
Write #1, a, b$                           '写入数据
Close #1
Open "d:\my2.txt" For Input As #1         '以 Input 读方式打开文件 my2.txt
Input #1, c, d$                           '读出数据
Close #1
Print c, d$
End Sub
```

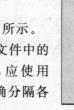

程序运行后，窗体上的输出结果如图 11-4 所示。

由上例可见，为了能够用 Input # 语句将文件中的数据正确读入到变量中，数据写入文件时，应使用 Write # 语句而不是 Print # 语句，以确保正确分隔各数据域。

图 11-4   写入与读出数据

(2) Line Input＃语句

格式：

Line Input ＃<文件号>,<字符串变量>

功能：从顺序文件中读出一行数据后赋给字符串变量。

说明：

- 不论写入的数据类型和格式如何，该语句都将照原样读出，一直读到回车换行符为止，并将读出的内容作为一个字符串赋给字符串变量。就连用 Write＃语句写入数据时，系统自动加入的双引号和数据项之间的分隔符逗号也原样读出。
- Line Input＃语句也可以用于随机文件的读取。

Line Input＃语句读出的是由 Print＃语句写入的数据，下面看一个 Print＃语句和 Line Input＃语句配合使用的例子。

【例 11.3】 用 Line Input＃语句读出数据。

程序代码如下：

```
Private Sub Form_Load()
Show
Open "d:\mytxt.txt" For Output As ＃1        '以写方式打开文件
a = 123: b$ = "ABCD"
Print ＃1, a, b$                             '写入第1个记录
Print ＃1, a; b$                             '写入第2个记录
Close ＃1
Open "d:\mytxt.txt" For Input As ＃1         '以读方式打开文件
Line Input ＃1, x$                           '读出第1个记录
Print x$
Line Input ＃1, x$                           '读出第2个记录
Print x$
Close ＃1
End Sub
```

程序中用 Print＃写入的数据形式如图 11-5 所示。

程序运行后窗体上的输出如图 11-6 所示。

图 11-5 "d:\mytxt.txt"文件中的数据

图 11-6 程序运行结果

(3) Input()函数

格式：

变量 $ = Input(<字符数>, ＃<文件号>)

功能：从指定的文件中读取规定个数的字符后赋给字符串变量。

说明："字符数"是必选项，规定要读取的字符个数；另外，该函数将返回它所读出的所有字符，包括逗号、引号、回车符、换行符、空白列和前导空格等，与文件中数据项的划分无关。例如：

```
a$ = Input(20, #1)                    '从文件号为 1 的文件中读出 20 个字符
```

通过上面的几个程序发现：顺序文件的缺点是不能快速地存取所需的数据，也不容易实现数据的插入、删除和修改等工作，这是因为顺序文件中的大多数操作都得从文件开头做起，因此，对于经常要修改的数据或要取出文件中个别数据，这些操作均不适合使用顺序文件；但当数据变化不大，每次又需要从头往后顺序地进行数据读写时，顺序文件还不失为一种好的文件结构。

11.2.4 文件操作中的相关语句和函数

1. EOF()函数

格式：

EOF(<文件号>)

功能：检查文件号指定的文件的文件指针是否指向文件结尾，若指向文件结尾，则 EOF 函数返回值为 True，否则返回 False。

说明：

- 对于顺序文件来说，当文件打开后，其内部有一文件指针指向第一个字符。随着记录的读出，文件指针自动向后移动，直到指针指向文件结尾，用以表示文件中的数据全部读完。

- 当该函数用于访问随机文件或二进制文件时，若最后一次执行的 Get 语句无法读出完整的记录时，则返回 True。

EOF()函数常用来在循环中测试是否已到达文件结尾，避免在文件读入时出现"输入超出文件尾"的错误。一般格式为：

```
Do While Not EOF(文件号)
    [文件读写语句]
Loop
```

2. LOF()函数

格式：

LOF(<文件号>)

功能：测试文件号指定文件的大小(长度)，返回一个 Long 型值，单位为字节。

说明：

- 在 VB 中，文件的基本单位是记录，每个记录的默认长度是 128 个字节。因此，对于由 VB 建立的数据文件，LOF()函数返回值将是 128 的倍数，不一定是实际的字节数。例如，假定某个文件的实际长度是 $178(128 * 1 + 50)$ 个字节，若用 LOF()函数

测试,返回的是 256(128 * 2)个字节。对于用其他编辑软件或字处理软件建立的顺序文件,使用 LOF()函数返回的将是实际分配的字节数,即文件的实际长度。

- 在 VB 建立的顺序文件中,由于每一个记录后面都自动加上回车换行符,而且这两个符号在文件中占两个字节,因此,用 LOF()函数计算顺序文件的长度时,要将每一条记录后的两个字节数计算在内。如果文件中的内容是用 Write # 语句写入的,还要将系统自动为字符串增加的双引号和逗号计算在内。

LOF()函数常用来确定一个随机文件中记录的个数,其一般格式为:

ReCordNumber = LOF(<文件号>)/每个记录的长度

3. Loc()函数

格式:

Loc(<文件号>)

功能:返回文件号指定文件的最近读写位置。

说明:

- 对于随机文件,它将返回最近读写的记录号,即当前读写位置的上一个记录的记录号。
- 对于顺序文件,由于一个记录是一个数据块,存放在内存缓冲区中,此时,Loc()函数将返回的是最近读写的字节位置所在的区号,每区为 128 个字节。若指针指向的字节在 1~128 之间,则 Loc()函数的返回值为 1,若在 129~256 之间,则 Loc()函数的返回值为 2,依次类推。由此看来,Loc()函数对顺序文件无实际意义。
- 在顺序文件和随机文件中,Loc()函数返回的都是 Long 型值,但它们的意义是不一样的。对于随机文件,只有知道了记录号,才能确定文件中的读写位置;而对于顺序文件,只要知道已读写的记录个数,就能确定该文件当前的读写位置。

在 VB 程序中,常使用 Loc()函数来返回在打开的随机文件中最近读写的位置,以确定下一个读写位置。一般格式为:

```
Dim MyLoc
MyLoc = Loc(1)                          '取得当前位置
Do While MyLoc < LOF(1)                 '循环至文件尾
    …
Loop
```

4. Seek()函数

格式:

Seek(<文件号>)

功能:返回一个 Long 型数值,指定打开文件中下一个读写位置。

说明:

- 对于随机文件,Seek()函数将返回下一个要读或写的记录号。
- 对于顺序文件,Seek()函数返回文件中的字节位置(产生下一个读写操作的位置)。

另外,文件指针的定位还可以通过 Seek 语句来实现。其格式为:

```
Seek ♯文件号,位置
```

说明:

- 该语句可以用来设置文件中下一个读写位置。"位置"是一个数值表达式,用来指定下一个要读或写的位置,其值在 $1 \sim (2^{31} - 1)$ 范围内。
- 对于顺序文件,"位置"是从文件开头到"位置"为止的字节数,即执行下一个操作的地址。文件第一个字节位置是 1。对于随机文件,"位置"是一个记录号。
- 在随机文件中,读或写语句中的记录号优先于由 Seek 语句确定的位置。

注意:当"位置"为 0 或负数时,将产生出错信息"错误的记录号"。当 Seek 语句中的"位置"在文件尾之后时,对文件的写操作将扩展该文件。

Seek 语句和 Seek()函数做比较:对于顺序文件,Seek 语句把文件指针移到指定的字节位置,Seek()函数则返回有关下次将要读或写的位置信息;对于随机文件,Seek 语句只能把文件指针移动到一个记录的开头,而 Seek()函数返回的是下一个读写的记录号。

注意:Seek()函数和 Loc()函数的不同在于:Seek()函数返回下一个读写位置;而 Loc()函数返回的是最近一次读写的位置。

5. FreeFile()函数

格式:

```
FreeFile
```

功能:返回一个在程序中没有使用的文件号。

说明:

- 使用 FreeFile()函数,可以把未使用的文件号赋给一个变量,然后用这个变量作为文件号,而不必知道具体的文件号是多少。
- 当程序中打开的文件较多时,这个函数很有用。

11.2.5　随机文件的访问

随机文件又称为记录文件,由固定长度的记录顺序排列而成,每个记录可由多个数据项组成。记录是最小的读写单位。由于它是定长,所以可以直接定位在任意一个记录上进行读或写,这样的文件结构便于查询和修改。

1. 访问随机文件的步骤

使用随机文件一般分为 4 步操作。

(1) 定义记录类型及记录类型的变量

在进行随机文件的读写操作时,通常把需要读写的记录中的各字段放在一个记录类型的变量中。

(2) 建立或打开随机文件

随机文件无论是创建新文件还是读写旧文件,都以同一个 Open 语句打开,这一点与顺序文件不同。

（3）读写操作

Get ♯ 语句为读语句（读盘）；Put ♯ 语句为写语句（写盘）。

（4）关闭文件

文件读写完毕，应关闭文件，释放内存空间。

接下来详细介绍一下随机文件的操作步骤。

2. 定义数据类型

随机文件由固定长度的记录组成，一个记录包含一个或多个字段。进行随机文件操作前应先定义一个记录类型，然后再定义一个记录类型的变量。记录类型用 Type … End Type 语句定义，通常放在标准模块中，如果放在窗体模块中，则加上关键字 Private。其语句格式为：

```
[Public | Private] Type <记录类型>
   元素 1 As 数据类型
   元素 2 As 数据类型
   …
End Type
```

注意：如果该记录类型定义在一个标准模块中，关键字"Public | Private"省略时，默认为 Public（全局）；如果定义在一个窗体模块中，必须加上关键字 Private。

记录类型所定义的记录的长度为每个元素长度之和。如果某个字段实际要写入的数据长度小于定义的长度，则 VB 会自动用空格来填充空余的部分；而如果实际要写入的数据长度大于定义的长度，则超出的部分将会被截去。

记录类型定义之后，还需要定义用来读写随机文件的记录类型的变量，格式可以为：

```
[Public | Private | Dim ] 变量 As <记录类型>
```

3. 打开随机文件

格式：

Open <文件名> For Random AS [♯]<文件号> LEN = <记录长度>

功能：以随机存取方式建立或打开一个文件，并在内存中开辟用于数据读写的缓冲区域。

说明：

- Open 语句中，如果要打开的文件事先不存在，系统将先创建一个文件，然后打开它供用户读写数据。建立或打开文件后，文件指针指向文件开头。
- "记录长度"等于各个字段长度之和，以字节为单位，所以可以用 Len()函数获取记录长度：Len(<记录型变量>)。Open 语句中记录的长度一般要与记录变量的长度相同。所以，Open 语句可写成：

Open <文件名> For Random AS [♯]<文件号> LEN = Len(<记录型变量>)

如果省略"Len＝记录长度"子句，则记录的默认长度为 128 个字节。

4. 随机文件的读写操作

在随机文件中，每个记录的长度是固定的，每个记录前都有一个记录号表示这个记录的开始。与顺序文件不同，在访问随机文件中的数据时，不必考虑各个记录的排列顺序或位置，可以根据需要访问文件中的任何一个记录。在读取数据时，只要给定记录号，就能迅速找到该记录,并将该记录读出;若对记录做了修改,需要写入文件时,也只要指出记录号,新记录将自动覆盖原有记录,直接存入指定位置。在随机文件中,可以同时进行读写操作。

随机文件的优点是访问速度快,读、写修改灵活方便;但由于在每个记录前增加了记录号,从而使文件占用的存储空间增大,数据组织较复杂。

(1) 写操作

格式:

Put ♯<文件号>,[<记录号>],<变量>

功能:将变量的内容写入文件指针所指的记录处。

说明:

- "记录号"是可选项,指明文件从该记录写入数据。文件中的第一个记录的记录号为1,第二个记录的记录号为2,依次类推。记录号省略时,表示从当前记录开始写入。此时,语句格式中用于分隔的逗号必须写上,例如:Put ♯4,,FileBuffer。
- "变量"是必选项,可以是除对象型变量外的任何变量,一般为记录型变量(即用户定义的数据类型)。

(2) 读操作

格式:

Get♯<文件号>,[<记录号>],<变量名>

功能:把文件中由"记录号"指定的记录内容读入指定的变量中。如果省略"记录号",则把当前文件指针所指的记录内容读入指定的变量中。

说明:

- "记录号"、"变量名"的规定同 Put♯语句。为保持数据读写的一致性,Get♯语句中的记录变量要与将数据写入该文件的 Put♯语句中的记录变量的内容为同一类型。
- 若省略"记录号",则读取下一个记录,即最后执行 Get♯或 Put♯语句后的记录,或最近由 Seek 语句定位的记录。省略"记录号"时,记录号后的逗号不能省略。例如:Get ♯1,,FileBuffer。

【例 11.4】 建立一个随机文件,文件中包含 10 个记录,每个记录由一个数以及这个数(1~10)的平方、立方和平方根 4 个数值组成,以该数作为记录号。

(1) 通过 Type … End Type 语句定义记录类型,程序代码如下:

```
Private Type Numval
        Number as Integer
        Squre As Integer
        Cube As Long
        Sqroot As Single
End Type
```

(2) 利用事件过程 Form_Click 来完成该随机文件的存取操作,完整的程序代码如下:

```
Private Type Numval
            Number As Integer
            Squre As Integer
            Cube As Long
            Sqroot As Single
End Type
```

```
Dim nv As Numval                        '定义一个 Numval 类型的变量
Private Sub Form_Load( )
Open "Data1.dat" For Random As #1 Len = Len(nv)
For i = 1 To 10
nv.Number = i
nv.Squre = i * i
nv.Cube = i * i * i
nv.Sqroot = Sqr(i)
Put #1, i, nv
Next i
' 以下为读出记录程序段
Show
For i = 2 To 10 Step 4
Get #1, i, nv
Print "第"; nv.Number; "号记录:", nv.Squre, nv.Cube, nv.Sqroot
Next i
Close #1
End Sub
```

程序运行结果如图 11-7 所示。

以下是关于随机文件的总结。

(1) 随机文件打开后既可以进行读操作,又可以进行写操作。

(2) 随机文件只需要指出记录号,即可直接读出该记录的内容。

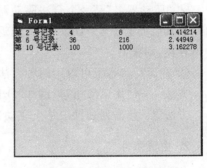

图 11-7 随机文件的读写

- 第一条记录号:recHome=1
- 最后一条记录号:recLast=LOF(文件号)/Len(记录型变量)
- 当前记录号:recNow=Loc(文件号)
- 下一条记录号:recNext=recNow+1
- 上一条记录号:recBefore=recNow−1

(3) 随机文件在写文件时,只对指定的某个记录进行操作,因此只是重写某个记录而不会破坏其他内容。

11.3 与文件有关的系统控件

VB 中提供了三个支持文件系统的控件,并且作为常规控件放在工具箱中,它们是驱动器列表框(DriveListBox)、目录列表框(DirListBox)和文件列表框(FileListBox)。利用它们可以很容易地建立起一个可视化的图形操作环境,提供给用户进行文件检索和存取操作。

11.3.1 驱动器列表框

驱动器列表框是一个下拉式列表框,设计状态下只显示当前驱动器名。运行时,单击右边的向下箭头,在下拉列表列出当前计算机系统所拥有的全部驱动器名,如图 11-8 所示。

1. 主要属性

驱动器列表框的默认名称为 Drive1、Drive2、…、Driven,与后面将要介绍的目录列表

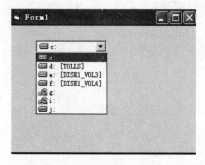

图 11-8　驱动器列表框

框、文件列表框有许多同名标准属性,包括 Enabled、FontBold、FontItatic、FontName、FontSize、Height、Left、Top、Visible、Width 等。另外,还具有一些列表框(ListBox)控件特有的属性,包括 ListCount、ListIndex、List 等。

除此之外,驱动器列表框还有个最重要的特殊属性,即 Drive 属性,该属性设置格式为:

DriveX.Drive [= <驱动器名>]

功能:设置或返回所选择的驱动器名。

说明:

① Drive 属性只能用程序代码设置,不能通过属性窗口设置。其值为一字符串,表示所选择的驱动器名,或称为盘符。

② "驱动器名"是一个合法驱动器的名字。VB 只检查并采用其第一个字母,若合法,则自动在其后加上冒号;如果省略,则返回当前驱动器名;如果所选择的驱动器在当前系统中不存在,则报错。

③ 在运行状态下可以用两种方法改变 Drive 属性值,指定当前工作驱动器。

方法一:使用赋值语句,例如"Drive1.Drive = "D:""。

方法二:单击列表框中某个驱动器图标,则系统自动把该驱动器名赋给 Drive 属性。

2. 主要事件

驱动器列表框中最主要的事件是 Change 事件。每次改变 Drive 属性值时,都将引发驱动器列表框的 Change 事件。用户可以利用该事件编制相应的事件过程以完成各种任务,如利用该事件将驱动器列表框和目录列表框建立联系,使得当驱动器列表框中的盘符改变时,目录列表框中所显示的文件夹也作相应的变动。

11.3.2　目录列表框

目录列表框外观如图 11-9 所示。它可以分层显示当前驱动器上的目录结构,其顶层目录用一个打开的文件夹来表示,当前目录用一个加了阴影的文件夹来表示,当前目录下的子目录用合着的文件夹来表示。双击某个文件夹,就可以把它变为当前目录。

图 11-9　目录列表框

1. 主要属性

目录列表框的默认名称为 Dir1、Dir2、…、Dirn。其最主要的属性是 Path 属性。格式为:

DirX.Path [= <当前目录>]

功能:设置或返回默认文件夹,即当前工作目录。

说明:

① Path 属性只能用程序代码设置,不能在属性窗口中设置。

② "当前目录"为一字符串,代表一条合法的绝对路径(可包括驱动器名)。

③ 在运行状态下可以用两种方法改变 Path 属性值。

方法一:赋值语句。例如"Dir1. Path = "c:\windows""。

方法二:用鼠标双击目录列表框中的一个图标,这样表示该图标绝对路径的字符串就被赋值给 Path 属性。

在目录列表框中只能显示当前驱动器上的目录,如果要显示其他驱动器上的目录,必须在改变当前驱动器的同时,重新设置目录列表框的 Path 属性,使目录列表框的当前目录为该驱动器上的目录。要想实现这种效果,可以通过编写一个简单的事件过程来实现。当驱动器列表框的 Drive 属性改变时,就会触发驱动器列表框的 Change 事件过程,因此,只要把当前驱动器的 Drive 属性值赋给目录列表框的 Path 属性,就可产生上述的同步效果。即:

```
Private Sub Drive1_Change()
        Dir1. Path = Drive1. Drive
End Sub
```

2. 主要事件

对目录列表框来说,最主要的事件是 Change 事件。当用户每次改变 Path 属性值时,都会引发目录列表框的 Change 事件。用户可以通过编写 Change 事件驱动过程中的代码完成各种任务。如利用该事件将目录列表框与文件列表框建立联系,使得当目录列表框的 Path 属性值改变时,文件列表框中所显示的文件也作相应的变动。

11.3.3 文件列表框

文件列表框可以用来显示当前目录下的文件。其外观如图 11-10 所示。

1. 主要属性

文件列表框的默认名称属性值为 File1、File2、…、Filen,除了具有各种列表框的标准属性外,文件列表框还特有如下三个常用属性。

(1) Path 属性

格式:

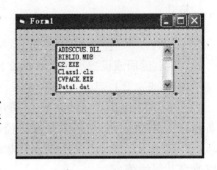

图 11-10 文件列表框

FileX. Path [= 路径]

功能:返回或设置文件列表框所对应的文件夹(路径),如果不加设置,Path 属性的默认值为工程文件所在的路径。

说明:

① 在设计状态下出系统置为当前驱动器的当前路径,不可改变;在运行状态下,当前路径可以像一个字符串变量那样被访问和使用。

② 文件列表框中所显示的文件是 Path 属性值所代表的路径中的文件,当 Path 属性被改变时随之改变。

③ 在文件列表框中,如果改变 Path 属性值,则将引发文件列表框的 PathChange 事件。

前面介绍了驱动器列表框与目录列表框实现同步效果的方法。在实际应用中,目录列表框与文件列表框往往也需要同步操作。实现这种同步的方法可以利用当目录列表框的 Path 属性值变化时,将引发目录列表框的 Change 事件的特点,只要编写该事件过程,把当前目录的 Path 属性值赋给文件列表框的 Path 属性,就可产生同步效果。即:

```
Private Sub Dir1_Change()
   File1.Path = Dir1.Path
End Sub
```

(2) Pattern 属性

格式:

```
FileX.Pattern [ = <过滤器>]
```

功能:返回或设置文件列表框中显示的文件类型。

说明:

① 该属性可以在设计阶段在属性窗口中设置,也可以通过程序代码设置。

② "过滤器"是一个字符串,规定了文件列表框中所显示文件的类型,默认值为"＊.＊",代表任何类型的文件。例如:

```
File1.Pattern = "＊.exe"
```

执行此代码,则文件列表框 File1 中只显示扩展名为".exe"的可执行文件。

③ 当 Pattern 属性值变化时,将触发 Pattern_Change 事件。

(3) FileName 属性

格式:

```
FileX.FileName [ = 文件名]
```

功能:返回或设置所选文件的文件名。

说明:

① FileName 属性值是一个字符串,用来在文件列表框中设置或返回某一选定的文件名称。这里的"文件名"可以带有路径,也可以带有通配符。

② 程序启动时,该属性值为空串,表示没有被选中的文件。程序运行时有两种方法可以改变其属性值。

方法一:使用赋值语句。例如"File1.FileName = Dir1.Path & "\" & File1.Pattern"。

方法二:单击文件列表框中某个文件,则该文件的文件名将赋给 FileName 属性,同时引发该文件列表框的单击事件。

2. 主要事件

在文件列表框中,主要的事件有 Click、DblClick 事件,当单击或双击文件列表框时触发。另外,当控件的 Path 属性值改变时,触发 PathChange 事件;当控件的 Pattern 属性值改变时,将触发 PatternChange 事件。

【例 11.5】 文件系统控件联动应用。在窗体上添加一个驱动器列表框、一个目录列表框、一个文件列表框,并且放在合适的位置,如图 11-11 所示。

三个列表框的联动代码如下:

```
Private Sub Dir1_Change()
File1.Path = Dir1.Path
End Sub
Private Sub Drive1_Change()
 Dir1.Path = Drive1.Drive
End Sub
```

程序运行后,当改变当前驱动器时,目录列表框和文件列表框也跟着改变,显示出相应的信息,如图 11-12 所示。

图 11-11 例 11.5 程序界面

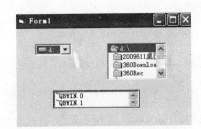
图 11-12 例 11.5 运行结果

11.3.4 驱动器列表框、目录列表框与文件列表框的联动机制

1. 驱动器列表框改变引起目录列表框和文件列表框改变的过程

当用户用鼠标单击驱动器列表框改变了最上层的驱动器图标时,也就改变了驱动器列表框的 Drive 属性,从而引发驱动器列表框的 Change 事件,启动 Drive1_Change 事件过程。该过程用赋值语句改变目录列表框的 Path 属性,使目录列表框改变显示,由此又引发目录列表框的 Change 事件,启动 Dir1_Change 事件过程。Dir1_Change 事件过程用赋值语句改变文件列表框的 Path 属性,使文件列表框显示新目录(路径)下的文件。

2. 目录列表框的改变引起文件列表框改变的过程

当用户双击目录列表框中的文件夹图标,将使目录列表框以树状(层状)方式显示该路径,显示的图形是打开的文件夹序列,同时显示被双击的子目录的下一层子目录,显示的图形是关闭的文件夹。这种视觉改变的同时也改变了目录列表框的 Path 属性,Path 属性的改变引发目录列表框的 Change 事件,启动 Dir1_Change 事件过程,以后的情况与第 1 种情况相同。

11.4 文件的基本操作

文件的基本操作是指有关文件的删除、复制、移动、改名等操作。VB 提供了相应的语句完成上述的操作。

1. 删除文件（Kill 语句）

格式：

```
Kill 文件名
```

功能：删除文件。

说明：文件名中可以使用通配符"＊"和"？"。例如：

```
Kill "＊.doc "                          '删除所有.doc 文件
Kill "C:\My\123.dat"                    '删除 123.dat 文件
```

2. 拷贝文件（FileCopy 语句）

格式：

```
FileCopy 源文件名,目标文件名
```

功能：复制一个文件，例如：

```
FileCopy "D:\Myr\1.doc" "F:\Mynew.doc"    '把 D 盘的 1.doc 文件复制到 F 盘且更名
```

说明：FileCopy 语句不能复制一个已打开的文件。

3. 文件的更名（Name 语句）

格式：

```
Name 原文件名 As 新文件名
```

功能：重新命名一个文件或目录，例如：

```
Name "D:\Myr\1.doc" As "F:\MyTest.doc"    '移动 1.doc 至 F 盘且更名
```

说明：

① Name 具有移动文件的功能；

② 不能使用通配符"＊"和"？"，不能对一个已打开的文件使用 Name 语句。

后记

严格来说，Visual Basic 只是半面向对象的语言，其面向对象的能力及程序的执行效率往往不能满足一些程序员的需要。因此，大的项目很少使用 Visual Basic 来开发。Visual Basic 的最后一个版本是 Visual Basic 6.0。

在 Visual Basic 6.0 之后，微软公司推出了全新的".NET 构架"，在其第一个版本 Visual Studio.NET 7.0 中集成了 Visual Basic 7.0、Visual C++7.0 及 C♯，其中的 Visual Basic 7.0(VB 7.0)即是 VB.NET 的第一个版本。

Microsoft .NET（简称.NET）是 Microsoft XML Web Services 平台。XML Web Services 是分布式计算的重要标准，也是未来软件开发的技术趋势，XML Web Services 允许应用软件通过 Internet 进行通信和共享数据，可以实现跨平台、跨编程语言的联接和互操作，而不管用户所采用的是哪种操作系统、设备或编程语言。基于 XML Web Services 标准的.NET 开发平台可以实现个人之间、个人与企业之间、企业和企业之间的信息互连，这样就实现了人们可以随时随地存取和使用信息的梦想。

2010 年 4 月 12 日，微软发布了 Visual Studio 2010 及.NET Framework 4.0，并于 2010 年 5 月 26 日发布了中文版。截至 2011 年 8 月，.NET 的最新版本是 Visual Studio 2010。

由于 VB.NET 集成在 Visual Studio.NET 之中，所以只须安装 Visual Studio.NET，就可使用集成在其中的相应版本的 VB.NET。

Visual Basic.NET（简称 VB.NET）是新一代的 VB，而不是 VB 6.0 的简单升级。VB.NET 与 VB 之间有非常大的区别，其新特性主要表现在以下几方面。

(1) VB.NET 完全集成到 Visual Studio 集成开发环境中，虽然这种集成开发环境与 VB 在若干方面有差异，但主要体现在窗体的布局以及菜单等方面。

(2) VB.NET 项目与 VB 不同，它使用基于文件夹的模型，所有项目均放置在项目文件夹层次结构中。

(3) VB.NET 中使用 ADO.NET 来访问数据库，ADO.NET 是.NET 框架的一部分。在 VB.NET 中实现数据访问的方法主要有两种：第一种是在程序设计阶段，通过创建、配置数据适配器 DataAdapter 和生成数据集 DataSet 来访问；第二种是在程序运行中，通过编程方式动态创建配置数据适配器以及创建和生成数据集。

(4) 在 VB.NET 中是使用 ASP.NET 技术来编写 Web 页面的。在 ASP.NET 中使用的也不是脚本语言，而是真正意义的编程语言。凭借 ASP.NET 的 Web 应用程序、XML

Web Services 等基于 Web 的功能,使得 VB. NET 开发 Web 页面与开发 Windows 应用程序很相似,Web 页面的代码也显得更有条有理了。

(5) VB. NET 已经成为完全的面向对象的编程语言。

VB. NET 和你现在所知的开发工具完全不同,并且这个新版本会改变你的未来。到底有多大不同? 告诉你: 这次升级与其说是 VB 的一个新版本,还不如说是迁移到一个新平台上,变化就像你曾经所面临的从 DOS 迁移到 Windows 那样大。

学习完 VB,当你对编程有浓厚的兴趣时,就去学习 VB. NET 吧,你会得到更多编程的乐趣!

Visual Basic 的数据类型

VB 的数据类型如表 A.1 所示。

表 A.1　VB 的数据类型

数据类型	类型标识符	字节数	表 示 范 围
布尔型（Boolean）		2	True 或 False
字节型（Byte）		1	0～255
整型（Integer）	%	2	−32 768～32 767
长整型（Long）	&	4	−2 147 483 648～2 147 483 647
单精度型（Single）	!	4	负数：−3.402 823E＋38～−1.401 298E−45 正数：1.401 298E−45～3.402 823E＋38
双精度型（Double）	♯	8	−1.797 693 134 862 315D＋308～−4.940 66D−324 4.940 66D−324～1.797 693 134 862 315D＋308
货币型（Currency）	@	8	−922 337 203 685 477.580 8～922 337 203 685 477.580 7
日期型（Date）		8	100 年 1 月 1 日～9999 年 12 月 31 日
字符串（String）变长	$	10＋串长	0～约 20 亿个字符
字符串（String）定长	$	串长	1～约 65 400 个字符
对象型（Object）		4	任何对象引用
变体（Variant）字符		22＋串长	0～约 20 亿个字符
变体（Variant）数值		16	同双精度型
自定义型 （User-defined）		所有成员要求的长度和	每个元素的范围同它的数据类型的范围

附录 B

Visual Basic 中的常用关键字

关键字又称保留字，它们在语法上有着固定的含义，是语言的组成部分，往往表现为系统提供的标准过程、函数、运算符、常量等。在 VB 中约定关键字的首字母为大写。当用户在代码编辑窗口键入关键字时，不论大小写字母，系统同样能识别，并自动转换成为系统标准形式。

下面列出一些常用的关键字，VB 中全部的关键字可以从联机帮助文件中找到。

Abs AddItem And Any As Beep ByVal Call Case Chr Circle Clear Close Cls Command Const Cos Currency Date Day DefType Dim Dir Do···Loop DoEvents Double Else End EOF Eqv Error Exit Exp False FileAttr FileCopy FileLen For···Next Format FreeFile Function Get GetAttr GetData GetFormat GetText Global GoSub GoTo Hide Hour If···Then···Else Imp InputBox Int Integer Kill Left Len Let LineInput Line Load LoadPicture Loc Lock LOF Log Long Mid Month Move MsgBox Name New NewPage Next Not Now On Open OptionBase Or Point Print PrintForm Put QBColor ReDim Refresh Rem RemoveItem Rgb Right EmDir Rnd Scale Second Seek SendKeys SetAttr SetDate SetFocus SetText Sgn Shell Show Sin Single Space Spc Sqr Static Step Tab Tan TextHeight TextWidth Time Timer TimeSerial TimeValue True Type Ubound UCase UnLoad UnLock Val Variant VarType WeekDay While···Wend Width Write Xor Year

ASCII 码表(十进制)

ASCII 码	字符	ASCII 码	字符	ASCII 码	字符	ASCII 码	字符
0	NUL	32	[space]	64	@	96	`
1	.	33	!	65	A	97	a
2	.	34	"	66	B	98	b
3	.	35	#	67	C	99	c
4	.	36	$	68	D	100	d
5	.	37	%	69	E	101	e
6	.	38	&	70	F	102	f
7	.	39	'	71	G	103	g
8	**	40	(	72	H	104	h
9	**	41	)	73	I	105	i
10	**	42	*	74	J	106	j
11	.	43	+	75	K	107	k
12	.	44	,	76	L	108	l
13	**	45	—	77	M	109	m
14	.	46	.	78	N	110	n
15	.	47	/	79	O	111	o
16	.	48	0	80	P	112	p
17	.	49	1	81	Q	113	q
18	.	50	2	82	R	114	r
19	.	51	3	83	S	115	s
20	.	52	4	84	T	116	t
21	.	53	5	85	U	117	u
22	.	54	6	86	V	118	v
23	.	55	7	87	W	119	w
24	.	56	8	88	X	120	x
25	.	57	9	89	Y	121	y
26	.	58	:	90	Z	122	z
27	.	59	;	91	[	123	{
28	.	60	<	92	\	124	|
29	.	61	=	93	]	125	}
30	.	62	>	94	^	126	~
31	.	63	?	95	_	127	.

说明:".")表示 Microsoft Windows 中不支持这些字符。" ** "值 8、9、10 和 13 分别转换为退格、制表、换行和回车字符,它们并没有特定的图形显示,但会依不同的应用程序而对文本显示有不同的影响。

附录 D 常用键的 KeyCode 值(十进制)

常用键的键码值如表 D.1～D.3 所示。

表 D.1 字母和数字键的键码值(KeyCode)

键位	键码	键位	键码	键位	键码	键位	键码
A	65	J	74	S	83	1	49
B	66	K	75	T	84	2	50
C	67	L	76	U	85	3	51
D	68	M	77	V	86	4	52
E	69	N	78	W	87	5	53
F	70	O	79	X	88	6	54
G	71	P	80	Y	89	7	55
H	72	Q	81	Z	90	8	56
I	73	R	82	0	48	9	57

表 D.2 数字键盘键和功能键的键码值

数字键盘上的键码值(KeyCode)				功能键键码值(KeyCode)			
键位	键码	键位	键码	键位	键码	键位	键码
0	96	8	104	F1	112	F7	118
1	97	9	105	F2	113	F8	119
2	98	*	106	F3	114	F9	120
3	99	+	107	F4	115	F10	121
4	100	Enter	108	F5	116	F11	122
5	101	—	109	F6	117	F12	123
6	102	.	110				
7	103	/	111				

表 D.3 控制键键码值(KeyCode)

键位	键码	键位	键码	键位	键码	键位	键码
BackSpace	8	Esc	27	→	39	-_	189
Tab	9	Space	32	↓	40	.>	190
Clear	12	Pg Up	33	Insert	45	/?	191
Enter	13	Pg Dn	34	Delete	46	`~	192
Shift	16	End	35	Srcoll	144	[{	219
Ctrl	17	Home	36	;:	186	|	220
Alt	18	←	37	=+	187	]}	221
Caps Lock	20	↑	38	,<	188	'"	222

附录 E

Visual Basic 常用内部函数

1. 类型转换函数(见表 E.1)

表 E.1　类型转换函数

函　　数	作　　用
Int(x)	求不大于自变量 x 的最大整数
Fix(x)	去掉一个浮点数的小数部分,保留其整数部分
Hex $ (x)	把一个十进制数转换为十六进制数
Oct $ (x)	把一个十进制数转换为八进制数
Asc(x $)	返回字符串 x $ 中第一个字符的 ASCII 字符
Chr $ (x)	把 x 的值转换为相应的 ASCII 字符
Str $ (x)	把 x 的值转换为一个字符串
Cint(x)	把 x 的小数部分四舍五入,转换为整数
Ccur(x)	把 x 的值转换为货币类型值,小数部分最多保留 4 位且自动四舍五入
CDbl(x)	把 x 值转换为双精度数
CLng(x)	把 x 的小数部分四舍五入后转换为长整数型数
CSng(x)	把 x 值转换为单精度数
CVar(x)	把 x 值转换为变体类型值

2. 数学函数(见表 E.2)

表 E.2　数学函数

函　　数	作　　用
Sin(x)	返回自变量 x 的正弦值
Cos(x)	返回自变量 x 的余弦值
Tan(x)	返回自变量 x 的正切值
Atn(x)	返回自变量 x 的反正切值
Abs(x)	返回自变量 x 的绝对值
Sgn(x)	返回自变量 x 的符号。当 x 为负数时,返回 -1;当 x 为 0 时,返回 0;当 x 为正数时,返回 1
Sqr(x)	返回自变量 x 的平方根,x 必须大于或等于 0
Exp(x)	返回以 e 为底,以 x 为指数的值,即求 e 的 x 次方

3. 日期与时间函数（见表 E.3）

表 E.3　日期与时间函数

函　数	作　用	函　数	作　用
Day(Now)	返回系统当前的日期	Hour(Now)	返回系统当前小时(0~23)
WeekDay(Now)	返回系统当前的星期	Minute(Now)	返回系统当前分钟(0~59)
Month(Now)	返回系统当前的月份	Second(Now)	返回系统当前秒钟(0~59)
Year(Now)	返回系统当前的年份	Time	返回系统当前的时间

4. 随机数函数（见表 E.4）

表 E.4　随机数函数

函　数	作　用
Rnd[(x)]	产生一个 0~1 之间的单精度随机数
Randomize[(x)]	随机化种子

5. 字符串函数（见表 E.5）

表 E.5　字符串函数

函　数	作　用
LTrim $ (字符串)	去掉字符串左边的空白字符
RTrim $ (字符串)	去掉字符串右边的空白字符
Left $ (字符串,n)	取字符串左部的 n 个字符
Right $ (字符串,n)	取字符串右部的 n 个字符
Mid $ (字符串,p,n)	从位置 p 开始取字符串的 n 个字符
Len(字符串)	测试字符串的长度
String $ (n,字符串)	返回由 n 个字符组成的字符串
Space $ (n)	返回 n 个空格
InStr(字符串 1,字符串 2)	在字符串 1 中查找字符串 2
UCase $ (字符串)	把小写字母转换为大写字母
LCase $ (字符串)	把大写字母转换为小写字母

6. 窗体输入输出函数（见表 E.6）

表 E.6　窗体输入输出函数

函　数	作　用
Print(字符串)	在窗体上输出字符串,可以用"&"对变量进行连接后输出
Tab(n)	把光标移到该行的以 n 列开始的位置
Spc(n)	跳过 n 个空格
Cls	清除当前窗体内的显示内容
Move	左上角 x,左上角 y,宽度,高度：移动窗体或控件
InputBox(prompt,…)	弹出一个数据输入窗口,返回值为该窗口的输入值
MsgBox(msg,[type]…)	弹出一个提示窗口